Barbara Neely

Night Girl

Ein Kriminalroman

Aus dem US-amerikanischen Englisch
von Helga Bilitewski

Orlanda Frauenverlag

Originaltitel: Blanche on the Lam
St. Martin's Press, New York

Die Deutsche Bibliothek – CIP-Einheitsaufnahme
Neely, Barbara:
Night Girl : ein Kriminalroman / Barbara Neely.
Aus dem US-amerikan. Engl. von Helga Bilitewski. –
Berlin : Orlanda-Frauenverlag 1993
(Orlandakrimi)

ISBN 3-922166-93-8

1. Auflage 1993

Großgörschenstraße 40, 1000 Berlin 62

Lektorat: Andrea Krug
Titelillustration: Mirta Domacinovic
Texterfassung durch die Übersetzerin
Konvertierung, Umbruch und Belichtung: Satzinform, Berlin 36
Druck: Ebner Ulm

Für meine Schwester Vanessa

Danksagung

Blanche hat mehr Mütter und Geburtshelferinnen gehabt als eine kleine Nation, und ich danke allen und jeder einzelnen von ihnen, insbesondere Jeremiah Cotton für seine beständige Unterstützung, Kate White für ihre unermüdliche Redaktionsarbeit, Helen Crowell dafür, daß sie mir das Down-Syndrom erklärte, sowie Maxine Alexander, Taifa Bartz, Babs Bigham, Donna Bivens, Dick Cluster, Shelley Evans, Roz Feldberg, Charlene Gilbert, Lucy Marx, Ann, Vanessa und Bryan Neely sowie Barbara Taylor für das sorgfältige Lesen und ihre unschätzbaren Kommentare.

1

»Haben Sie zu Ihrer Verteidigung etwas zu sagen?« Der Richter sah Blanche mit einem Blick an, der sie bewog, ihre Handtasche wie ein Schutzschild vor die Brust zu heben.

»Euer Ehren ... ich bedaure ... ich ...«

»Bedauern? Zu bedauern ist es allerdings! Es ist das vierte Mal, ich wiederhole, das vierte Mal, daß Sie wegen Scheckbetrugs vor diesem Gericht stehen. Vielleicht wird ein Gefängnisaufenthalt Sie davon überzeugen, daß Sie, wie wir anderen auch, Ihr Geld erst verdienen müssen, bevor Sie es ausgeben. Dreißig Tage und Schadenersatz!«

»Aber Euer Ehren ... « Blanches Knie wurden plötzlich weich. Ihre Hände waren eiskalt. Auf ihrer Nase brachen Schweißperlen aus. Sie wollte dem Richter erklären, daß eine Gefängniszelle für einen Menschen, der schon in langsamen Fahrstühlen in Panik geriet, eine grausame und ungewöhnliche Strafe war. Sie wollte ihn auch fragen, wie zum Teufel er dazu käme, solche Lügen über sie zu verbreiten. Dies war ihr zweites und nicht ihr viertes Verfahren. Außerdem hätte sie, auch wenn sie nicht vor Gericht zitiert worden wäre, genau wie beim ersten Mal ihre Scheckschulden beglichen. Hatte sie nicht schon drei von fünf Schecks, die sie ausgeschrieben hatte, gedeckt? Und hier in ihrer Handtasche hatte sie die zweiundvierzigfünfzig, die noch offen waren, plus der fünfzig Dollar für die Geldstrafe – dieselbe Summe, die der Richter sie das letzte Mal hatte zahlen lassen. Aber das letzte Mal hatte sie einen Richter gehabt, der in Gedanken schon auf dem Golfplatz gewesen war. Er hatte sich kaum die Mühe gemacht, sie auch nur anzusehen. Gefängnis war damals kein Thema gewesen.

»Euer Ehren ...«, begann sie nochmals.

Der Schlag mit dem Hammer klang wie ein Gewehrschuß durch den Raum. »Der nächste Fall!«

»Kommen Sie.« Die Hand der Aufseherin auf Blanches tiefschwarzem Oberarm war weiß wie Gips. Blanche blickte sich im Gerichtssaal um, aber niemand zeigte auch nur das geringste Interesse an ihr. Ihr Platz vor dem Richter wurde bereits von einem gebeugten, traurig dreinblickenden Weißen mit zerschlissenen Schuhen und Händen so rot wie rohes Fleisch eingenommen.

Man brachte sie in ein Nebenzimmer mit Metalltischen und Stühlen, die genauso aussahen wie in all den Filmen über Gefängnisse, die sie gesehen hatte. Auf einer langen Bank an der gegenüberliegenden Wand saß ein dunkelblonder, rundköpfiger Junge in Jeans und Cowboystiefeln. Sheriff Stillwell stand neben ihm, seine kurzen O-Beine krümmten sich unter dem Gewicht seines Bauches. Seine rechte Hand lag auf der Pistole, und sein Blick bohrte ein Loch in die gegenüberliegende Wand. Blanche versuchte, den Blick des Jungen zu erhaschen, um jemanden zu sehen und von jemandem gesehen zu werden, bevor sie beide verschwanden ... Sie griff sich an den Magen und wandte sich halb zu der Aufseherin um.

»Ich muß mal auf die Toilette!«

Die Aufseherin sah sie mit einem verärgerten Stirnrunzeln an, blickte auf ihre Uhr und zog Blanche durch eine andere Tür, die auf den hinteren Flur führte. Schräg gegenüber, zwischen der Treppe und der Männertoilette, befand sich eine Tür mit der Aufschrift DAMEN.

Das schmutzige Oberlicht warf ein trübes Licht auf den rissigen Marmorfußboden. Der Raum, auf dem sich ein fleckiges Waschbecken und eine Toilettenkabine drängten, war kaum groß genug für die beiden Frauen. Blanche betrat die Kabine und bedeckte die Klobrille mit Toilettenpapier, ehe sie sich hinsetzte, um sich unter so wenig Geräusch wie möglich zu erleichtern.

»Ich warte draußen im Flur«, murmelte die Aufseherin mit angeekelter Stimme.

Blanche stützte wütend die Ellenbogen auf die Knie. Die Gedanken schossen ihr durch den Kopf wie Mäuse in einer verlassenen Küche. Ich hätte es wissen müssen, sagte sie sich und schaukelte auf ihrem Sitz vor und zurück. Ich hätte es wissen müssen. Sie schlang die Arme fest um ihren Körper und tröstete sich so wie sie sonst ihre Kinder tröstete. Sie schloß die Augen und sah den Richter, der ihr vorwarf, weniger wert zu sein als Schlangendreck. Sie öffnete die Augen, nur um zu sehen, wo sie war und was sie erwartete.

Sie wußte, daß sie sich Gedanken machen sollte, was sie alles im Gefängnis brauchen und Durham County ihr bestimmt nicht zur Verfügung stellen würde. Sie müßte auch überlegen, was ihre Mutter den Kindern sagen sollte. Außerdem müßte sie sich selbst überzeugen, daß sie die nächsten dreißig Tage überleben könnte und würde. Statt dessen ärgerte sie sich über den Richter, weil er ein unfairer Dickschädel war, und über sich selbst, weil sie alle Zeichen für den aufziehenden Ärger ignoriert hatte:

Das gleichzeitige Jucken und Zucken in ihrer Hand, als sie in der Küche stand und die gerichtliche Vorladung las, und wie das Glas, aus dem sie trank, kurz bevor sie sich auf den Weg zum Gericht machte, plötzlich gesprungen war, als sie es an die Lippen hielt. Beide Vorfälle hatte sie ignoriert, obwohl sie immer behauptete, daß das Lesen der Gedanken anderer Menschen, das Deuten von Zeichen und Einschätzen von Situationen genauso zu ihrem Job gehörte wie das Fußbodenschrubben und das Bettenmachen. Sie warf den Kopf zurück, um die Tränen am Tropfen zu hindern, und sehnte sich nach der vergeblichsten aller Hoffnungen – der Chance, ihr Leben so verändern zu können, daß sie nicht in dieser Situation wäre.

Ich hätte in New York bleiben sollen, sagte sie sich; zumindest habe ich dort genug verdient, um meine Schecks zu decken. Aber an dem Tag, als Taifa und Malik aus der Schule kamen und ihr von dem Mann erzählten, der versucht hatte, sie mit dem Versprechen auf eine Run-DMC-Cassette in seinen Lieferwagen zu locken, wußte Blanche, daß sie New York verlassen mußten. Sie hatte ihre Kinder und ihr Hab und Gut zusammengesammelt und sich in die relative Sicherheit von Farleigh in North Carolina begeben, wo sie und die Kinder geboren waren.

Und das hatte sie hierhergebracht.

Warum, zum Teufel, hatte sie sich nicht Geld geliehen und damit in den Geschäften und bei den Stadtwerken bezahlt, statt diese verdammten Schecks auszuschreiben? Zu stolz, haderte sie mit sich selbst. Immer noch am Träumen. Immer noch in der Hoffnung, einen Arbeitgeber zu finden, der bereit war, eine Vollzeit-Haushälterin zu bezahlen, statt für diesen Haufen sogenannter vornehmer weißer Südstaatlerinnen zu arbeiten, für die sie zur Zeit stundenweise tätig war. Die meisten von ihnen schienen zu glauben, daß sie froh sein müßte, für einen Hungerlohn ihre Toiletten putzen und ihre Mülleimer leeren zu dürfen. Farleigh war nicht New York oder gar Raleigh oder Durham und schon gar nicht Chapel Hill, wo es reichlich Akademiker und andere Berufstätige gab, die sich nach einer guten Haushaltshilfe sehnten. Trotz seiner großen Ambitionen war Farleigh immer noch eine Kleinstadt. Die Leute, die hier wohnten und Geld hatten, selbst die wirklich reichen, wähnten sich noch immer in den Zeiten der Sklaverei, als eine schwarze Frau dankbar war, im Haus arbeiten zu dürfen. Selbst zu dem in Farleigh üblichen Lohn gab es in der Stadt keine Schwarzen, die sich jemanden wie Blanche leisten konnten – was nicht heißen sollte, daß die Arbeit bei Schwarzen eine gute Behandlung garantierte, so traurig es auch war, das sagen zu müssen.

Zu stolz. Das war schon immer ihr Problem gewesen. Als sie das erste Mal wegen ihrer Schecks vor Gericht geladen wurde, hatte sie nicht gewußt, was sie erwartete, und hatte auch niemanden gefragt. Sie wollte niemandem gestehen, daß sie sechs Tage pro Woche arbeitete und trotzdem nicht genug Geld verdiente, um für sich und ihre Kinder sorgen zu können. Sie war nicht schuld an ihrem niedrigen Lohn, aber trotzdem fühlte sie sich wie eine Närrin, als wäre sie auf einen ganz offensichtlichen Betrug hereingefallen.

»Beeilen Sie sich, Mädel!«

Die mürrische Stimme der Aufseherin zerstörte jede Illusion, die Zeit würde stillstehen. Blanche sann auf etwas, woran sie sich festhalten konnte, etwas, was ihr helfen würde, das durchzustehen, was vor ihr lag. Wenn sie die Frau gewesen wäre, zu der ihre Mutter sie hatte erziehen wollen, hätte sie gebetet. Statt dessen beschloß sie, sich einen Anwalt zu besorgen. Ich hätte mir von Anfang an einen Anwalt nehmen sollen, schalt sie sich; nicht daran gedacht zu haben kam ihr jetzt dumm vor. Schließlich hatte sie keine böse Absicht gehabt. Wenn nicht vier ihrer Arbeitgeberinnen die Stadt verlassen hätten, ohne sie zu bezahlen, hätte sie genug Geld auf dem Konto gehabt, um die Schecks zu decken. Sie strich ihren Rock glatt und kämpfte noch gegen den Wunsch an, zu weinen und zu betteln und sich in ihrer Angst zu suhlen, als draußen im Flur ein lautes Stimmengewirr ausbrach.

Männerstimmen, die laute Fragen riefen, und Fußgetrappel drangen deutlich durch das Oberlicht. Blanche nahm ihre Handtasche und verließ die Toilettenkabine, ohne die Spülung zu betätigen. Lauschend blieb sie stehen, als der Lärm auf dem Flur noch zunahm. Sie öffnete die Tür einen Spaltbreit.

Die Aufseherin stand links von der Tür, fast vor der Männertoilette. Sie schaute, von Blanche abgewandt, den Flur hinunter zu einer Gruppe von Männern mit Kameras, Notizblöcken und Mikrofonen. Sie umringten jemanden, den Blanche nicht sehen konnte, aber sie war sicher, daß es sich um den Bezirksrat handeln mußte, der kürzlich wegen Annahme von Bestechungsgeldern angeklagt worden war.

Sie war überzeugt, daß er keine dreißig Tage bekommen würde. Ein bißchen schlechte Publicity und das Mitgefühl von Leuten, die leicht in seine Situation geraten könnten, waren ungefähr alles, womit er zu rechnen hatte. Sie schaute sich um und sah die Treppe auf der gegenüberliegenden Seite – nach dem AUSGANG-Schild zu urteilen, führten diese Stufen zweifellos nach draußen.

Blanche öffnete die Toilettentür nur so weit, daß sie auf den Flur hinausschlüpfen konnte. Seitwärts schlich sie zur Treppe. Der Teil von ihr, der dazu erzogen worden war, an das Gesetz zu glauben und es zu befolgen, drängte sie, umzukehren, bevor es zu spät war. Aber der Gedanke an die dreißig Tage hinter Gittern, die immer näher rückten, und das Leben hinter einer Tür, die sie nicht öffnen könnte, machte es ihr unmöglich, umzukehren. Und der Gedanke an den Bezirksrat, der ungeschoren davonkam, stachelte sie an.

Auf Zehenspitzen rannte sie die Treppe hinunter. Dabei preßte sie sich so dicht, wie es für eine beleibte Frau nur möglich war, an die feuchte grüne Wand und wünschte, sie könnte darin verschwinden. Ein Absatz. Zwei Absätze. Immer noch hörte sie die schrillen Stimmen der Reporter, die laute Fragen schrien. Sie konzentrierte sich auf die Tür mit dem AUSGANG-Schild und befahl ihr, nicht abgeschlossen und auf der anderen Seite von Vertretern des Sheriffs umstellt zu sein.

Ein schwerer Seufzer drang aus ihrer Brust, als sie beim Öffnen der schweren Tür die dunkle Tiefgarage erblickte. Sie sah niemanden, aber sie war vernünftig genug, nicht zu rennen. Eine rennende schwarze Person war in dieser Stadt noch immer verdächtig, auch wenn es eine Frau war. Sie duckte sich tief und huschte ungeachtet ihrer vierzig Jahre im Zickzack über den Parkplatz auf den Ausgang zu, der hell im Tageslicht strahlte.

Sie befand sich auf der Rückseite des Gerichtsgebäudes. Sie trat auf den Bürgersteig hinaus, zog ihr Kleid zurecht und entfernte sich schnellen Schrittes vom Gerichtsgebäude und den Einkaufsstraßen. Sie gab sich alle Mühe, sich wie eine Frau zu bewegen, die ernsthaften Geschäften nachging – den Blick geradeaus gerichtet und einen entschlossenen Zug um den Mund. Ihre Ohren lauschten angestrengt auf das Ertönen von Sirenen oder Rufen, die ihr »Halt!« gebieten wollten. Sie unterdrückte den Wunsch, sich umzusehen oder nach Straßen Ausschau zu halten, die zu ihrem Viertel führten. Jeder, der fernsah, wußte, daß es dumm war, sich zu Hause zu verstecken. Eine junge weiße Frau mit einem kleinen Kind sah sie neugierig an. Blanche eilte hastig um die nächste Ecke. Sie wußte, daß sie weniger auffallen würde, wenn sie langsamer ging, aber ihre Beine ließen es nicht zu. Ihr Gehirn hatte ihnen »Laufen!« signalisiert, und sie waren entschlossen, diesem Befehl zu folgen.

Sie machte von Natur aus große Schritte und ging meistens so schnell, daß ihre Freundin Ardell sich weigerte, mit ihr irgendwohin zu gehen. Jetzt fegte sie um die Ecken und unbekannte Straßen hinunter, bis ihr das Herz wie ein Gefangener, der seine Entlassung fordert, gegen die Brust schlug. Der Bürgersteig hämmerte gegen ihre

Fußsohlen – es waren harte, unangenehme Schläge, die durch ihren Körperumfang noch unerträglicher wurden. Obwohl sie sich nicht für dick hielt, gab sie zu, daß sie kräftige Knochen und breite Hüften hatte. Und dazu passende Brüste und Unterarme, wenn man genau sein wollte. Nur ihre Beine waren eher schlank. Sie hatten jedoch keine Mühe, sie so schnell und so weit zu tragen, wie sie wollte.

Zum ersten Mal in ihrem Leben sehnte sie sich nach einem dieser grauen, regnerischen Tage, wo die Menschen sich in sich selbst zurückziehen, unwillig, hinauszuschauen und die Welt und andere Menschen zu sehen. *Sie* zu sehen. Sie lief sehr schnell, bis sie dermaßen außer Atem war, daß sie stehenbleiben mußte. Sie lehnte sich an einen nahestehenden Baum. Sie mußte nachdenken, einen Plan machen.

Um sie herum nichts als geschorene und gebändigte Rasenflächen aus einer dieser fußweglosen Welten, in denen sie für Frauen die Fußböden schrubbte und Betten machte, zu deren größten Lebenszielen es gehörte, sie bei der Hausarbeit zu beaufsichtigen und vor ihren Freundinnen damit zu prahlen, wie gut sie sie gedrillt hätten. Diese Gegend lag oberhalb derjenigen, wo sie zur Zeit arbeitete. Von der Straße aus waren keine Häuser zu sehen, aber die Gegenwart massiver alter Häuser mit mehr als einer Hausangestellten war in der Luft zu spüren. Sie wünschte, sie hätte ein kleines weißes Kind in einem Kinderwagen bei sich oder einen Pudel an der Leine, damit sie so aussah, als gehörte sie hierhin.

Sie folgte der schmaler werdenden Straße, bis sie an ein Straßenschild kam – Grace Road und Cranberry Way. Wo hatte sie den Namen Cranberry Way schon gelesen? Sie ging ein paar Schritte weiter, bis es ihr wieder einfiel. Sie blieb stehen und wühlte in ihrer robusten schwarzen Allzwecktasche. Sie zog ein kleines Notizbuch mit Eselsohren heraus, befeuchtete ihre Fingerspitze und blätterte es hastig durch, bis sie die Seite mit der Notiz, die sie sich gemacht hatte, fand. Sie hatte den Familiennamen flüchtig hingekritzelt, so daß sie nur noch entziffern konnte, daß er mit einem C begann und mit einem S endete. Die Adresse war deutlich – 1 Cranberry Way, 8.30 Uhr. Der einwöchige Job, den sie heute morgen abgesagt hatte, mußte ganz in der Nähe sein.

Es war ein Job von der Ty-Dee-Girls-Agentur gewesen. Sie arbeitete nicht gern für Agenturen und erst recht nicht für diese. Die Löhne waren noch niedriger als bei den Jobs, die sie selbst fand, und die Leute, die den Laden führten, waren gemein wie Rizinusöl. Aber sie waren eine zuverlässige Quelle für ein Extraeinkommen, während sie ihren eigenen Kundinnenstamm aufbaute. Seit Wochen hatte sie schon gewußt, daß sie diesen Job von Ty-Dee nicht machen würde, da sie für diese Woche lukrativere Arbeit gefunden hatte. Seit Tagen hatte sie die Agentur schon anrufen wollen, es aber bis heute morgen verschoben. Sie waren stinksauer gewesen, weil sie erst in letzter Minute absagte. Ohne jede Frist hatten sie wahrscheinlich keinen Ersatz für sie gefunden. Wenn sie Glück hatte, könnte dies das perfekte Versteck sein, bis sie die Stadt gefahrlos verlassen konnte. Falls Ty-Dee doch schon jemanden geschickt hatte, konnte Blanche behaupten, es sei ein Mißverständnis, und sich einfach davonmachen. Jetzt mußte sie nur noch das Haus finden.

Sie eilte den Cranberry Way hinunter in der Hoffnung, daß es die richtige Richtung war. Eine scharfe Kurve stellte sich als das Ende der Straße heraus. Sie stand direkt vor einem hohen schmiedeeisernen Zaun mit pfeilförmigen Eisenspitzen obendrauf.

Blanche drehte sich um und starrte die Straße hinunter, die sie gerade entlanggekommen war. Die Ungeheuerlichkeit dessen, was sie getan hatte, legte sich drückend wie eine jener dunklen Wolken, nach denen sie sich vorhin gesehnt hatte, auf sie. Statt nach einem Versteck zu suchen, wünschte sie, sie könnte einfach die Stadt verlassen. Am liebsten würde sie den nächsten Highway suchen und Farleigh so weit wie möglich hinter sich lassen. Aber sie mußte mehr als ihre Wünsche berücksichtigen; schließlich waren da noch Mama und die Kinder.

O Lord! Sie sah alles deutlich vor sich – den Sheriff, der gegen Mamas Tür hämmerte, Mama, die schimpfte und tobte, während der Sheriff sie nach Blanches Aufenthaltsort befragte, die Schranktüren öffnete und Fußspuren auf ihrem Linoleum hinterließ. Mama würde garantiert einen Wutanfall kriegen! Würde sie vor den Kindern verheimlichen können, was vorging? Blanche schüttelte den Kopf, um das Bild eines fetten Polizisten loszuwerden, der Taifa und Malik aus Mamas Armen riß. Sie sagte sich, daß ihre Flucht kein ausreichender Grund für die Stadt war, um einer Großmutter, die sich gern um sie kümmerte, die Verantwortung für ein paar schwarze Kinder zu entziehen. Sie wußte, daß sie sich nur selbst angst machte, als wäre ihre Situation nicht schon beängstigend genug. Trotzdem ging ihr das Bild ihrer schluchzenden Kinder nicht aus dem Kopf.

Sie hatte nur widerwillig die Elternrolle für die beiden Kinder ihrer toten Schwester übernommen, obwohl sie es ihr versprochen hatte.

Für ein ganzes Jahr war sie nach Kalifornien ausgerissen, bevor sie sich endlich dieser Aufgabe hatte stellen können. Als sie aus Kalifornien zurückkam – ein Aufenthalt, den ihre Freundin Ardell als »Blanches erste Chance« bezeichnete –, hatte sie die Verantwortung für die Kinder übernommen, obwohl ihre Mutter, die während Blanches Abwesenheit für sie gesorgt hatte, überhaupt nicht glücklich darüber gewesen war, sie herzugeben.

»Erst rennst du weg und jammerst, weil du nicht willst, daß die Kinder dein Leben in Beschlag nehmen, und jetzt kommst du zurück und brichst mir das Herz, indem du meine Enkel nach New York schleppst! New York ist nichts für Kinder!« hatte ihre Mutter zu ihr gesagt, als sie die Kinder abholte. Und was sie dann gesagt hatte, machte Blanche jetzt Sorgen: »Mach das lieber nicht noch einmal. Das nächste Mal lasse ich sie nicht wieder gehen!« Die Worte ihrer Mutter klangen ihr so deutlich in den Ohren, als stünden sie einander gegenüber. Das »nächste Mal«, vor dem ihre Mutter sie gewarnt hatte, war ebenso präsent. Blanche rieb sich die Oberarme und schauderte. Der klagende Ruf einer Taube irgendwo in der Nähe verstärkte ihre wachsende Verzweiflung.

2

»Da sind Sie ja!«

Blanche fuhr herum. Durch ein Loch im Zaun sah sie die linke Gesichtshälfte einer Frau, die sie mit einem großen, blaugrauen Auge musterte.

»Sie hätten ja wenigstens anrufen und sagen können, daß Sie später kommen! Seit Stunden versuche ich schon, Ihre Agentur anzurufen. Aber ich wußte, wenn Sie überhaupt kommen, würden Sie zu diesem Tor kommen! Ich wußte es einfach!« Der Triumph kämpfte mit dem Verdruß um die Kontrolle ihrer Stimme.

»Diese Agentur schickt die Leute immer zu diesem Tor, obwohl ich wiederholt gesagt habe, daß sie das nicht tun soll.« Sie streckte die Arme hoch und zog an dem hohen Tor. Der Saum ihrer apfelgrünen Bluse rutschte aus dem Rockbund. Ein Stück beigefarbenen, seidenen Unterrocks lugte unter dem Rocksaum hervor.

»Nun stehen Sie doch nicht so rum! Wir wollen gleich nach dem Mittagessen los.« Die Frau trat vom Tor zurück und winkte Blanche hinein.

»Wo ist Ihre Tasche?« Für den Bruchteil einer Sekunde nahmen die blassen Augen der Frau den Kontakt mit Blanches dunklen Augen auf. Das Gesicht der Frau wirkte älter als ihre helle, tonlose Stimme. Nicht gerade winzige Fältchen verzweigten sich von den Augen über die Wangen. Wellenförmige Linien zogen sich über ihre Stirn, und die Haut um ihren Mund begann sich zu kräuseln. Ihre scharfen Gesichtszüge mit den weit auseinanderstehenden Augen und der hohen gewölbten Stirn erinnerten Blanche an das Lieblingsfrettchen ihres Onkel Willie, das er einst für die Kaninchenjagd gehalten hatte. Das kurzgeschnittene blonde Haar betonte ihr spitzes Kinn und ihren ziemlich langen Hals. Sie war etwas kleiner als Blanche mit ihren ein Meter siebzig, und vom Alter her konnte sie irgendwo zwischen fünfunddreißig und fünfzig sein. Doch unabhängig vom Alter war sie besser in Form als Blanche, hatte einen flachen Bauch und eine drahtige Figur. Sie hielt sich sehr gerade, aber entspannt, so wie Frauen, die geschult waren, Haltung zu bewahren.

»Nun, egal«, fügte sie hinzu und ersparte es Blanche, sich eine Ausrede ausdenken zu müssen, warum sie keine Reisetasche dabei hatte. »Sie können sich morgen darum kümmern. Sie haben ungefähr Bernices Größe. Sie bewahrt im Landhaus immer eine Ersatzuniform auf. Bis wir dort sind, müssen Sie eben Ihre Straßenkleidung tragen.« Sie schenkte Blanche einen etwas gequälten Blick, bevor sie den kopfsteingepflasterten Weg hinaufging.

Blanche fiel die alte Lady Ivy draußen auf Long Island ein. Sie konnte es auch nicht leiden, die Haushälterin in normaler Kleidung zu sehen. Man könnte sie ja mit einem menschlichen Wesen verwechseln. Blanche verkürzte ihre üblichen großen Schritte, um sich dem Tempo der Frau vor ihr anzupassen. Selbst ein Stein kommt schneller voran, dachte sie achselzuckend.

»Die Köchin hat ein kaltes Mittagessen vorbereitet.« Die Frau drehte den Kopf zu Blanche um. »Sie brauchen das Büfett nur im Eßzimmer anzurichten. Wir werden uns selbst bedienen. Wir werden früh essen. Ich möchte so bald wie möglich aufs Land fahren.« Sie holte tief Luft. »Der Abwasch muß natürlich noch gemacht werden.«

»Oh, verflixt!« Die Frau machte einen Satz nach vorn, als wäre sie über ein unsichtbares Hindernis gestolpert. Dann faßte sie sich wieder und ging weiter und redete, als wäre nichts passiert.

Blanche dachte an ihre Tante Sarah. Sie hatte tatsächlich erlebt, wie ihre Tante Sarah sich unbeirrt darüber erging, wie man am besten einen Truthahn räuchert, während sie in einem Meer von Apfelsinen saß, die sie in einem Supermarkt von einer Tonne gestoßen hatte, nachdem sie über etwas gestolpert war, was niemand zu sehen vermochte. Tante Sarah hatte ihre Anweisungen zum Räuchern von Truthähnen sogar noch fortgeführt, während Blanche und einer der Aushilfsjungen ihr wieder auf die Füße halfen.

»Im Augenblick ist keine andere Hilfe im Haus.« Sie hob die Hand mit den rosa lackierten Nägeln, als wollte sie jede Art von Protest oder Fragen abwehren.

»Auf dem Land werden Sie sich natürlich um das Essen und den Haushalt kümmern«, erklärte die Frau.

Blanche fragte sich, ob reiche Mädchen Unterricht darin bekamen, wie man einer Haushaltshilfe weismacht, ein unmögliches Pensum an Arbeit sei nur eine Kleinigkeit.

»Es ist bereits gelüftet und für uns hergerichtet. Wir leben dort ohne große Etikette. Keine Dinnerparties, kaum Gäste. Unseren hohen Standard behalten wir allerdings stets bei.«

Blanches Mundwinkel verzogen sich zu einem trockenen Lächeln. Manchmal schien sich das Leben über sie lustig zu machen. Selbst auf der Flucht mußte sie noch anderen Leuten hinterherräumen.

»Wir geben unseren festen Angestellten immer Urlaub, wenn wir aufs Land fahren. Darum sind Sie hier.« Die Frau drehte sich um und warf Blanche ein Lächeln zu, das eher breit als freundlich war.

Und weil du es mit einer einzigen Hilfe billiger haben kannst, fügte Blanche im stillen hinzu. Was hatte es mit dem Geld auf sich, daß es die Menschen, die es hatten, veranlaßte, es nicht auszugeben? Blanche erwiderte den Blick der Frau mit einem zähnefletschenden Lächeln und einem spröden »Ja, Ma'am«. Sie war erleichtert zu erfahren, daß die festangestellte Haushälterin weg war. Sie fragte sich, ob die Frau mit Menschen, die nicht ihre Angestellten waren, auch so direkt und unverblümt redete.

Die Frau blieb stehen und drehte sich so plötzlich um, daß Blanche beinahe mit ihr zusammengestoßen wäre. Prüfend betrachtete sie Blanches Gesicht. »Sie haben doch schon für uns gearbeitet, nicht wahr?« Eine senkrechte Falte grub sich in die Mitte ihrer Stirn. »Ich habe die Agentur ausdrücklich gebeten, uns jemanden zu schicken, die unseren … Tagesablauf kennt. Meine Tante ist … An Ihr Gesicht kann ich mich irgendwie nicht erinnern …« Sie kniff leicht die Augen zusammen.

Blanche zwang ihren Mund zu einem Zahnpasta-Lächeln und zwinkerte der Frau schnell zu. »O doch, Ma'am!« Blanches Stimme war zwei Oktaven höher als sonst. »Sie erinnern sich! Vor ungefähr sechs Monaten habe ich für Sie gearbeitet. Ich glaube, eine von Ihren Angestellten war damals krank? Oder hatte vielleicht einen Todesfall in der Familie?« Erwartungsvoll schaute sie die Frau an.

Die Frau sah sie einen Augenblick lang mit leerem Gesichtsausdruck an. »Oh, ja, natürlich.« Schnell drehte sie sich um und setzte ihren Weg fort. »Mein Gedächtnis ist in letzter Zeit einfach schrecklich«, erklärte sie Blanche über die Schulter hinweg. »Es gibt so viel zu überlegen und zu bedenken ... so viel lastet auf meinen ...«

Blanche lächelte und nickte. Sie hat nicht die leiseste Ahnung, was in ihrem eigenen Haus vor sich geht. Das hatte Blanche bereits vermutet. Die Frau hatte sich ja nicht einmal nach ihrem Namen erkundigt. Das war ihr nur recht. Das letzte, was Blanche jetzt gebrauchen konnte, war eine ehrlich interessierte Arbeitgeberin. Aber die festangestellte Haushälterin tat ihr leid. Wenn man einen Arzt brauchte, reagierte diese Sorte von Arbeitgeberinnen darauf mit einem Sack alter abgelegter Kleider.

Das Haus, dem sie sich näherten, war groß, mehrflüglig und elegant. Es war aus diesen eigenartigen rosa Ziegeln gebaut, die Blanche, soweit sie sich erinnern konnte, bisher nur in diesem Teil des Landes gesehen hatte. Blanche glaubte an die Ausstrahlung von Häusern. Sie hatte schon in zu vielen gearbeitet, als daß sie – wie die meisten Menschen – so tun konnte, als wäre ein Haus einfach nur ein Gebäude. An der Art, wie ein Haus in eine Landschaft paßte oder sich ihr aufdrängte, konnte sie häufig erkennen, wie es darin zuging. Dieses Haus erhob sich aus einem Bett von Blumen und Büschen, die dafür sprachen, daß sich ein Gartenarchitekt und mindestens einmal pro Woche ein Gärtner darum kümmerten, die beide einen Blick dafür hatten, Natur und Architektur zu vereinen. Aber ihr persönlich hatte dieses Haus nichts zu sagen. Genauso wie für die Frau, die darin lebte, hatte sie für dieses Haus nichts als eine Funktion zu erfüllen. Glücklicherweise würde sie nicht lange bleiben, so daß es keine Rolle spielte.

Sie folgte der Frau drei Stufen hinauf auf eine geflieste Veranda und durch eine Terrassentür in ein Zimmer, das nach Leder roch und dessen Wände mit so vielen Büchern vollgestellt waren, daß es auch eine Nische in der New Yorker Stadtbücherei hätte sein können. Die Frau öffnete eine Tür auf der anderen Seite des Raumes. Blanche folgte ihr einen langen Korridor hinunter, um eine Ecke herum, an vier oder fünf weiteren Türen vorbei, durch einen dunklen, teppichlosen und engeren Flur in eine große, helle Küche.

Sie war mindestens so attraktiv, gut geplant und ausgestattet wie die Küchen, die sie in New York kennengelernt hatte. Und sie war größer als die meisten – mit einer Mikrowelle, zwei in Augenhöhe eingebauten Backröhren, einem Grill, einem zweitürigen, in die Wand eingelassenen Kühl- und Gefrierschrank, einem Herd mit acht Kochplatten, Töpfen mit Kupferböden, die von der Decke hingen, einer Fülle von Küchenschränken, und in der Mitte des Raumes befand sich eine Arbeitsplatte komplett mit Spüle und Müllschlucker. Diese Küche war so anders als der Raum mit dem wackeligen Herd und dem tropfenden Wasserhahn in dem Haus, wo Blanche wohnte, daß sie nicht der Meinung war, die beiden verdienten denselben Namen.

»Ich denke, Sie werden alles finden, was Sie brauchen.« Die Frau sah sich in der Küche um wie ein Hotelpage, der die Handtücher überprüft. »Heute mittag werden wir zu dritt bei Tisch sein. Wir möchten um elf Uhr dreißig essen. Sie können das Zimmer die Treppe hinauf, erste Tür links, benutzen, um sich frisch zu machen. Lassen Sie nichts liegen, denn Sie werden nicht mehr hierher zurückkehren.« Die Frau blickte Blanche erwartungsvoll an.

»Ja, Ma'am«, erwiderte Blanche. »Ich verstehe.« Blanche hatte den Eindruck, die Frau wollte noch etwas hinzufügen, aber da klingelte das Telefon. Abrupt drehte die Frau sich um und stieß eine Schwingtür auf, die, so vermutete Blanche, die Küche vom Rest des Hauses trennte. Das Telefon verstummte mitten im Klingeln.

Blanche lehnte sich an die Arbeitsplatte und atmete langsam und gleichmäßig aus. Wenn die Agentur einen Ersatz für sie gefunden hatte, würde diese Person hier ziemlich bald auftauchen. Was dann? Miz Hausherrin würde bestimmt den Sheriff rufen. Um ihr Gesicht zu wahren, weil sie eine Fremde in ihr Haus gelassen hatte, würde sie vielleicht sogar behaupten, Blanche hätte sich unaufgefordert ins Haus gedrängt oder versucht, etwas zu klauen.

Wenn ich auch nur ein bißchen Verstand hätte, dachte Blanche, würde ich jetzt abhauen. Aber wo war der Ausgang? Ein Blick aus dem Küchenfenster zeigte ihr einen von Mauern umgebenen Hof, wo es keinen von Bäumen gesäumten Weg gab wie den, auf dem sie ins Haus gekommen waren. Wenn sie durch den Vordereingang des Hauses ging, stieß sie womöglich mit der Frau zusammen, und den Weg zum Hinterausgang würde sie mit Sicherheit nicht zurückverfolgen können.

Sie hörte ein Geräusch hinter der Schwingtür und versteckte sich schnell hinter dem heiteren, aber leeren Gesichtsausdruck, hinter dem sie sich bisher vor der Frau verborgen hatte. Blanche hatte schon vor langer Zeit gelernt, daß manche ArbeitgeberInnen sich wohler fühlten, wenn die Haushaltshilfen freundlich, aber dumm wirkten, so als wären ihre Brieftaschen, ihre Autos und ihre Vorstellungen von sich selbst dann völlig sicher. Viele Schwarze waren nicht bereit, die Einfältigen zu spielen, aber Blanche fand es manchmal nützlich, sich hinter dieser Rolle zu verbergen. Außerdem machte es ihr insgeheim sehr viel Spaß, Leute zum Narren zu halten, die sich aufgrund dessen, wie sie aussah und ihren Lebensunterhalt verdiente, für schlauer hielten.

»Das war Ihre Agentur«, sagte die Frau, als sie in die Küche kam. »Sie riefen an, um zu sagen, daß Sie erst morgen kommen können! Stellen Sie sich das vor! Ich habe denen ganz schön die Leviten gelesen, wie chaotisch sie arbeiten.«

Die Frau sah so zufrieden mit sich aus, daß Blanche sich fragte, ob es ihr Spaß machte, Leuten die Meinung zu sagen – aber vielleicht war es auch nur das Neuartige daran, was sie aufleben ließ.

»Sie sollen sie anrufen. Vielleicht nach dem Essen.« Sie drehte sich um, um Blanche ein weiteres dieser nur auf die Lippen beschränkten Lächeln zu schenken, und stieß dabei gegen einen Stuhl. »Au!« Die Frau schubste den Stuhl weg, als hätte er sie angegriffen. Abrupt wandte sie sich um und verließ die Küche, als könnte sich der ganze Raum mit dem Stuhl verschworen haben.

Es war das zweite Mal, daß Blanche sie hatte stolpern sehen. Etwas an der Unbeholfenheit dieser Frau erinnerte sie an Deke Williams, den Stuntman, für den sie einmal gearbeitet hatte. Sie hatte Deke liebend gern zugehört, wenn er ihr erklärte, wie man sich beim Hinfallen am wenigsten weh tat und wie Charlie Chaplin das Hinfallen zu einer Kunstform erhoben hatte. An der Art, wie diese Frau herumstolperte, gab es gewiß nichts Kunstvolles.

Blanche sah auf die Uhr – 10.45. Wie hatte in so wenigen Stunden nur so viel passieren können? Sie öffnete den Kühlschrank. Drei der geräumigen Fächer waren gefüllt mit kunstvoll dekorierten, mit kaltem Fleisch und Salaten angerichteten Platten sowie mit zwei Blechen Hefebrötchen, die auf den Ofen warteten. Gut. Sie hatte jede Menge Zeit, um ihre Telefonate zu erledigen. Sie hatte bemerkt, daß die Frau nach vorn ins Haus gegangen war, um das Gespräch entgegenzunehmen, statt das Telefon, das an der Küchenwand hing, zu benutzen. Sie überlegte, ob dieses nur für die Schwarzen da war – schließlich waren sie hier im Süden. Aber sie hielt es für wahrscheinlicher, daß die Frau einen Anruf erwartet hatte, den niemand mithören sollte. Blanche ging zur Schwingtür und stieß sie vorsichtig auf, um zu sehen, ob ihre Arbeitgeberin irgendwo in der Nähe war. Blanche wollte auch nicht, daß ihr jemand beim Telefonieren zuhörte. Hinter der Schwingtür befand sich eine Speisekammer mit Regalen und schmalen Unterschränken auf beiden Seiten. Auf der anderen Seite der Speisekammer war eine weitere Schwingtür. Blanche warf einen schnellen Blick hindurch. Sie führte ins Eßzimmer. Es war niemand da. Sie horchte. Nichts. Sie beschloß, die Gelegenheit zu nutzen, solange es sie gab, und ging zurück in die Küche, um ihre Telefonate zu erledigen.

»Ich bin's, Mama.«

»Ich hab' mich schon gefragt, wo du steckst. Ich möchte, daß du unterwegs ...«

»Hör mal zu, Mama. Ich hab' nur eine Sekunde.« Blanche senkte die Stimme und behielt die Schwingtür im Auge. Die Dringlichkeit in ihrem Ton hielt ihre Mutter davon ab, sich darüber zu beschweren, daß sie mitten im Satz unterbrochen worden war.

»Ich wollte dir nur sagen, daß ich in Sicherheit bin. Ich ...«

»Was meinst du mit ›in Sicherheit‹?« wollte ihre Mutter wissen. »Ich wüßte nicht, wieso du nicht in Sicherheit sein solltest!«

»Ich kann das jetzt nicht erklären, Mama. Vertrau mir einfach und kümmere dich um die Kinder, bis ich es wieder kann ... Falls der Sheriff oder jemand nach mir fragt, sag ihnen, daß du nicht mit mir gesprochen hast. Sag ihnen, daß du vermutest, ich wär' nach New Orleans durchgebrannt, was ich schon öfters angedeutet hätte. Aber bitte laß das nicht die Kinder hören ... Es geht ihnen doch gut, oder? Ja, ich weiß, daß du nicht lügen magst, Mama, darum kannst du dir denken, wie wichtig es für mich ist, sonst würde ich dich nicht darum bitten. Sag Taifa und Malik, daß ich sie liebe und daß es mir leid tut, daß ich nicht anrufen konnte, als sie zu Hause waren, und sag ihnen ...«

»Mach dir keine Sorgen um die Kinder«, unterbrach Miz Cora sie. »Meinen Enkeln geht es sehr gut bei mir, sehr gut.«

Nachdem ihre Mutter aufgelegt hatte, hielt Blanche noch ein paar Sekunden den Hörer ans Ohr und starrte auf die Wand vor ihr. Die Worte ihrer Mutter lasteten auf ihr wie ein schweres Gewitter. Ihr Ton war unmißverständlich gewesen. Blanche fühlte sich wie ein Soldat, dem ein bevorstehender Krieg angekündigt wurde.

Es schien eine Ironie zu sein, daß sie nach Kalifornien und all ihrem Widerstand, mit Taifa und Malik belastet zu werden, Angst hatte, die Stadt ohne sie zu verlassen – obwohl das das einzig Sinnvolle war.

Aber sie wollte nicht mit ihrer Mutter darum kämpfen, sie zurückzubekommen. Bei dem Gedanken, gegen ihre Mutter kämpfen zu müssen, zog sich ihr Magen zusammen. Blanche hatte lange gebraucht, um sich Miz Coras starkem Einfluß zu entziehen und sich wie eine eigenständige Frau zu fühlen. Ihre Mutter hatte es nicht gebilligt, daß sie aus der Kirche austrat, daß sie Farleigh verließ und nach New York ging und daß sie beschloß, weiterhin im Haushalt zu arbeiten, statt Krankenschwester zu werden wie ihre Schwester oder irgendeinen anderen Beruf zu wählen, auf den Mütter stolz sind. Fast zwanzig Jahre lang hatten sie sich über Blanches ungeglättetes Haar gestritten. Ihre Beziehung wurde weniger streitlustig, nachdem Blanche bewiesen hatte, daß sie gottlos und moralisch zugleich war, daß New York sie nicht automatisch zum Junkie machte und daß sie wegen ihrer Frisur nicht als Revolutionärin verhaftet wurde. Doch zu Hause bei ihrer Mutter, wo hauptsächlich Miz Coras Geist die Wände und Böden zusammenzuhalten schien, hatte Blanche manchmal das Gefühl, wieder in Söckchen und mit Zöpfen herumzulaufen. Sie wollte nicht, daß Taifa und Malik einmal so hart um ihre Freiheit würden kämpfen müssen. Sie wählte eine weitere Nummer. Ardell nahm den Hörer beim ersten Klingelzeichen ab. »Hey, Freundin, ich habe gerade an dich gedacht. Wie lief es heute mor... Was ist los?«

Ardells Gespür dafür, daß etwas schiefgelaufen war, bevor Blanche es ihr hatte sagen können, war einer der Gründe, warum ihre Freundschaft schon so lange währte. In all den Jahren, während Blanche in New York oder als erwachsene Ausreißerin in Kalifornien gelebt hatte, während Ardells verrückter Ehe und ihrer religiösen Konvertierung (sowie Rückkonvertierung), hatten sie einander mit einer solchen Intensität und Beständigkeit unterstützt und ermutigt, daß ihre Männer oft eifersüchtig und mißtrauisch waren. Doch weder Blanche noch Ardell hatten sich Gedanken darum gemacht. Sie fanden, daß ihre Beziehung niemanden etwas anging, und das ließen sie auch jeden wissen.

»Ha! Du wirst kaum glauben, was für ein Mist mir passiert ist!« Blanche brachte Ardell auf den neuesten Stand und bat sie, die Frauen anzurufen, deren Häuser Blanche in den nächsten Tagen saubermachen sollte.

»Ich werde ihnen sagen, daß du die Grippe hast. Und ich gehe auch bei deiner Mutter vorbei und schaue, ob es etwas zu tun gibt.«

»Das kann ich wirklich gebrauchen. Ich habe so ein schlechtes Gewissen, daß ich Mama und den Kindern all diese Sorgen aufhalse.«

»Ich würde mich ja gern um die Kinder kümmern, aber du weißt, daß Miz Cora mir an die Gurgel gehen würde, wenn ich auch nur vorschlage, daß sie sich von ihren Enkelkinderchen trennen soll! Doch was die Sorgen betrifft – Miz Cora ist schon mit weitaus Schlimmerem fertig geworden. Denk du lieber nicht über Dinge nach, die dich beunruhigen. Du hast schon genug am Hals.« Ardell hielt inne und fügte dann hinzu: »Ich glaube, ich sollte mir lieber ein Auto borgen und deinen Hintern retten kommen!«

»Nein. Wir fahren in ein paar Stunden in ihr Landhaus. Dort bin ich viel sicherer. Aber jetzt sollte ich mit dem Telefonieren aufhören und diesen Leuten das Mittagessen auf den Tisch bringen.« Sie sprach schnell und eindringlich, um Ardell von dem Gedanken abzubringen, sich ein Auto zu leihen. Blanche wußte genau, wessen Auto Ardell im Sinn hatte. Aber ihr Versuch, Ardell abzulenken, war so fruchtlos wie immer.

»Was ist mit Leo?« Ardells Stimme war eine Studie in Gleichmütigkeit, die Blanche jedoch keine Sekunde lang täuschte. »Soll ich ihn anrufen? Er ...«

»Fang damit gar nicht erst an, Ardell. Du weißt, was ich von Leo halte. Ich habe dir gesagt, daß ich ...«

»Schon gut, schon gut«, unterbrach Ardell sie. »Sag mir Bescheid, wenn ich dir helfen kann.«

»Danke, Schätzchen. Ich melde mich.« Blanche hängte den Hörer auf und trommelte mit den Fingern auf der Arbeitsplatte. In gewisser Weise war sie froh, daß Ardell Leo erwähnt hatte. Sie brauchte etwas, womit sie sich beschäftigen konnte, bevor sie sich selbst zu sehr bemitleidete oder zu viel Angst bekam, um noch handeln zu können. Und es gab nichts besseres, als Leo zu erwähnen, um sie auf die Palme zu bringen.

Seit ihrer High-School-Zeit hatten sie keine Beziehung mehr. Doch einige Leute in der Stadt, einschließlich Ardell, schienen zu glauben, sie wären vom Himmel füreinander bestimmt. Und sie war nicht sicher, ob Leo nicht auch so dachte, wenn er den Kindern Spielsachen mitbrachte und ihnen bei den Hausaufgaben half. Wenn die Liebe bei einem Mann durch den Magen ging, dann ging die Liebe bei einer Frau sicherlich durch ihre Kinder. Leider gab er ihr aber ständig ungebetene Ratschläge, ob es nun um die Erziehung der Kinder ging oder darum, was für Kleider sie tragen sollte. Und als wollten sie sie zusätzlich reizen, hatten Taifa und Malik, ohne von irgendwem dazu veranlaßt worden zu sein, angefangen, ihn Onkel Leo zu nennen. Hätte Blanche jedesmal zehn Dollar bekommen, wenn sie ihn gebeten hatte, sich um seinen eigenen Mist zu kümmern, hätte sie jetzt genug Geld, um sich ein Auto zu kaufen und auf der Stelle die Stadt zu verlassen. Aber egal, wie sehr sie ihn anschrie oder wie sarkastisch sie wurde, er war immer bereit, ihr, wo nötig, zu helfen, selbst wenn er ihr dabei einen Vortrag hielt, wie unpraktisch und verrückt sie sei. Es kam ihr vor, als hätte er beschlossen, sie mit Freundlichkeit und Gutmütigkeit mürbe zu machen. Nein, sie wollte ganz bestimmt nicht, daß er jetzt seine Nase in diese Sache steckte und ihr Vorhaltungen machte, warum sie sich das Geld, das sie brauchte, nicht von ihm geliehen hätte, und sie behandelte, als bräuchte sie einen Aufpasser! Gestärkt durch ihre Entrüstung über Leo konzentrierte sie sich darauf, ihrer momentanen Situation mit größerer Zuversicht ins Auge zu sehen.

Ja, auch das hier wird ein Ende nehmen, sagte sie sich. Ich habe Zeiten erlebt, die mindestens genauso schlimm waren. Daß ihre Wohnung mitten im Winter abgebrannt war und sie sich daneben um zwei Kinder kümmern mußte, war bestimmt genauso schrecklich, wie für dreißig Tage ins Gefängnis zu gehen. Daß ihr alles, was man wegtragen konnte, aus der Wohnung gestohlen worden war, und daß sie anschließend nicht nur einmal oder zweimal, sondern dreimal in drei Wochen auf der Straße überfallen worden war, war bestimmt vergleichbar mit der Situation, vor dem Sheriff auf der Flucht zu sein. Ich muß einfach allem gewachsen sein, was immer ich auch tun muß, sagte sie sich.

Sie ging durch die Küche und öffnete die Schränke auf der Suche nach Tellern. Hinter der ersten Tür fand sie Regale mit Himbeeressig, Koriander, nativem Olivenöl und Safran – Dinge, die sie regelmäßig in den Küchen eleganter Eigentumswohnungen und Lofts in Manhattan verwendet hatte oder in den würdigen alten Familiensitzen aus braunem Sandstein, wo sie ihre Arbeitskraft als Köchin, Haushälterin, Zofe, Hausmädchen, Serviererin, Wäscherin oder Näherin angeboten hatte – je nachdem, welche Dienstleistung oder Kombination von Dienstleistungen eine Arbeitgeberin brauchte und sich leisten konnte. Die Küchen, die sie kennenlernte, seit sie in Farleigh auf Tagesjobs angewiesen war, waren eher mit Seelachsschnitzeln als mit Kaviar ausgestattet. Doch diese Leute sind reich und gut genährt, dachte sie und fragte sich, wer wohl die beiden anderen Plätze beim Mittagessen einnehmen würde. Sie kostete etwas italienisches Piment und ein paar französische Kapern. In anderen Küchen hatte sie manchmal fremdländische Zutaten in der Hand gehalten und sich vorgestellt, wie sie selbst sie in ihrem Ursprungsland einkaufte. Manchmal führten diese Phantasien sie zu der Erkenntnis, wieviel es auf der Welt zu sehen und zu tun gab und wie wenig sie wahrscheinlich davon erleben würde. Heute hätte sie allerdings die Gelegenheit, auf eine Weltreise zu gehen, gegen die Möglichkeit, einfach nur heimkehren zu können, eingetauscht.

Sie wurde von den fermentierten Bohnen auf ihrer Fingerspitze durch die Gewißheit, daß sie gleich einen Besucher haben würde, der nicht die blonde Frau war, abgelenkt. Blanche drehte sich zur Tür um. Sie wurde langsam von einem kleinen, dicken jungen Mann mit mandelförmigen Augen geöffnet. Er trug einen dunkelblauen Anzug, bei dem es sich um eine Uniform handeln konnte, auch wenn er die Hose im Schritt hochgezogen und über dem Bauch fest zusammengegürtet hatte. Der Gürtel war nicht durch die Schlaufen gezogen. Obwohl er nicht besonders kräftig war, erinnerte der junge Mann Blanche an die japanischen Sumo-Ringkämpfer, die sie eines Nachts im Fernsehen gesehen hatte, als sie aus Sorge darüber, wie sie die Gasrechnung und die Stromrechnung mit denselben fünfundsechzig Dollar bezahlen sollte, nicht einschlafen konnte. Sein ganzer Körper war rundlich, von seinem runden, zur Glatze neigenden Kopf (obwohl er nicht älter als fünfundzwanzig oder so aussah) über seine runden Schultern und den Kinderbauch bis zu den abgerundeten Buster-Brown-Schuhen. Die Brille mit dem durchsichtigen Plastikgestell wurde mit einem schwarzen Band am Kopf festgehalten. Eine große, dicke Hand umklammerte den Türgriff. Ihn umgab eine Art von Harmlosigkeit, die bei einem weißen Mann verwirrend war.

»Hallo.« Seine Stimme war freundlicher, als sie erwartet hatte. Sie nickte. »Mumsfield«, sagte er und tippte sich leicht auf die Brust. Er schloß die Tür hinter sich und betrachtete sie mit einem schüchternen, Zahnlücken vorweisenden Lächeln. Blanche war von Menschen mit Zahnlücken eingenommen, zumal sie selbst zwischen ihren Schneidezähnen eine beachtliche Lücke hatte.

»Blanche.« Langsam schraubte sie den Deckel auf dem Glas fest, das sie in der Hand hielt, aber ihre Aufmerksamkeit war auf den jungen Mann gerichtet. Sie hatte gewußt, daß gleich jemand zur Hintertür hereinkommen würde, und er war es, den sie gespürt hatte.

»Ich fahre den Wagen.« Mumsfield befand, seine marineblaue Hose müßte noch höher sitzen. Rotblonde Haare kräuselten sich auf den Handgelenken unter den Jackettärmeln. Der Chauffeur, dachte Blanche und fuhr fort, die Schränke zu öffnen.

»Ich kenne mich sehr gut aus mit Kraftfahrzeugen.« Das letzte Wort sprach er ganz langsam aus, dehnte jede einzelne Silbe, als hasse er es, sie loszulassen. »Sehr gut«, wiederholte er.

Ein eingebildeter Chauffeur, dachte Blanche, und wohl etwas zurückgeblieben. Sie fragte sich, warum die Frau ihm nicht freigegeben hatte wie den anderen Angestellten, aber dann fiel ihr ein, daß sie nach dem Essen aufs Land fuhren. Sie hoffte, es handelte sich nicht um eine dieser Familien, bei denen die Aushilfe bis auf das Hinternabwischen alles tun mußte.

»Heute nachmittag fahre ich zum Landhaus«, erklärte Mumsfield, wobei er ihre Gedanken zu wiederholen schien. »Das Landhaus ist Tante Emmelines Lieblingsort.« Er hielt einen Moment inne. Als er wieder sprach, war seine Stimme sogar noch sanfter als zuvor – und trauriger. »Vielleicht ist Tante Emmeline dort wieder sie selbst. Mumsfield ... ich meine, ich hoffe es. Was glauben Sie, Blanche?«

Blanche warf ihm einen skeptischen Blick zu und fragte sich, wovon zum Teufel er redete. »Wir werden alle wohlbehalten im Landhaus ankommen, wenn Sie die Straße im Auge behalten und sich an die Geschwindigkeitsbegrenzung halten«, erklärte sie.

»O Blanche! Sie sind witzig, Blanche!« Er hatte ein kindisches Kichern, das sie zum Schmunzeln brachte.

Sie wollte ihn fragen, wer außer der blonden Frau zum Mittagessen käme und wie sie hieße, aber sie behielt ihre Fragen für sich. Angeblich hatte sie schon einmal für diese Leute gearbeitet. Sie probierte eine Tür, die entweder zu einem großen Schrank gehören, in den Keller oder in ein anderes Zimmer führen mußte. Die Tür war abgeschlossen.

»Was ist dahinter?«

»Der Keller«, antwortete er. »Die Tiefkühltruhe und die Waschmaschine sind dort unten.«

Wahrscheinlich auch der Wein, dachte sie. Warum eine Waschküche sonst abschließen? Sie öffnete andere Schränke, aber sie fand keine Teller. Nun, zumindest kann er mir sagen, wo die Teller sind. Man kann von mir nicht erwarten, daß ich mich daran erinnere. Sie überlegte, was sie ihn noch fragen könnte, als sie den eingebauten Geschirrschrank entdeckte. Sie nahm drei Teller heraus.

»Die Köchin ließ mich den Tisch decken, bevor sie ging, Blanche«, sagte er. »Mumsfield ... ich meine, ich war sehr traurig, als die Köchin ging.« Er ließ den großen Kopf mit dem Kranz glatter rotblonder Haare hängen. Blanche war fast sicher, daß sie sein Kinn zittern sah.

»Nun, sie wird schon bald zurück sein.« Sie begann, die angerichteten Platten aus dem Kühlschrank zu nehmen. Sie fragte sich, ob die Köchin seine Frau war. Selbst dann war es etwas ungewöhnlich, daß der Chauffeur beim Tischdecken half. Und warum sprach er über sich, als wäre er jemand anderes? Natürlich waren eine Menge dieser kleinstädtischen SüdstaatlerInnen etwas merkwürdig, heirateten ihre Cousinen und Cousins und wer weiß was noch. Und er sah auch komisch aus. Er erinnerte sie an jemanden, aber sie wußte nicht, an wen.

»Wo ist das Landhaus?« fragte sie so beiläufig wie möglich.

»In der Nähe von Hokeysville, Blanche.«

Blanche nickte. Sie kannte die Gegend nicht und wußte nur, daß es nicht weit von der Küste war. Es gab dort keine Stadt in der Nähe, wo der Interstate-Bus Reisende aufgenommen hätte.

»Entschuldigen Sie bitte, Mumsfield, Schätzchen.« Blanche trug eine Platte mit Putenaufschnitt, hauchfeinem Roastbeef und Schinken durch die Schwingtür ins Eßzimmer. Es stimmte sie nachdenklich, wie unbefangen sie das Wort »Schätzchen« an seinen Namen geknüpft hatte.

Blanche hatte dem Eßzimmer keine Aufmerksamkeit geschenkt, als sie zuvor hineingeschaut hatte. Der Raum hatte eine hohe Decke und eine altrosa Tapete mit goldenen Blättern. Der lange glänzende Rosenholztisch war von Stühlen umgeben, deren Lehnen Blanche überragten. Die aufragenden Stühle, das hohe glänzende Sideboard und die riesigen Bilder von Plantagen und offenen Feldern waren alle so überdimensional, daß Blanche mit dem Gedanken spielte, die Möbel könnten einem Riesen gehören. Sie wußte aus anderen Häusern, in denen sie gearbeitet hatte, daß reiche Leute gern Dinge von anderen Völkern besaßen – AfrikanerInnen, Eskimos und amerikanischen UreinwohnerInnen. Es schien egal zu sein, wie ein Gegenstand aussah oder welch blutrünstigem Zweck er gedient haben mochte, solange er vorher nur anderen Völkern gehört hatte, und zwar vor so langer Zeit wie möglich. Warum dann nicht auch die Sachen eines Riesen? Sie lächelte, als sie Eistee, Wasser und Kaffee ins Eßzimmer schob. Sie erfand eine Geschichte für Ardells fünfjährige Nichte über die Möbelfabrik eines Riesen.

Aber sie würde nicht nach Hause zurückkehren. Sie würde Ardells Nichte oder ihre eigenen Kinder für eine Weile nicht sehen. Ihr zunehmendes Gefühl, aus ihrem eigenen Leben herausgerissen und mitten ins Leben von jemand anderem geplumpst zu sein, wurde durch ein leises Geräusch hinter der geschlossenen Tür auf der anderen

Seite des Eßzimmers unterbrochen. Sie drehte sich um. Die Tür wurde langsam aufgeschoben. Ein Mann sprach, während er die Tür vor sich aufstieß. Blanche trat schnell in die Speisekammer zurück und ließ die Schwingtür bis auf einen Spalt zufallen. Sie machte sich keine Sorgen, daß Mumsfield sie beim Lauschen erwischte. Sie wußte, daß er die Küche verlassen hatte, als sie im Eßzimmer war. Es fiel ihr auf, daß sie ihn nicht hatte gehen hören, aber sie wußte, daß er gegangen war. Sie lugte durch den Türspalt.

Das zerfurchte Gesicht und das sonnengebleichte Haar des Mannes erinnerten sie an die Sorte von Menschen, die in Kenia auf Großwildjagd gingen oder auf einer Hochseeyacht in der grellen karibischen Sonne Schwertfische angelten. Blanche rechnete damit, daß sein Lächeln umwerfend war. Sie hatte eine persönliche Aversion gegen schöne Männer und fragte sich daher, ob er außer seinem prächtigen Gesicht noch etwas zu bieten hatte. Auf jeden Fall hätte der Preis seiner lässigen Hose, des Hemdes und des Jacketts eine vierköpfige Familie etwa sechs Monate lang ernähren können.

»Grace, ich sage dir, es wird nicht länger als zehn Minuten dauern«, erklärte er der blonden Frau, die ihm ins Zimmer gefolgt war. Sie rang die Hände, als wringe sie Wäsche. Er sprach mit ihr in diesem liebevollen »Aber, aber«-Ton, der bewirkte, daß Blanche sich die Nackenhaare sträubten. Er machte eine Pause, um sich in dem großen, goldgerahmten Spiegel auf der anderen Seite des Zimmers zu betrachten. Nach dem Lächeln zu urteilen, das er seinem Spiegelbild schenkte, schien er nichts an sich auszusetzen zu haben.

»Du weißt, wie er ist«, fuhr der Mann fort. »Sobald wir ihm erklären, daß sie eine verschleppte Grippe und starken Husten hat, wird er so schnell wie möglich abhauen!« Er lachte und drehte sich zu der Frau um. Er sagte etwas über jemandes Sehkraft, was Blanche nicht ganz verstand.

»Aber Everett, was ist, wenn sie nicht mitmacht? Gerade eben war sie schrecklich zu mir! Sie ist unkontrollierbar!«

Der Mann lachte, nahm ihre zitternden Hände und hielt sie in den seinen wie einen gefangenen Vogel. Er hatte jene großen, langfingrigen Hände, von denen Blanches Tante Mae immer behauptete, sie wären ein Zeichen dafür, daß ein Mann auch woanders großzügig ausgestattet sei.

»Mach dir keine Sorgen, Liebling, sie wird mitmachen. Das verspreche ich dir.« Seine Stimme klang zärtlich, aber ein gewisser Unterton darin machte Blanche froh, daß nicht sie diejenige war, über die er sprach. Doch obwohl seine Stimme sie schaudern ließ, war sie verblüfft über die fast mütterliche Art, in der er nicht nur seinen Kopf, sondern seinen ganzen Körper zu Grace hinunterbeugte. Diese Haltung drückte etwas sowohl Beschützendes als auch Gockelhaftes aus, als verleihe er dieser nervösen, besorgten Frau nicht nur Kraft und Schutz, sondern sonne sich auch noch in dieser Fähigkeit.

»Grace und Everett«, sagte Blanche gespreizt, als das Paar in Richtung des Büfetts aus ihrer Sicht verschwand. Ihre Nachnamen interessierten sie eigentlich nicht. Sie nannte ihre ArbeitgeberInnen im stillen immer beim Vornamen. Das half ihr, sich daran zu erinnern, daß jemand, der das Geld hatte, sich eine Haushaltshilfe zu leisten, nicht etwas Besseres war, sondern nur reicher. Zu ihren ArbeitgeberInnen persönlich sagte sie immer Ma'am und Sir, egal wie sehr sie auf irgendeinem Titel oder Namen bestanden. Sie hatte einmal zwei Katzen mit den Namen Ma'am und Sir gehabt.

»Soll sie doch der Teufel holen!« Das Klirren des Bestecks unterstrich seine Worte. »Wenn deine liebe Tante nicht den törichten Entschluß gefaßt hätte, deinem idiotischen Cousin den größten Teil ihres Besitzes zu überlass...«

Blanches Aufmerksamkeit wurde von einem Gefühl abgelenkt, das sie überraschte. Mumsfield, dachte sie. Und in dem Augenblick öffnete er dieselbe Tür, durch die Grace und Everett eingetreten waren. Was machte er dort? Sein Haar war frisch gekämmt und glänzte. Er trug denselben blauen Anzug und dasselbe weiße Hemd, hatte aber jetzt ein Paar breite, leuchtend orangefarbene Hosenträger angelegt.

»Hallo, Cousin Everett. Hallo, Cousine Grace«, sagte er und gesellte sich zu ihnen ans Büfett.

»Jetzt hol mich doch der Teufel«, sagte Blanche zu sich.

»Hallo, mein Lieber.«

»Hallo, mein Junge!« Everett sprach lauter als vorher mit Grace, als glaubte er, Mumsfield wäre schwerhörig.

Wenn sie sein Cousin und seine Cousine sind, mußte Tante Emmeline, von der Mumsfield geredet hatte, auch ein Familienmitglied sein und nicht eine alte Angestellte der Familie mit einem Ehrentitel, wie Blanche geglaubt hatte. Vielleicht war Tante Emmeline diejenige, von der Grace behauptet hatte, sie sei unkontrollierbar. Aß sie deshalb nicht mit dem Rest der Familie zu Mittag? Und warum tat Mumsfield so, als sei er der Chauffeur? Sie erinnerte sich, daß er eigentlich nicht behauptet hatte, er sei der Chauffeur, sondern nur, daß er den Wagen fahre. Soviel zu ihrer Befürchtung, es mit einer Familie zu tun zu haben, die nicht bereit sei, auch nur einen Finger zu rühren. Zumindest ein Familienmitglied schien mehr als bereit dazu zu sein.

Die drei setzten sich an den Tisch: Everett an das Kopfende, Grace zu seiner Linken, mit dem Rücken zu Blanche, und Mumsfield zu seiner Rechten, mit dem Gesicht zur Speisekammer. Blanche musterte ihn. Sie bemerkte die Falten um seine Augenwinkel und die dicken Finger. Natürlich, dachte sie. Jetzt fiel ihr ein, an wen er sie vorhin erinnert hatte. An Baby Joe, Miz Harriets Sohn. Aber Baby Joe war infolge des Down-Syndroms sehr zurückgeblieben. War es auch möglich, daß sich das Down-Syndrom nur ein bißchen auswirkte, so daß es nicht sofort auffiel? Sie erinnerte sich, wie Mumsfield sich selbst wiederholt beim Namen genannt hatte und wie sorgfältig er manche Worte aussprach und den Lauten nachhing, wie Kinder es häufig machen.

Vor lauter Interesse an Mumsfield lehnte sich Blanche etwas zu stark an die Tür, und sie schwang auf ins Eßzimmer. Schnell stieß Blanche die Tür noch weiter auf und streckte den Kopf ins Zimmer, als wäre das alles geplant gewesen.

»Ist alles in Ordnung, Ma'am?«

»Oh! Oh, ja«, Grace winkte Blanche ins Zimmer. Everett beugte sich hastig vor und ergriff das Glas, das Grace beinahe umgestoßen hätte. Zwei große Tropfen Wasser spritzten auf ihr Roastbeef. Everett machte einiges Aufheben um ihren Teller und bestand darauf, daß sie sich eine neue Portion nahm. Blanche nahm das gewässerte Raostbeef weg und holte einen sauberen Teller. Everett füllte ihn und brachte ihn Grace.

»Everett, Mumsfield, das ist ... äh ... das ist ... die Frau, die die Agentur geschickt hat. Sie hat schon einmal bei uns gearbeitet.« Grace vermied es, Everett anzusehen.

Mumsfield blickte Blanche fragend an. Er öffnete den Mund, als wolle er etwas sagen, dann schloß er ihn wieder.

»Ja, Sir«, sagte Blanche schnell. »Ich freue mich, daß ich wieder bei Ihnen arbeiten kann.« Sie warf Mumsfield einen raschen Blick zu. Er grinste wie ein Honigkuchenpferd.

»Ihr Vorname ist Blanche, Cousine Grace«, erklärte er. »An ihren Nachnamen kann ich mich nicht erinnern.« Er zwinkerte Blanche zu, bevor er seine Aufmerksamkeit dem riesigen Berg Kartoffelsalat auf seinem Teller zuwandte.

»White ist mein Name«, fügte Blanche mit klarer, nachdrücklicher Stimme hinzu. »Blanche White.«

Kaum war es raus, da hätte sie sich auch schon einen Tritt geben können, weil sie sich keinen falschen Namen ausgedacht hatte. Ihre Familie war daran schuld, weil sie ihr einen Namen gegeben hatte, der sie so in die Defensive brachte, daß sie nicht einmal auf den Gedanken gekommen war, diese Leute anzulügen. Sie beobachtete, wie die Überraschung auf Everetts Gesicht einem kaum verhüllten Grinsen wich. Grace sah sie erstaunt an. An ihren Armbewegungen konnte Blanche erkennen, daß sie die Serviette auf ihrem Schoß in den Händen wrang. Mumsfield hörte auf zu essen und sah von Grace zu Everett, als könnten ihre Gesichter ihm erklären, was vor sich ging.

Blanche war es gewohnt, daß manche Leute ein Kichern überkam, wenn sie ihren Namen hörten. Sie fand nicht, daß ein Name, der zweimal »Weiß« bedeutete, witziger war als der Name Grace für eine Frau, die über unsichtbare Gegenstände stolperte und Gläser mit Wasser umstieß. Blanche bedachte sie mit einem kurzen Nicken und kehrte in die Küche zurück.

Sie erwartete Mumsfield bereits, als er die Hintertür öffnete.

»Ich kenne alle, die jemals in unserer Küche gearbeitet haben«, erklärte er mit offensichtlichem Stolz. »Als erste war da Evie, dann Clara, dann Bea, dann ...« Er fuhr fort, die Namen der verschiedenen Köchinnen und Küchenhilfen aufzuzählen, die diesem Haushalt angehört hatten. Als er fertig war, sah er sie erwartungsvoll an.

»Danke, daß Sie mich nicht verraten haben«, sagte Blanche. »Ich hätte nicht bleiben dürfen, wenn sie gewußt hätten, daß ich noch nie hier gearbeitet habe, und ich brauche den Job wirklich.« Sie bekämpfte den Wunsch, ihm von ihren Kindern zu erzählen und sich einen dazu passenden kranken Vater auszudenken.

»Ich kann Geheimnisse für mich behalten, Blanche«, erklärte er, als halte er es für eine seltene Gabe, ein Geheimnis zu bewahren. Er winkte ihr fröhlich zu und schenkte ihr ein Lächeln, bei dem sich sein ganzes Gesicht zusammenzog. Dann war er draußen, bevor sie ihm noch einmal danken konnte. Sie war überrascht über ihre eigene Gewißheit, daß sie ihm zumindest in dieser Hinsicht vertrauen konnte.

Mumsfield war ungefähr zehn Minuten fort, als ihre nächste Besucherin auftauchte. Grace steckte den Kopf in die Küche, als Blanche gerade die letzten Teller wegräumte.

»Sind Sie fertig, äh ... äh ... Blanche?«

»Ja, Ma'am.« Die Frau stolpert über meinen Namen wie über einen Schuh auf der Treppe, dachte Blanche verärgert. Aber zumindest hatte Grace sie nicht daran erinnert, die Agentur anzurufen. Blanche hängte das Küchenhandtuch über die Stange und nahm ihre Handtasche vom Stuhl. Sie folgte Grace durch das Eßzimmer und den langen Korridor entlang zum Vordereingang. Der hohle Klang ihrer Schritte auf dem schwarz-weißen Marmorboden schien davonzueilen, um die entfernten Winkel dieses großen, kalten Hauses zu erforschen. Ihr war bewußt, daß alle Wohnungen, in denen sie je gewohnt hatte, in dieses marmorne Warenhaus passen würden. Aber warum wünschte sich jemand ein Zimmer, in dem die harten Stühle nicht einmal in Rufweite beieinander standen? Sie dachte an die Wohnzimmergarnitur aus waldgrünem Pannesamt mit der runden Chaiselongue und den Messingnieten an den Seiten des Sofas, die sie im Schaufenster von Lassiters Möbelmarkt sehnsüchtig betrachtet hatte. Sie mußte immer wieder staunen, wie reiche Leute ihr Geld ausgaben.

Blanche starrte gerade zu den Amorengeln, die an die Decke gemalt waren, hinauf, als sich ihre Nackenhaare warnend sträubten. Sie drehte sich um und sah Everett auf sich zukommen. Er schob einen Rollstuhl. Die Frau in dem Rollstuhl schlief. Ihre schmutziggrauen Schillerlocken wippten sanft auf und ab wie der Kopf des Jagdhundes aus Filz und Gips auf der hinteren Fensterablage im Auto von Blanches Cousin Buddy.

Das alte Mädchen sieht aus, als hätte sie die Falten erfunden, dachte Blanche. Sie trug ein kurzärmeliges Kleid der einfachen, aber sehr teuren Art mit einem rosa und grünen Blumenmuster. Um ihre Schultern lag ein weißer Angoraschal, und ein dunkelgrünes Reiseplaid bedeckte ihre untere Körperhälfte. Sie hatte ungefähr ein Viertelpfund Puder im Gesicht. »Sie erinnern sich an Tante Emmeline«, flüsterte Grace, und Blanche nickte bestätigend.

Everett schob den Rollstuhl ihnen voran zur Haustür. »Ich fürchte, es geht ihr wieder schlecht«, fuhr Grace flüsternd fort. Blanche schenkte ihr einen, wie sie hoffte, mitfühlenden, verständnisvollen Blick und folgte ihr nach draußen.

Eine lange schwarze Limousine, die durch die getönten Scheiben noch dunkler wirkte, wartete am Fuß der breiten Vordertreppe. Auf der linken Seite der Treppe befand sich eine frisch gestrichene Holzrampe. Mumsfield stand neben dem Wagen, die hintere Wagentür geöffnet. Er wippte aufgeregt auf den Fußballen. Die orangefarbenen Hosenträger hatte er gegen narzissengelbe ausgetauscht. Er schien nicht zu wissen, was er mit seinen Händen tun sollte, die mal Emmeline zuwinkten, mal in den Jackentaschen verschwanden. Everett schob Emmeline über die Veranda auf die Rampe zu. Mumsfield lief der alten Dame entgegen. Sein Gesicht strahlte, die Arme waren weit geöffnet. Grace eilte auf ihn zu und legte ihm einhaltgebietend die Hand auf den Arm. »Aber, aber, mein Lieber, du willst doch Tante Em nicht mit diesen häßlichen Bazillen anstecken, oder?«

Blanche mußte sich zurückhalten, um nicht verächtlich mit der Zunge zu schnalzen. So ein Quatsch! Der Junge hatte nicht einmal eine Erkältung. Forschend betrachtete sie Emmeline. Gehörte sie zu diesen törichten, abergläubischen Menschen, die dazu erzogen worden waren, alles, was anders war, abstoßend zu finden? Immerhin war diese Einstellung bei den AmerikanerInnen aus Emmelines Generation in den ganzen Südstaaten verbreitet.

Als spüre sie im Schlaf, daß sie im Mittelpunkt der Aufmerksamkeit stand, rührte sich Tante Emmeline in ihrem Rollstuhl. Sie hob den Kopf und wandte ihn langsam von einer Seite zur anderen. »Hallo, allerseits! Hallo!« ertönte ihre rauhe, zitternde Stimme aus den mit knallrotem Lippenstift ungeschickt nachgezogenen Lippen. Sie nickte und winkte. Als wäre sie die Königin der Parade zum 4. Juli, amüsierte sich Blanche. Kein Wunder, daß Mumsfield ihre Gesellschaft vermißt. Sie ist die Lebhafteste von diesem ganzen Haufen.

Everett beugte sich vor und flüsterte der alten Dame etwas ins Ohr. Sie warf ihm einen undeutbaren Blick zu und lehnte sich im Rollstuhl zurück. Grace nahm Mumsfields Arm und zog ihn zurück zum Wagen.

»Kommen Sie, Blanche.« Grace kletterte auf den Rücksitz des Wagens und schloß die Tür fest hinter sich. Als Blanche ihren Sicherheitsgurt anlegte, hörte sie hinter sich ein leises Surren. Sie drehte sich um und sah, wie eine Trennscheibe zwischen den Vorder- und Rücksitzen hochging.

Mumsfield ging mit dem Wagen so liebevoll um wie ein Vater mit seinem Lieblingskind. Der Wagen bewegte sich vorwärts, als schwebte er auf einer Wolke. O Lord! Wenn diese hochnäsige Helen Robinson mich jetzt sehen könnte! Blanche schmunzelte verstohlen und grub ihre Füße noch tiefer in den dicken Teppich. Sie strich mit der Hand über den mit feinem Leder bezogenen Sitz. Geld, dachte sie. Es ist nicht einmal real wie Dreck oder Gras. Aber wenn man keins hat ... Sie wandte leicht den Kopf und warf einen schnellen Blick auf die drei Menschen auf dem Rücksitz, Menschen, die so anders waren als sie selbst, daß sie auch zwei Köpfe hätten haben können oder aus Glas bestehen könnten, Menschen, die sich in ihrem ganzen Leben niemals Gedanken über die Lebensmittel- oder Mietpreise machen mußten oder darüber, ob sie genug Geld hatten, um Medizin für ein krankes Kind zu kaufen. Wie muß sich das wohl anfühlen? fragte sie sich.

Ein vorbeifahrender Streifenwagen erinnerte sie daran, daß sie mehr als Geldsorgen hatte. Sie rutschte etwas tiefer in ihren Sitz, aber dann wurde ihr klar, daß das Gesetz in einem solchen Wagen genausowenig nach ihr suchen würde, wie man erwartete, sie in einem Kloster zu finden. Aus dem wolkenbedeckten Himmel drang ein leuchtender Sonnenstrahl, blitzte durch die Bäume und spiegelte sich auf einem Straßenschild. Das ist ein gutes Omen, beschloß sie.

3

Das Landhaus stand auf einem Hügel mit Blick auf einen Ententeich. Auf der fernen Seite des Teiches, vor dem Fichtenwald, der das ganze Grundstück einzukreisen schien, befand sich ein riesiges Beet rosa, weißer und gelber Blumen. Die Hauptstraße war völlig unsichtbar. Nicht einmal der Lärm der vorbeifahrenden Autos und Lastwagen war zu hören. Der salzige Geruch in der Luft verriet ihr, daß sie die unsichtbare Grenze zwischen Binnenland und Küste überschritten hatten. Flüsternd unterhielten sich die Fichten über ihre Ankunft.

Das Haus hatte nicht annähernd die Größe des Stadthauses. Dieses Haus war aus Holz, dessen lavendelgrauer Anstrich durch das tiefgrüne Gras und die umstehenden Fichten noch zarter wirkte. Eine Veranda mit einer Balustrade erstreckte sich über drei Seiten des Hauses. Weiße Korbstühle und kleine Tische waren beiläufig auf der Veranda plaziert und unterstrichen die weiß gerahmten Türen und Fenster und die weiß schimmernde Rollstuhlrampe. Das Giebeldach und die waldige Umgebung erinnerten Blanche an Märchen. Aber das Haus selbst hatte nichts Märchenhaftes an sich. Es wirkte ängstlich, als wäre oder würde in seinen Räumlichkeiten etwas geschehen, das es nicht billigte. Blanche fragte sich, ob es ihre Ankunft war oder etwas anderes. Sie suchte nach einem Grund. Nichts war schwieriger, als in einem Haus zu arbeiten, das einen nicht leiden konnte. Solange sie hier war, mußte sie so unauffällig wie möglich bleiben. Sie hoffte, das Haus würde dem nichts entgegensetzen.

Blanche schloß sich den Familienmitgliedern an, als sie nacheinander die kurze Rampe zur vorderen Veranda hinaufstiegen. Grace hielt Mumsfield erneut davon ab, dem Rollstuhl der alten Dame zu nahe zu kommen.

Innen war dieses Haus gemütlicher als das Haus in der Stadt: Es hatte tiefe Sofas und große alte Rattanstühle mit rosa Chintzbezügen und Kissen, abgenutzte Lederfußkissen, dunkelgrüne Webteppiche und große Fotografien von Menschen in altmodischer Kleidung an den weiß getünchten Wänden.

Grace führte Blanche über die Hintertreppe in ein kleines Zimmer, das mit einem schmalen Bett, einer Kommode mit vier Schubladen, einem Nachttisch, einer Lampe und einem Stuhl möbliert war. Auf dem Boden lag ein düsterer brauner Linoleumbelag, dem sie bereits in vielen solcher Räume begegnet war. Offensichtlich gab es irgendwo ein Geschäft, das sich auf düstere braune Linoleumbeläge und kratzige Laken für die Hausangestellten spezialisiert hatte. »Das ist doch ein nettes kleines Zimmer, nicht wahr?« hatte Grace die Unverfrorenheit zu behaupten.

»Nun ja, verwöhnt werde ich damit ganz bestimmt nicht«, erwiderte Blanche. Wenn sie schon in diesem Mauseloch schlafen mußte, war sie aber, verdammt noch mal, nicht bereit, sich auch noch dankbar dafür zu zeigen.

Grace zog es vor, auf dieses Thema nicht weiter einzugehen. »Wenn Sie sich umgezogen haben, warte ich in der Küche auf Sie.« Sie schloß die Tür fest hinter sich.

Aus dem Zimmer hatte man einen Blick auf den Garten, den Schuppen am Ende und den Fichtenwald dahinter. Im Gemüsegarten arbeitete ein älterer schwarzer Mann mit einer Baseballmütze.

Wie Blanche richtig vermutet hatte, befanden sich in dem flachen Kleiderschrank zwei frischgewaschene und gestärkte graue Uniformen mit weißen Kragen und Manschetten und passenden weißen Schürzen. Erfreut stellte Blanche fest, daß sie die Größe sechsundvierzig hatten. Wenn sie Kleider trug, die ihr eine Nummer zu groß waren, hatte sie immer das Gefühl, schlank zu sein. Nachdem sie eine der Uniformen angezogen hatte, machte sie sich auf den Weg in die Küche. Grace wartete auf sie. Sie runzelte zwar nicht gerade die Stirn, aber ihr Gesicht hatte einen angespannten Ausdruck. Es schien, als rechne sie mit großem Lärm oder schlechten Nachrichten. Als sie Blanche sah, begann sie sofort die Mahlzeiten zu besprechen.

»Für meine Tante ein kleines Porterhouse-Steak zum Dinner. Mit ein paar Kartoffeln vielleicht oder ...« Grace hielt inne, als hätte eine dringendere Botschaft aus einer anderen Gehirnwindung ihren Gedankenfluß unterbrochen. Blanche wartete und dachte darüber nach, ob ein Porterhouse-Steak für eine kränkliche ältere Dame ratsam war.

»Wir haben einen Gast zum Abendessen, aber nur einen«, fuhr Grace schließlich fort und spielte dabei mit dem kleinen Stift und dem ledernen Notizbuch auf dem Tisch vor ihr herum. »Er mag einfache Gerichte. Brathähnchen, denke ich. Wir essen pünktlich um sieben Uhr dreißig. Pünktlich. Ich mag Mr. Everett, meinen Mann, nicht warten lassen.«

Die Worte »meinen Mann« sprach Grace aus wie eine frischvermählte Braut, die noch ganz fasziniert von dieser Tatsache war. Blanche verspürte eine Welle des Widerwillens gegen diesen Mann. Zu reich, um zu warten, dachte sie, zu reich, zu weiß und zu männlich. Und zu sehr von seiner Frau verhätschelt.

»Meine Tante wird gegen fünf essen wollen. Ich bringe ihr das Essen selbst, sobald Sie mir Bescheid geben, daß es fertig ist. Sie mag es lieber, wenn ich es ihr bringe«, erklärte sie. Ihre Tante schien sie nicht so gern zu verhätscheln wie ihren Mann.

»Ja, und dann ...« Grace schlug ihr Notizbuch auf und ging die Mahlzeiten für die nächsten fünf Tage durch. Dann gab sie Blanche die Telefonnummer des Lebensmittelgeschäfts in Hokeysville.

Eine Stunde nach ihrem Anruf brachte ein verschwitzter Junge mit rotem Gesicht die vier Tüten Lebensmittel, die Blanche bestellt hatte. Er begrüßte sie mit einem dreisten »Hallo, Mädel«, so wie alle weißen Jungs, die später ausgewachsene Rednecks werden wollten, erwachsene schwarze Frauen in den Südstaaten grüßten. Blanche zischte ihm ein paar Sätze in gebrochenem Swahili zu, die sie in der Freedom Bücherei in Harlem aufgeschnappt hatte, und erzählte dem Jungen, das sei ein Fluch, der seinen Schwanz so dünn und klebrig machen würde wie die Zunge einer Eidechse. Der Ausdruck in seinem Gesicht und die Art, wie er sich in den Schritt griff, hoben ihre Laune beträchtlich. Dann rollte Nina Simones Version von »I Put a Spell on You« in tiefen, leicht schrägen Tönen über ihre Lippen. Sie drückte eine Möhre in die Küchenmaschine, bis ein Haufen dünner orangefarbener Scheiben vor ihr lag. Sie wusch eine Ofenkartoffel und fragte sich erneut, warum die alte Dame nicht eine Suppe oder ein Rührei bekam. Wenn sie ein so herzhaftes Mahl essen konnte, warum aß sie dann nicht mit der Familie zu Abend? Sie dünstete die Karotten, legte das Steak auf den Grill und bereitete die Kartoffel für die Mikrowelle vor. Als das Tablett fertig war, ging sie Grace suchen.

In der Tür zum Wohnzimmer zögerte Blanche überrascht, denn es war das erste Mal, daß sie Grace reglos dasitzen sah. Ihr Kopf ruhte an der Lehne eines großen, altmodischen Rattansessels. Ihr Profil zeigte eine Hochmütigkeit, die nicht auffiel, wenn sie in Bewegung war. Ihre Hände lagen locker gefaltet in ihrem Schoß. Sie schien aus dem Fenster auf den Ententeich zu blicken, aber Blanche war überzeugt, daß das, was Grace wirklich sah, sich nicht draußen abspielte. Es umgab sie eine so tiefe, so starre Ruhe, daß sie in Trance hätte sein können. Doch als sie den Kopf wandte und Blanche ansah, schien es, als brenne in den Tiefen ihrer Augen ein Feuer.

Wenn Grace ihre Freundin gewesen wäre, hätte Blanche sie sofort gefragt, was sie bedrücke. Aber sie hatte schon vor langer Zeit einen schmerzhaften Preis dafür bezahlt, daß sie die Fähigkeiten, die sie für Geld verkaufte, mit der Art von Sorge, die nur durch Gegenseitigkeit bezahlt werden konnte, verwechselt hatte.

»Sie wirken etwas blaß, Ma'am. Soll ich das Tablett nach oben bringen?« fragte sie mit einer Spur von Besorgnis in der Stimme. Diesen Ton benutzte sie, um ihre Arbeitgeberinnen zu anekdotenhaften Zeugnissen herauszufordern, die bewiesen, daß Geld in der Tat nicht alles bedeutete.

»Ich weiß, ich sollte es selbst hinaufbringen, aber ...«

»Die Pflege alter Leute kann manchmal eine Last sein«, erklärte Blanche mitfühlend.

Grace betrachtete sie einen langen Augenblick, dann senkte sie den Kopf. »Sie hat sich sehr verändert in letzter Zeit ... seit Sie sie das letzte Mal sahen.« Sie spielte mit ihren Fingern. Blanche wartete darauf, daß sie weitersprach.

»Darum bat ich ausdrücklich um jemanden, die sie von früher kannte, die sich erinnert, was für eine süße alte Dame sie war ...« Ihre Stimme blieb an etwas in ihrem Hals stecken. Sie bedeckte ihre Augen mit der rechten Hand. »Sie werden sehen, was ich meine.«

Blanche zögerte. Sie wollte die alte Dame nicht bei etwas Unangenehmem überraschen. Oder bei etwas Gefährlichem.

»Sie ist doch nicht etwa gewalttätig, Ma'am?«

»O nein. Nichts dergleichen. Sie ist nur ...« Sie bedeckte ihr Gesicht und schluchzte leise für ein paar Minuten. Schließlich hob sie den Kopf und sah Blanche an.

Blanche ließ sich von den Tränen und dem Mammy-rette-mich-Blick nicht beeindrucken. Dieser flehentliche Blick begegnete ihr ständig bei einigen weißen Frauen, für die sie arbeitete, und neuerdings, in diesem Zeitalter des empfindlichen und empfindsamen Männermodells, manchmal auch bei weißen Männern. Er traf sie immer dann, wenn die Arbeitgeberinnen ein familiäres Unglück erlitten oder ihrer Besitztümer überdrüssig waren, oder wenn sie überreizt oder schlichtweg erschrocken darüber waren, wen und was sie darstellten. Es erstaunte sie immer wieder, wie viele weiße Menschen sich nach ihrer Schwarzen Mammy sehnten. Sie kamen in die Küche geschlichen und ließen sich stockend über irgendwelche schmutzigen, persönlichen Angelegenheiten aus, während sie zuhörte und mitfühlende Laute von sich gab. Sie stellte selten Fragen, höchstens um die Lehren aus den Lebensgeschichten zu ziehen oder um ihnen Details zu entlocken, die ihre Geschichte für Blanches Freundinnen amüsanter machen würden. Den Arbeitgeberinnen, die sie fragten, was sie an ihrer Stelle tun würde oder was sie ihrer Meinung nach tun sollten, sagte sie, »Ich wünschte, ich wüßte es, ehrlich«, begleitet von einem leichten, traurigen Lächeln und einem passenden Kopfschütteln, die Arme fest vor der Brust verschränkt.

Blanche wußte, daß Grace wahrscheinlich sämtliche Familiengeheimnisse offenbaren würde, wenn sie zu ihr hingehen, ihr die Hand auf die Schulter legen und sie besorgt anschauen würde. Aber noch wußte Blanche nicht, ob Grace zu den Menschen gehörte, die nach jemandem verlangten, bei der sie sich aussprechen konnten und der Zuhörerin anschließend dankbar waren, oder zu den Menschen, die es der Zuhörerin hinterher übelnahmen, sie in einem schwachen Augenblick erwischt zu haben. Sie machte einen halben Schritt vorwärts, zögerte und ging dann quer durch das Zimmer auf Grace zu.

»Kann ich irgend etwas für Sie tun, Ma'am?« Ob es sie kümmerte oder nicht, es gab gewisse Formen, die zu beachten erwartet wurde.

»Nein, nein.« Grace fuhr fort zu schluchzen, machte aber keine Anstalten zu reden.

»Ich werde jetzt das Tablett nach oben tragen, Ma'am.«

Blanche ging zurück in die Küche, nahm das Tablett und trug es die Treppe hinauf. Sie war sowohl neugierig als auch besorgt, was sie im Zimmer der alten Dame erwarten würde. Oben auf dem Treppenabsatz fiel ihr ein, daß sie Grace nicht gefragt hatte, welches der Zimmer Emmeline gehörte. Das Zimmer, das am weitesten von der Hintertreppe entfernt lag, mit Blick auf die Vorderseite des Gartens und den Ententeich, schien das richtige Zimmer für das Familienmitglied mit dem Geld zu sein. Blanche war überzeugt, daß diese Beschreibung auf Emmeline paßte. Sie hatte in so vielen wohlhabenden Häusern gearbeitet, daß sie die Mischung von Respekt, Haß und Hoffnung erkannte, die sich in die Stimmen der Familienmitglieder schlich, wenn sie über diejenigen mit dem Geld sprachen.

»Ich bringe Ihnen das Essen, Ma'am«, rief Blanche vor der Tür, als auf ihr Klopfen keine Antwort kam. Sie balancierte das Tablett auf ihrer linken Hüfte und langte nach dem Türknauf.

»Ich komme jetzt rein.« Ich werde mich wie eine verdammte Närrin fühlen, wenn ich mit einem leeren Zimmer gesprochen habe, fügte sie zu sich selbst hinzu. Sie drehte den Türknauf und stieß die Tür auf.

Emmeline lümmelte sich in einem hellgrünen Brokatohrensessel. Eine passende Ottomane stützte ihre bestrumpften Füße. Ein Wasserglas mit einer klaren Flüssigkeit hing nachlässig in ihrer rechten Hand. Sie trug dasselbe Kleid, das sie bei der Fahrt aus der Stadt getragen hatte. Nur war es jetzt vorn mit Zigarettenasche beschmutzt. Außerdem war das Kleid weit an ihren Beinen hochgerutscht. Rosa Strumpfhalter drückten tiefe Ringe in das Fleisch oberhalb ihrer knotigen roten Knie. Ihre Oberschenkel schienen sich von den Knochen zu lösen und sich in Lachen auf dem Sessel auszubreiten. Sie starrte auf einen großen Farbfernseher, auf dem eine aufgeregt aussehende Frau eine Dose mit Bodenwachs hochhielt und die Lippen bewegte. Der Ton war zu leise, um zu hören, was sie sagte. Auf dem kleinen runden Tisch neben Emmeline stand ein überquellender Porzellanaschenbecher. Das Tischtuch war mit dunklen Ringen befleckt. Die Luft im Zimmer stand vor Rauch und dem Geruch nach abgestandenem Alkohol und nicht ganz sauberen Füßen. Blanche war verblüfft über den Unterschied zwischen Emmeline und ihrer Umgebung. Mit ihrem krausen gelbweißen Haar und den ausdruckslosen, wässrigen Augen sah sie aus wie eine betrunkene Little Orphan Annie mit achtzig. Das Zimmer hingegen war sauber und hell, eines jener eleganten Zimmer, das in ihrer Vorstellung zu einer Frau gepaßt hätte, die romantische historische Romane las und Petit-point-Stickerei pflegte. Der Alkohol macht die Menschen wirklich merkwürdig, dachte sie.

»Ich habe Ihnen etwas zu essen gebracht, Ma'am.«

»Verschon mich doch mit diesem ›Ich-hab-Ihnen-was-zu-essen-gebracht‹-Mist, Mädchen. Ich weiß, daß sie dich zum Spionieren hochgeschickt haben!«

Blanche öffnete den Mund, um Emmeline zu sagen, daß sie Blanche hieße, nicht Mädchen, überlegte es sich dann aber anders. Sie stellte das Tablett auf das Bett, um auf dem Tisch neben Emmeline Platz zu schaffen. Als sie sich nach einem Papierkorb umschaute, entdeckte sie einen Tisch auf Rädern, wie er in Krankenhäusern für bettlägrige Patienten benutzt wird, nur daß dieser etwas besser aussah. Sie warf Emmeline einen Warum-haben-Sie-das-nicht-gleich-gesagt-Blick zu.

Emmelines Lippen verzogen sich zu einem gemeinen Lächeln. Blanche setzte das Tablett auf dem Tisch ab, senkte ihn auf Armlehnenhöhe und stellte ihn so hin, daß er für Emmeline bequem erreichbar war.

»Haben Sie sonst noch einen Wunsch, Ma'am?«

Emmeline griff nach unten und zog unter dem bodenlangen Tischtuch eine Flasche mit Seagram's Gin hervor, füllte ihr Glas und stellte die Flasche zurück an ihren Platz. Blanche zog die Tür fest hinter sich zu, als sie das Zimmer verließ.

Jetzt verstand sie, warum Mumsfield von seiner Tante ferngehalten wurde. Blanche fragte sich, warum Emmeline mit dem Trinken angefangen hatte. Aus Langeweile vielleicht. Sie hatte schon für eine Reihe solcher reichen alten Damen gearbeitet – mit viel Geld, ohne Freundinnen, ohne nennenswerte Interessen. Perfekte Kandidatinnen für ein Alkoholproblem. Aber waren Grace und Everett wirklich so dumm zu glauben, daß sie es für immer vor Mumsfield verbergen könnten?

In der Küche schaute sie nach den aufgehenden Hefebrötchen, bevor sie die Hähnchen vorbereitete. Sie war froh über Graces Essenswunsch: Brathähnchen, grüne Schnippelbohnen, Kartoffelgratin, Brötchen und Apfelstrudel mit Eis. Ein komplizierteres Essen hätte mehr Konzentration erfordert, als sie heute aufbringen konnte.

Sie untersuchte die Hähnchen auf verbliebene Federn, drückte einige übersehene Kiele heraus und sengte die feinen Federn auf den Flügeln ab, bevor sie mit der Hand in die kühle glatte Körperhöhle des Hähnchens griff, um ein paar ungenießbare Teile herauszureißen, die beim Ausnehmen vergessen worden waren. Aber obwohl sie gründlich war und emsig arbeitete, waren ihre Gedanken damit beschäftigt, wann und wie sie nach New York gelangen könnte.

Bei dem Gedanken, mit ihren Kindern nach New York zurückzugehen, drehte sich ihr der Magen um. Aber andererseits war New York der einzige Ort, wo sie mit Sicherheit schnell Arbeit finden würde, bei Leuten, die keine Fragen stellten, warum sie sie in bar bezahlen sollten oder warum sie einen anderen Namen benutzte. Sie war überzeugt, daß die guten Leute aus Farleigh nicht allzu viele Steuerdollar ausgeben würden, um sie zu verfolgen. Außer natürlich, wenn sie ihre Flucht als eine persönliche Beleidigung aller anständigen, gottesfürchtigen weißen Menschen verstanden. Sie erinnerte sich an die Fahndungsplakate von Joanne Little, Angela Davis und Assata Shakur und errötete, weil sie sich mit solch bedeutenden Leuten verglich. Dann überlegte sie, ob jemand im Büro des Sheriffs diesen Unterschied machen würde. Im stillen entschuldigte sie sich bei allen beleibten schwarzen Frauen, die die Leute des Sheriffs ihretwegen belästigen würden. Sie wusch die Hähnchen, trocknete sie ab, würzte sie innen und außen und setzte sie aufrecht auf Küchenpapier.

»Ich brauche Geld«, flüsterte sie laut. Das war ihr dringendstes Problem. Sie wusch sich das Hähnchenfett von den Händen. Ihre zweiundneunzig Dollar und ein paar Cent reichten, um sie und die Kinder nach New York zu bringen, aber mehr als das war nicht drin. Wahrscheinlich könnte sie sich noch etwas Geld leihen, aber nicht genug. So wie die Dinge standen, würde sie ihre Freundin Yvonne bitten müssen, sie und die Kinder aufzunehmen, bis sie auf eigenen Füßen stand. Das war sehr viel verlangt, aber sie hatte einst dasselbe für Yvonne und ihre drei Kinder getan. Blanche war sich plötzlich bewußt, daß irgendwo dort oben ein Zimmer war, wo Graces Handtasche an einem Stuhl hing oder auf einem Bett oder Schreibtisch lag. Everetts Brieftasche wahrscheinlich auch. Sie stellte sich vor, wie sie auf Zehenspitzen in das Zimmer schlich, Zwanzig-, Fünfzig- und Hundertdollarscheine aus Designer-Brieftaschen nahm und sie in ihren Büstenhalter stopfte. Sie sah sich auf Zehenspitzen die Treppe hinunter in die Küche zurückschleichen. In all den Jahren, in denen sie bei Leuten gearbeitet hatte, hatte sie noch nie Geld gestohlen. Hier und da hatte sie sich mal, wenn es die Not verlangte, etwas Reis oder ein paar Kartoffeln geliehen, aber auch immer wieder ersetzt. Sie hatte nichts dagegen, dieser Sorte von Menschen etwas zu stehlen. Eine Menge dessen, was sie besaßen, gehörte eigentlich Menschen wie ihr, die eindeutig und notorisch unterbezahlt wurden, und jenen, die in den Fabriken arbeiteten und das Geld für die großen Bosse verdienten. Sie hielt nur einfach nichts davon, wegen ein paar Fünf- und Zehncentstücken ein großes Risiko einzugehen. Außerdem wollte sie nicht so halsabschneiderisch sein wie die Leute, über die sie sich beschwerte. Aber nur einmal angenommen, sie könnte sich dazu überwinden, es zu tun, was dann? Was passierte, wenn sie feststellten, daß das Geld weg war? Sie würden ihr auf der Stelle die Bullen auf den Hals hetzen, insbesondere wenn sie nach dem Diebstahl des Geldes abhaute. Und wenn sie sie faßten, wäre sie noch schlimmer dran als jetzt.

Aber auch wenn sie nicht bereit war zu stehlen, brauchte sie mehr Geld. Da blieb natürlich noch der Scheck mit der Lohnsteuerrückzahlung, aber wann der kommen würde, war ungewiß. Ardell hatte ihre Rückzahlung bereits erhalten, und sie hatten ihre Steuererklärung am selben Tag abgegeben. Also vielleicht in ein paar Tagen. Möglicherweise schon morgen. Ich muß ihn holen, unterschreiben …

Und wie sollte sie, wenn sie das Geld hatte, Taifa und Malik erklären, daß sie trotz ihres Versprechens, das sie ihnen und sich selbst gegeben hatte, die Stadt ohne sie verlassen würde? Was sollte sie ihnen sagen, damit sie es akzeptierten? Und wie sollte sie sie daran hindern, sie zu hassen und es auf eine Art auszulassen, die ihnen selbst weh tun würde? Sie ließ sich gegen das Spülbecken sinken und starrte aus dem Fenster auf die Fichten draußen, als könnten die ihr sagen, was sie tun sollte. Falls sie es wußten, so sagten sie es zumindest nicht. Sie fuhren einfach fort, miteinander zu flüstern. Blanche seufzte und langte nach den Kartoffeln auf der Anrichte neben ihr. Sie hielt inne, als ihre Hand gerade nach dem leuchtend orangefarbenen Durchschlag greifen wollte. Mumsfield, dachte sie. Im nächsten Augenblick öffnete er die Hintertür.

Es war das zweite oder dritte Mal, daß dieser Junge auf ihrer Wellenlänge war. Diese Sache mit ihm hatte rein gar nichts mit ihrem Arbeitgeber-kommt-Warnsystem zu tun, das sie auf das kleinste Rascheln oder Tappen eines nahenden Arbeitgebers aufmerksam machte. Es war eher vergleichbar mit dem Gefühl, das sie hatte, wenn ihre Mutter oder Ardell in der Nähe waren, oder wenn sie wußte, welches der Kinder gleich die Tür aufstoßen und durchs Haus toben würde. Diese Fähigkeit zu fühlen, wann Mumsfield sich näherte, war so ähnlich, aber anders. Anders daran war die Tatsache, daß sie diesen weißen Jungen nicht kannte und es ihr nicht gefiel, ihn auf ihrer Wellenlänge zu haben. Jene, deren Gegenwart sie spürte, ehe sie sie sah oder hörte, gehörten immer zu den ihr liebsten und nahestehendsten Menschen. Was zum Teufel hat das also zu bedeuten? fragte sie sich. Sympa? Mit diesem Begriff beschrieb ihre haitianische Freundin Marie Claire gewöhnlich die Beziehung zwischen Menschen, die, oberflächlich betrachtet, keinen Anlaß hatten, Freunde oder Freundinnen zu sein. Aber gegenüber einem unbekannten weißen Jungen?

Mumsfield sagte so leise hallo, daß Blanche es überhört hätte, wenn sie nicht gesehen hätte, wie seine Lippen sich bewegten. Er schloß die Tür hinter sich und begann sofort, gereizt und vor sich hin murmelnd in der Küche auf- und abzugehen, bis die Luft dick wie gut geschlagenes Eiweiß war. Seine Hose wurde wieder von einem Gürtel festgehalten. Blanche wollte ihn fragen, was aus seinen gelben Hosenträgern und den orangefarbenen, die er davor getragen hatte, geworden war, aber er war offenbar zu erregt, um sich über Mode zu unterhalten.

»Mumsfield, Schätzchen, Sie müssen eine andere Möglichkeit finden, um sich auszudrücken, als in dieser Küche eine schlechte Stimmung zu verbreiten, wenn ich hier versuche zu kochen!«

»Ja, Blanche«, murmelte er. Er hörte auf, umherzulaufen, und fing statt dessen an, nervös von einem Fuß auf den anderen zu treten.

»Mumsfield, Schätzchen, bitte! Entspannen Sie sich!« Blanche wischte sich die Hände an der Schürze ab und bedeutete ihm, Platz zu nehmen. Sanft rieb und massierte sie seine Schultern und seinen Nacken, wie sie es bei ihren Kindern machte, wenn sie Alpträume hatten. Mit ihrem Willen zwang sie die Verspannung, seinen Körper zu verlassen, und sie fühlte, wie sich die verkrampften Muskeln unter ihren Händen lösten. Es überraschte sie erneut, wie vertraulich sie mit ihm umging, aber es irritierte sie nicht.

»Mumsfield ist sehr aufgeregt.« Seine Worte überschlugen sich.

»Worüber, Mumsfield?«

»Warum durfte Mumsfield nicht mit ihr sprechen, Blanche?«

»Mit wem, Schätzchen?«

»Warum ist sie anders als sonst, Blanche? Warum ist Tante Em nicht wie sonst?« Er drehte sich um und schaute ihr ins Gesicht. »Wann wird sie wieder so sein wie sonst?« Tränen schimmerten in seinen Augen.

Blanche wußte nicht, was sie sagen sollte. Er erinnerte sie an ihren Onkel Benny. Onkel Benny war ein starker Stotterer. Da die Leute ihn nicht beachteten oder ungeduldig wurden, ehe er seinen Teil sagen konnte, gebrauchte er so wenig Wörter wie möglich. Aber durch seine Art, wie er den Kopf neigte, die Hände bewegte oder den Mund verzog, waren Onkel Bennys wenige Worte voller Bedeutungen und Erklärungen, die niemals direkt herauskamen.

»Tante Grace sagt, Tante Emmeline will Mumsfield nicht sehen ... bis es ihr wieder besser geht. Wann geht es ihr besser, Blanche? Ich wollte sie nicht krankmachen.« Er drehte sich um und sah Blanche erneut mit einem schmerzvollen Blick an.

»Sie haben sie nicht krankgemacht, Schätzchen. Was ihr fehlt, ist wohl kaum Ihre Schuld! Ich bin sicher, daß es ihr in ein paar Tagen besser geht, und dann können Sie sie ganz lange besuchen.« Blanche ging davon aus, daß Grace und Everett Mumsfield nur so lange von der alten Dame fernhielten, bis ihr Saufgelage vorbei war. Darum hatte Grace ihm wohl diese blöde Geschichte von der Ansteckungsgefahr erzählt. Warum sagten sie ihm nicht einfach die Wahrheit? Es konnte doch jeder sehen, wie sensibel der Junge war.

»Aber als sie stürzte und sich das Bein brach, war sie nicht anders. Als die Rampe noch nicht fertig war, durfte Mumsfield sie zum Auto tragen und ihr Blumen bringen und mit ihr über die Zeit reden, als sie noch klein war und es Pferde und Kutschen und keine Autos gab, und über Onkel Elmo. Er hat gesagt, es würde bald wieder alles in Ordnung sein, aber wann, Blanche? Wann?«

»Wer hat das gesagt?« wollte Blanche wissen.

Mumsfield schlug die Hand vor den Mund und schüttelte heftig den Kopf. Bevor Blanche ihn weiter drängen konnte, klopfte jemand an die Hintertür.

»Hallo, Mr. Mumsfield. Entschuldigen Sie, Ma'am.« Diesmal senkte der Lieferjunge den Blick, als er mit ihr sprach und blieb zögernd an der Tür stehen, bis sie ihn hereinwinkte. Sie war beeindruckt, wie schnell er gelernt hatte. Sie mußte daran denken, diese Nummer mit dem Fluch öfters abzuziehen.

»Ich wollte Mr. Mumsfield sprechen.« Er wandte sich an Mumsfield. »Der Lieferwagen ist mir am Ende der Straße stehengeblieben. Könnten Sie ihn sich vielleicht einmal ansehen?«

»Natürlich, Jimmy.« Mumsfield wischte sich mit dem Handrücken die Augen und sprang auf, als hätte er bereits vergessen, worüber er und Blanche gesprochen hatten. »Ich bin gleich zurück!« Er rannte die Treppe hinauf. Als er zurückkam, hatte er die Jacke ausgezogen und trug einen Werkzeugkasten. Außerdem hatte er sein Outfit durch ein Paar knallrote Hosenträger ergänzt. »Ich komme wieder, Blanche. Ich vertraue Ihnen, Blanche«, erklärte er.

Blanche schüttelte den Kopf. Im Augenblick war sie nicht daran interessiert, daß man ihr vertraute. Irgendwie fühlte sie sich dadurch verantwortlich, wie wenn ihre Kinder eine Frage mit »Jetzt sag mir die Wahrheit, Mama Blanche!« einleiteten. Dann wußte sie sofort, daß ihr eine Frage gestellt werden würde, auf die sie lieber nicht geantwortet hätte, die sie aber nun verpflichtet war, so ehrlich wie möglich zu beantworten. Und sie hatte immer das Gefühl, daß sie zu den Menschen halten mußte, die ihr vertrauten. Im Augenblick konnte sie niemanden gebrauchen, dem sie sich verbunden fühlte, insbesondere nicht jemanden wie Mumsfield.

Blanche hatte nie unter der, wie sie es nannte, Schwarzenkrankheit gelitten. Zu den regelmäßigen Fahrgästen des Busses, mit dem sie häufig von der Arbeit nach Hause fuhr, gehörte eine Frau, die schwer unter dieser Krankheit litt. Blanche zuckte regelrecht zusammen, wenn diese Frau mit ihrer den ganzen Bus durchdringenden Stimme anfing, vom alten Mr. Stanley zu erzählen, der behauptete, daß sie ihm näher stünde als seine eigene Tochter, und daß die kleine Edna sich häufig versprach und sie Mama nannte. Diese Frau und alle anderen im Bus wußten, was aus dieser Verbundenheit werden würde, wenn sie Mr. Stanley oder Ednas Mama sagen würde, daß sie sich mit einer Tasse Kaffee hinsetzen und ein paar Telefongespräche führen würde, statt den Küchenboden zu schrubben.

Es fiel einem vielleicht leichter, dem alten Mr. Stanley die Scheiße vom Hintern zu wischen und sich Ednas besserwisserische Bemerkungen eines Kindes aus reichem Haus anzuhören, wenn man die Leute liebte, für die man arbeitete. Und natürlich fiel es einem auch schwer, die Kinder nicht zu lieben oder die Fehler der Alten und Kranken nicht zu verzeihen. Im ersten Fall waren sie noch nicht dafür verantwortlich und im zweiten waren sie es nicht mehr. Sie verstand aber nicht, wie jemand sich einreden konnte, daß ausgerechnet die Menschen einen liebten, die einem ein möglichst geringes Gehalt zahlten, die einem nie anboten, ihren Wagen, ihr Häuschen am See oder auch nur ihren Swimmingpool zu benutzen, die einem an Festtagen Taschentücher und Duftkissen schenkten und ihren Kindern Aktien und Pfandbriefe. Die eigentliche Gefahr, wenn man seine Kundinnen und Kunden durch eine rosarote Brille betrachtete, bestand ihrer Meinung nach darin, daß man sich vormachen mußte, die offensichtlichen Fakten – die wie eine Mauer zwischen der Beziehung standen – seien nicht wahr.

Mumsfield war ein erwachsener weißer Mann, in dessen Haus sie sich augenblicklich vor der Polizei versteckte, indem sie so tat, als wäre sie für die Arbeit bei seiner Familie engagiert worden. Trotzdem schien er mehr als alle anderen, für die sie je gearbeitet hatte, in der Lage zu sein, bei ihr einen Anfall der gefürchteten Schwarzenkrankheit hervorzurufen. Sie fragte sich, ob ihre erhöhte Wahrnehmungsfähigkeit in bezug auf ihn etwas damit zu tun hatte, daß sein kindliches Ich so nahe an der Oberfläche war. Er schien sich ihr und der Welt mit einer vertrauensvollen Unschuld zu nähern, die sowohl liebenswert als auch entwaffnend war. Er war sanft wie der Atem eines Babys und in mancher Hinsicht überaus klug, denn immerhin nahm er sie als einen intelligenten und lebenserfahrenen Menschen wahr, was der Mehrheit ihrer ArbeitgeberInnen anscheinend entging.

Sie preßte die Hand an die Brust, als könnte sie dadurch dieses dumpfe Gefühl vertreiben, das ihr ankündigte, wenn sich in einem Haus irgend etwas zusammenbraute. Manchmal war es eine bevorstehende Scheidung oder eine tödliche Krankheit. Manchmal war es Wahnsinn oder Grausamkeit. Vielleicht lag es in diesem Fall nur an Emmelines Trinkerei. Aber das dumpfe Gefühl in ihrer Brust deutete auf Schwerwiegenderes hin. Sie konnte es auch im Haus spüren, eine Art hartnäckige Ruhelosigkeit. Als rechnete es mit dem Schlimmsten. Genauso wie Grace. Sie streckte den Arm aus und stellte das Radio auf dem Fensterbrett über der Spüle an. Sie fand eine sanfte Rockmusik, die die Atmosphäre vorübergehend gefälliger machte.

Eine Stunde vor dem Abendessen ging sie nach oben, um Emmelines Tablett abzuholen. Sie wappnete sich vor der erneuten Begegnung mit der Frau, doch dann fand sie das Tablett auf dem Tisch im Flur am Ende der Haupttreppe vor. An den Speisen war eher gepickt worden, als daß jemand davon gegessen hätte. Blanche lehnte sich an den Tisch und schlüpfte aus ihrem linken Schuh. Sie bückte sich und rieb sanft das Hühnerauge auf dem kleinen Zeh. Draußen vor dem Haus wurde eine Wagentür zugeschlagen. Wenige Augenblicke später öffnete sich die Haustür, und sie hörte jemanden unten in der Halle sprechen. Sie schlich sich zur Treppe und schloß die Augen, um besser hören zu können. Es war Everett. »Ich versichere dir, daß sie schon bald wieder sie selbst sein wird ... schläft gerade. Braucht so viel Ruhe wie möglich. Weißt du, der Husten, der sie plagt ...« Everetts Stimme wurde leiser, als er ins Wohnzimmer ging.

Rumpel, Murmel. »... nicht ansteckend, hoffe ich«, erwiderte eine tiefe, schleppende Stimme.

Sie versuchen also, die Sauferei der Alten zu vertuschen, indem sie ihren Gästen erzählen, daß sie krank ist. Sie beugte sich vor, um erneut ihren Zeh zu massieren. Warum laden sie diesen Typ ein, wenn Emmeline einen Rausch hat? Aber vielleicht handelte es sich bei dem Gespräch, das sie gerade mitgehört hatte, auch nur um einen Akt der Höflichkeit, bei dem alle so taten, als wüßten sie nicht, was doch offensichtlich war. Schließlich war Alkoholismus nicht so leicht zu verbergen. Sie dachte an ihre Tante Daisy.

Als Tante Daisys Griff zur Flasche eine ernsthafte Angewohnheit wurde, verbreitete sie das Gerücht, sie trinke auf Raten des Arztes ein Viertel Portwein am Tag. »Um mein Blut aufzubauen«, erzählte sie allen, die die Unverschämtheit besaßen, sie danach zu fragen. Eines Tages, als Reverend Brown gerade vorbeikam, fiel sie die Verandatreppe hinunter und war zu betrunken, um aufzustehen. An dem Abend schloß Onkel Dan Tante Daisy auf dem Dachboden ein, bis sie trocken geworden war, dünnes Blut hin oder her. Aber natürlich erzählte Onkel Dan allen Nachbarinnen, sie sei wegen ihrer Blutarmut zu schwach, um herauszukommen oder Besuch zu empfangen. Blanche staunte darüber, wie Familien unabhängig von ihrer Farbe oder anderen Unterschieden sich immer wieder ähnlich verhielten.

Normalerweise haßte Blanche es, bei Tisch zu bedienen und wie ein Teil der Einrichtung behandelt zu werden. Aber an diesem Abend war sie enttäuscht, als Grace ihr sagte, daß sie nicht auf Abruf im Eßzimmer bereitstehen müsse. Sie war neugierig auf den Gast. Sie konnte sich nicht genau erinnern, was Everett beim Mittagessen über ihn gesagt hatte, aber es hatte etwas mit der Lüge zu tun, daß Emmeline eine Grippe hätte, und mit irgend etwas, was nur zehn Minuten dauern würde. Sie musterte ihn so gründlich wie möglich, als Grace nach weiteren Brötchen klingelte. Zumindest hatte sie seinen Namen erfahren – Archibald. Er sah aus wie die Hollywoodversion eines Gentlemans aus den Südstaaten: schneeweißes Haar, rosig schimmernde Haut und der charakteristische Gesichtszug jener Menschen, für die sie gearbeitet hatte, die sich Romanen nannten. Blanche assoziierte damit eine hohe Stirn, eine große Nase und schmale, nicht nennenswerte Lippen. Während sie sich im Zimmer befand, stockte die Unterhaltung oder reduzierte sich auf nettes Geplauder.

Nach dem Essen brachte sie das Tablett mit dem Kaffee in den Salon, ein kleiner heller Raum gegenüber vom Wohnzimmer mit gelben und limonengrünen Tapeten und dazu passenden Stuhlkissen. An der fernen Seite stand ein geöffneter Barschrank. Die Möbel waren weiß, und die Armlehnen und Beine waren geschwungen und mit Schnitzereien verziert. Everett und sein Gast standen am Fenster. Sie waren in ein Gespräch vertieft, das nur sie beide hören konnten. Weder Grace noch Mumsfield waren da. Blanche begann den Kaffee einzuschenken, aber Everett schickte sie mit einer knappen Geste fort.

Sie nahm sich Zeit beim Abwasch. Sie suchte einen Nachrichtensender im Radio, fand aber nur einen wimmernden Hillbilly, der an seinem Banjo zupfte, und weiße Rockmusik. Als sie das Radio abschaltete, hörte sie durch das Klappern der Messer und Gabeln, die sie abwusch und spülte, die Lieder der Frösche und Grillen und anderer Nachtwesen dringen. Dies war ihre Lieblingszeit an Sommerabenden. Innerhalb weniger Minuten, bevor es dunkel wurde, senkte sich am Horizont das Licht, und es entstand ein kleiner Moment zwischen

Tag und Nacht, in dem jeder Gegenstand, jedes Gefühl völlig klar zu sein schien. Sie sah sich auf halbem Weg zwischen dem Ort, wo sie gewesen war, und dem, wohin sie wollte. Ein Teil von ihr sehnte sich nach Farleigh, nach einem kleinen Stück von Taifas und Maliks Streitereien vor dem Zubettgehen, dem Geruch ihrer frisch gewaschenen Haut und ihres milchigen Atems. Ein Teil von ihr war bereits im Bus nach New York und bereitete sich auf das Leben in der Stadt vor. Graces Ankunft unterbrach Blanches Gedanken.

»Wenn Nate, der sich um den Garten und das Grundstück kümmert, kommt«, erklärte Grace, »werden wir nach oben in Tante Emmelines Zimmer gehen. Wir werden Sie beide brauchen.« Grace war leicht errötet. »Ich werde, ich meine, mein Mann und ich ... Es wird nur einen Augenblick dau...«

An der Hintertür ertönte ein leises Geräusch, irgend etwas zwischen einem Klopfen und Kratzen. Blanche öffnete sie einem kleinen, drahtigen alten Mann, dessen Haut sie an dunkles, rotschwarzes Holz erinnerte, das auf Hochglanz poliert war. Er hielt eine schmutzige Baseballmütze umklammert und verbeugte sich unsicher wie ein betrunkener Baseballspieler. Sein Jeansoverall war zu einem wässrigen Blau ausgebleicht. Er nickte Blanche kurz zu und schlüpfte an ihr vorbei in die Küche. Sie erkannte in ihm den Mann wieder, den sie im Garten gesehen hatte. Jetzt beobachtete sie, wie er buckelnd und dienernd, mit einem fortwährenden »Miz Grace« auf den Lippen, durch die Küche ging, bis das Objekt seiner Arschkriecherei ihn die Hintertreppe hinaufführte. Wenn das aufgesetzt ist, sollte er zum Film gehen, dachte Blanche. Wenn es echt ist, ist es eine Schande.

Auf dem Weg nach oben stellte Grace ihm am laufenden Band Fragen und plapperte über den Garten und das Wetter und die Enten auf dem Teich. Sie und Nate lachten über kleine Bemerkungen, die für Blanche keine Bedeutung hatten. Sie beobachtete allerdings, daß Grace ihre Hände rang, als hoffte sie, Gold aus ihnen pressen zu können. Das hohle Gelächter aus einer Fernsehlachkonserve drang durch eine Schlafzimmertür, hinter der sich, so wettete Blanche, Mumsfields Zimmer befand.

Der Geruch nach billigem Fusel und Zigaretten in Emmelines Zimmer war durch einen scharfen Eukalyptusduft ersetzt worden. Ein Luftbefeuchter schickte einen Dampfstrahl in den überheizten Raum. Emmeline saß aufrecht, gestützt von einem Haufen cremefarbener Kissen, deren Ränder mit gestickten rosa Rosen verziert waren. Ihr blaues Satinbettjäckchen war mit weißer Spitze eingefaßt. Eine passende Mütze bedeckte ihr Afrohaar. Ihre Augen waren rot geärändert, aber aufmerksam. Sie beobachtete ihre Besucher über ein Stofftaschentuch hinweg, das sie gegen Mund und Nase drückte.

»Oh, Miz Em, wie schön, Sie zu sehen!« Nate machte eine verkrampfte Verbeugung, während er sich vom Fuß des Bettes an Emmelines Seite begab. Blanche blieb zurück und sah von der Tür aus zu.

»Es tut mir wirklich leid, daß es Ihnen sss ... sss ... so ...« Nate stotterte und stammelte, als er Emmeline sagte, wie leid es ihm täte, daß sie krank sei. Emmeline drückte ihr Taschentuch noch fester an ihr Gesicht und schien sich immer tiefer in ihre Kissen zu verziehen. Sie warf Grace einen Blick zu. Grace öffnete den Mund und streckte die Hand nach Nate aus, aber was immer sie auch sagen wollte, wurde durch ein Klopfen an der Tür vereitelt. Everett führte Archibald ins Zimmer.

»Cousin Archibald.« Emmeline sprach in einer hohen, süßen Flüsterstimme, die ganz anders klang als das gehässige, alkoholisierte Krächzen, das Blanche zuvor vernommen hatte.

Archibald ging quer durch das Zimmer auf die andere Seite des Bettes und stellte seine Aktentasche auf dem Tisch neben dem Fenster ab. Er nahm die Hand, die Emmeline ihm entgegenstreckte.

»Cousine.« Er verbeugte sich tief über Emmelines Hand. Sein silbernes Haar glänzte im Licht, das durch das Fenster schien. »Du weißt nicht, wieviel es mir bedeutet, daß du nach so langer Zeit darum gebeten hast, mich persönlich zu sehen. Ich ...«

Emmeline ließ ihr Taschentuch sinken und bellte eine Reihe lauter Huster in Archibalds Richtung. Er zuckte zusammen und trat schnell einen Schritt vom Bett zurück. »Bemüh dich nicht zu sprechen, meine Liebe.«

Emmeline hustete erneut. Archibald zerrte das Taschentuch aus seiner Brusttasche und hielt es sich schnell vor Mund und Nase. Nach ein paar Augenblicken weiteten sich seine Augen, und Röte stieg ihm bis in die Stirn. Schnell schaute er zu Emmeline hinunter, die sich wieder hinter ihrem Taschentuch versteckt hatte. Als er seinen Blick von ihr abwandte, um zu sehen, ob Grace und Everett etwas mitbekommen hatten, hatte er das beleidigende Taschentuch bereits an seinen rechten Platz zurückgesteckt. Blanche entdeckte ein Lachen in Emmelines Augen.

Archibald öffnete seine Aktentasche. In gleichen Augenblick, als Blanche das dicke, schwere, stoffähnliche Papier sah, wußte sie, daß sie wegen Geld da waren. Archibald hantierte mit den Papieren herum, während Everett von der anderen Seite des Zimmers den Rolltisch holte. Er schob ihn ans Bett, so daß die Platte über Emmelines Schoß reichte.

»Es ist mir wirklich unangenehm, dich damit zu belästigen, Cousine, aber du hast darauf bestanden, daß ich heute komme.« Archibald legte die Papiere vor Emmeline auf die Tischplatte. »Wenn du hier nur unterzeichnen würdest.« Er benutzte seinen Füllhalter als Zeigestock.

Emmeline ließ ihr Taschentuch sinken und gab eine Reihe lauter, trockener Huster von sich. Diesmal hustete Emmeline nicht allein. Blanche mußte ebenfalls husten, um das Grinsen zu verbergen, das ungebeten auf ihrem Gesicht erschien, als Archibald den Füllhalter praktisch auf den Tisch warf und zurücksprang, als hinge sein Leben davon ab, Abstand von seiner Cousine zu bekommen.

Blanche war jetzt überzeugt, daß Emmeline eine Posse trieb. Sie versuchte, Nates Blick zu erhaschen, um zu sehen, ob auch er es bemerkt hatte, aber er hatte nur Augen für seine Baseballmütze, die er in seinen Händen gerade zu Tode quetschte.

Emmeline las sich die vier oder fünf Seiten durch, die Archibald ihr gegeben hatte. Ihr Blick schweifte dabei gemächlich über jede Seite, dann hob sie das Blatt hoch und legte es mit langsamen und bedächtigen Bewegungen mit der Vorderseite nach unten auf den Tisch, bevor sie sich der nächsten Seite widmete. Hin und wieder hustete sie in das Taschentuch, das sie immer noch an ihren Mund hielt. Warnschüsse, dachte Blanche. Die Luft im Zimmer war geladen wie bei einem Gewitter.

»Das ist eine weise Entscheidung, wenn ich das sagen darf.« Archibald räusperte sich. »Alles andere bleibt natürlich wie es war.« Archibald rückte seiner Cousine eines kleines Stückchen näher. Seine Augen schienen sie anzuflehen, ihn nicht noch mehr anzuhusten. »Das Vermächtnis für die Angestellten, das großzügige Geschenk für die ›Töchter der Südstaaten‹ …«

Seine Stimme erstarb, als die alte Dame unbeirrt mit dem Lesen fortfuhr oder zumindest so tat, als würde sie lesen.

Grace atmete in kurzen, schnellen Zügen durch den Mund. Die Hände an ihrer Seite waren zu Fäusten geballt. Für einen kurzen Augenblick legte Everett ihr die Hand auf den Rücken. Sie schenkte ihm den schwachen Versuch eines Lächelns, aber Everett wandte den Blick nicht von Emmeline.

Auf Everetts Stirn schimmerte Schweiß. Und Blanche konnte es fast fühlen, wie Nate sich auf die Baseballmütze in seinen Händen konzentrierte. Lag es an Emmelines Posse, die sie mit Archibald trieb, daß so viel Spannung im Raum lag? Blanche bezweifelte es.

»Natürlich stimme ich mit dir überein«, erklärte Archibald, als antworte er auf etwas, was Emmeline gesagt hatte. »Mumsfield ist ein anständiger Bursche, ein kluger Junge ... insgesamt betrachtet. Aber die Verwaltung eines so großen Besitztums wie deins ist eine komplizierte Sache. Es ist besser, wenn ältere oder ... em ... äh ... geeignetere Familienmitglieder für seine Angelegenheiten verantwortlich sind.« Lächelnd schaute er zu Everett und Grace hinüber.

»Die Firma steht euch zu Diensten«, sagte er zu ihnen. »Und ich persönlich würde mich natürlich freuen ...«

Er wurde durch ein trockenes Husten von Emmeline unterbrochen. Er ging rückwärts, bis er mit dem Hintern gegen die Aktentasche auf dem Tisch stieß. Emmeline ergriff den Füllhalter und unterschrieb hustend die letzte Seite. Blanche fühlte es eher, als daß sie es hörte, wie Grace und Everett gemeinsam erleichtert aufatmeten. Archibald schien etwas schockiert. Überraschte ihn die Schnelligkeit, mit der die alte Dame den Füllhalter ergriffen hatte?

Er griff nach dem Testament, bevor Emmeline noch einmal darauf husten konnte. Er hielt es so behutsam von sich, als handele es sich um eines der mit Pocken infizierten Bettücher, die die ersten amerikanischen SiedlerInnen den UreinwohnerInnen gaben. Blanche rechnete schon fast damit, daß er ein Paar Gummihandschuhe hervorholen würde. Er legte die letzte Seite neben die Aktentasche auf den Tisch und winkte Blanche und Nate zu sich heran. Er gab Blanche den Füllhalter und zeigte auf eine Linie unterhalb von Emmelines Unterschrift. Blanche wünschte, sie hätte gesagt, daß sie nicht schreiben könne. Aber zumindest hatte es sich nicht so angehört, als hätte man Mumsfield seines Geldes beraubt, es sollte wohl nur von seinem Cousin und seiner Cousine verwaltet werden. Mit runder, mädchenhafter Schrift schrieb Blanche ihren Namen auf die Linie neben Archibalds manikürtem rosigweißen Finger. Ihr fiel ein, daß es keinen Anlaß zu der Annahme gab, Mumsfields Geld wäre sicher, bloß weil seine Verwandten es verwalteten. Archibald nahm ihr den Füllhalter ab und reichte ihn Nate. Nate beugte sich steif über den Tisch und unterschrieb mit zittriger Handschrift.

»Ich würde gern noch bleiben und mich etwas unterhalten, Cousine, aber ich sehe, daß du Ruhe brauchst.« Archibald verstaute den

Füllhalter und das Testament in seiner Aktentasche und ging schnell zur Tür. Emmeline hustete erneut, als wolle sie ihm Beine machen. Everett folgte ihm aus dem Zimmer.

Grace entließ Nate mit einem Nicken und einem vagen Lächeln und erklärte Blanche, daß Everett das Haus abschließen würde. Nate folgte Blanche die Treppe hinunter.

»Was halten Sie von all dem?« fragte Blanche.

»Ich wünschte, ich wäre nicht dabei gewesen.« Seine Augen sahen steinalt aus. Er ließ die Schultern hängen. »Sie sind nicht von hier, nicht wahr?« Prüfend betrachtete er Blanche von Kopf bis Fuß und alles, was dazwischen lag. Einschließlich der Körperteile, fand sie, die nicht zu sehen waren.

»Aus Farleigh«, erwiderte sie. »Aber ich habe eine Weile in New York gelebt.«

»Das merkt man. Sie sprechen wie eine aus der Stadt. Springen wohl für eine von denen ein, die in der Stadt für sie arbeiten, was?«

Blanche nickte. »Und Sie?«

»Ich arbeite schon für diese Familie, seit Miz Em noch ein Kind war. Mit zwölf Jahren kam ich hierher zum Arbeiten. Miz Em war genauso alt. Wir haben am selben Tag Geburtstag, wissen Sie.«

Nate hakte die Daumen unter seine Hosenträger.

»Ich hab' für ihren Vater und den Vater von ihrem Vater gearbeitet. Beide Schmarotzer hab' ich überlebt.« Er lachte boshaft in sich hinein und machte sich auf den Weg zur Hintertür. »Ich hab' mich auch darauf gefreut, zu Miz Ems Beerdigung zu gehen«, fügte er hinzu. »Aber jetzt ...«

»Warum sagen Sie das? Sie ist noch nicht tot und Sie auch nicht.«

Nate zögerte. »Miz Grace gehört zu der Sorte von Menschen, die sich immer Gedanken über ihre Stellung in der Gesellschaft machen – so sagt sie jedenfalls –, als wäre sie eine von der Kirche oder der Regierung oder so was. Deshalb weiß ich, daß er hinter dieser ganzen Schweinerei steckt.«

»Welche Schweinerei? Meinen Sie das neue Testament?«

Nate fuhr fort zu erzählen, aber er ging nicht auf Blanches Fragen ein. »Ich hab' nie viel von ihm gehalten. Er hält natürlich sehr viel von sich. Wenn er seine Haare zurückkämmt, ist das schon harte Arbeit für ihn. Außer Sie verstehen Zocken und Schürzenjägerei als Arbeit. Er ist wie eine Art Schoßhündchen, das Miz Grace sich gekauft hat, um es ihren Freundinnen vorzuführen. Vermutlich, um zu beweisen, daß sie auch einen Mann kriegen konnte, obwohl er sozusagen aus zweiter Hand ist.« Nate rieb sich die Wange. Das Kratzen der Bartstoppeln klang wie knirschender Sand.

»Vielleicht habe ich einen Fehler gemacht«, erklärte er. »Vielleicht war es falsch von mir zu glauben, er wär' zu faul, um irgendeinen größeren Schaden anzurichten, als das Geld von Miz Grace so schnell wie möglich durchzubringen. So heißt es jedenfalls.«

»Ich verstehe immer noch nicht«, bemerkte Blanche.

Nate öffnete die Hintertür, dann drehte er sich zu ihr um. Sein Blick ließ sie aufmerksam werden. »Sie brauchen das auch nicht zu verstehen«, meinte er. »Ich wünschte, ich täte es auch nicht.« Er setzte seine Baseballmütze auf. »Passen Sie auf sich auf, Miz City.« Er tippte an seine Mütze und verschwand schnell nach draußen.

Blanche folgte ihm und rief ihm leise nach, zurückzukommen. Nate winkte ihr über die Schulter hinweg zu, schüttelte den Kopf und setzte seinen Weg fort. Blanche erkannte an der Art, wie er den Kopf schüttelte, daß es sinnlos war, ihm nachzulaufen. Für den heutigen Abend war er fertig mit Reden. Tränen der Enttäuschung traten ihr in die Augen. Ihr war gar nicht bewußt geworden, wie sehr sie sich an ihn geklammert hatte, den ersten und einzigen schwarzen Menschen in ihrer Nähe, seit sie ihr Haus auf dem Weg zum Gericht verlassen hatte. Seit sie einen kleinen Eindruck bekommen hatte, wie er wirklich war, wollte sie ihn fragen, wie es angehen konnte, daß Mumsfield nichts über Emmelines Alkoholismus wußte, was Grace so nervös machte und warum er in Emmelines Zimmer zu einer Statue geworden war. Aber er war fort, und sie stand da und diente den Mücken als Mahlzeit. Sie schlug nach einer, die neben ihrem Ohr summte.

Die Nacht hüllte sich sanft um ihre Glieder. Eine seit langem verschlossene Tür öffnete sich fast weit genug, um sie hineinblicken zu lassen und sich erinnern zu können, warum sie die Nacht so gut kannte und sich in ihr so wohl fühlte. In diesem Augenblick der Beinahe-Erinnerung verspürte sie ein Gefühl des Selbstwertes, der Stärke und der Furchtlosigkeit, das ihr Kraft gab. Ein scharfer Stich an ihrem Knöchel lenkte sie von ihrer Erinnerung ab. Aber das Gefühl, das durch diese Beinahe-Erinnerung geweckt worden war, war so süß, daß sie es nicht loslassen wollte. Sie schaltete das Küchenlicht aus und setzte sich auf die hintere Treppe.

Die Sterne strahlten hell und silberblau. Der Mond war wie eine Kinderzeichnung, schief, leuchtend und voller Magie. Blanche streckte die Arme aus und ließ den Kopf zurückfallen. Sie fühlte die Muskeln, die sich in ihren Armen streckten und in ihrem Nacken wölbten. Entspannt lehnte sie sich zurück und starrte in die Dunkelheit, die über dem Garten und dem Fichtenwald dahinter lag.

Night Girl. Seit Jahren hatte sie nicht mehr an ihr persönliches Spiel gedacht.

Ihre Cousine Murphy war dafür verantwortlich, daß Blanche ein Night Girl wurde, als sie die achtjährige Blanche weinend vorfand, nachdem ein paar Kinder sie geneckt hatten, weil sie so schwarz war.

»Natürlich necken sie dich!« hatte ihre Cousine Murphy gesagt und sich über das zusammengekauerte Kind gebeugt, während sie sprach. Blanche konnte immer noch ihr Midnight-Blue-Parfüm riechen und ihre Brüste sehen, die lang und schmal von ihrem großen, schlanken Körper hingen.

»Diese Kinder sind neidisch wie nur was auf dich! Darum necken sie dich«, hatte ihre Cousine Murphy ihr erklärt. »Sie sind neidisch, weil du die Nacht in dir hast. Manche Menschen haben die Nacht in sich, manche den Morgen, andere wie ich und deine Mama haben die Dämmerung in sich. Aber nur die, die die Nacht in sich haben, können unsichtbar werden. Menschen, die die Nacht in sich haben, können in die Dunkelheit hinaustreten und peng – sind sie verschwunden! Sie können gehen, wohin sie wollen. Können alles machen. Wahrscheinlich auf den Sternen dort oben reiten. Kein Wunder, Kleine, daß die Kinder dich necken. Ich bin eine erwachsene Frau, und ich bin auch neidisch!«

Die Erklärung ihrer Cousine Murphy hatte die Kinder nicht davon abgehalten, sie Tintenfleck und Teerbaby zu nennen. Aber Murphy und das Night Girl machten Blanche allein deshalb zu etwas Besonderem, Wunderbarem und Mächtigem, weil der Teil von ihr, den so viele Leute verachteten, mit ihrem innersten Wesen verbunden war.

Damals war sie also das Night Girl geworden, das spät abends aus dem Haus schlüpfte, um unsichtbar die Nachbarschaft zu durchstreifen. Manchmal blieb sie neben wuchernden Azaleen vor morschen Veranden stehen und erfuhr von leisen, ernsten Stimmen von Todesfällen und Streitigkeiten in der Nachbarschaft, von verspielten Löhnen, Söhnen, denen Gefängnis drohte, und schwangeren Töchtern, bevor ihre Mutter oder ihre gesprächigen Freundinnen die Neuigkeiten hörten. Aufgrund dieser frühzeitigen Kenntnisse war Blanches Mutter davon überzeugt gewesen, daß ihre Tochter das Zweite Gesicht hatte.

Alles, was ich damals war, bin ich auch heute. Blanche ging diesem Gedanken nach, und tief in sich entdeckte sie noch immer die Kühnheit und den Mut des Night Girl, die von Tag zu Tag wertvoller wurden. Ohne sich dessen bewußt zu sein, machte sie sich beides zu Nutzen, wenn es, wie im Gericht, notwendig war. Vielleicht erwies sich ihr dortiger Ausbruch als eine Wahnsinnstat, aber vielleicht auch nicht. Auf jeden Fall war es die Tat einer Frau gewesen, die die Sache selbst in die Hand nahm. Einer Frau von der Sorte der Night Girls. Schade, daß sie nicht auch noch das Zweite Gesicht hatte, wie ihre Mutter von ihr behauptete. Sie könnte es gebrauchen, um zu verstehen, was Nate gesagt hatte. Sie konnte nicht einfach darüber hinweggehen. In Amerika wurde ein schwarzer Mann nicht so alt, wenn er ein Narr war. Morgen. Morgen würde sie ihn ausfragen. Sie gähnte, sagte der Dunkelheit gute Nacht und ging ins Bett.

Sie lag nackt auf den Laken in der Hoffnung, etwas von der Brise abzubekommen, die sie in den Bäumen wispern hörte. Trotz der nächtlichen Kühle war ihr hohes, schmales Zimmer noch von der Nachmittagswärme erfüllt. Sie fragte sich, ob Taifa und Malik schon schliefen. Sie konnte ihre runden, pausbäckigen Gesichter sehen, Ebenbilder ihres gutaussehenden dunkeläugigen Vaters von den Bahamas. Ob sie wohl fühlten, daß etwas nicht stimmte? Kinder hatten ein so gutes Gespür für Situationen.

Sie fiel in einen unruhigen Schlaf, in dem sie auf einer langen, engen Straße einem blutroten Bus hinterherrannte und ihrerseits von Mumsfield verfolgt wurde. Bäume, die ihre Äste wie die Arme von Gefängniswärterinnen ausstreckten, griffen nach ihr, aber sie wußte, daß sie sicher war, solange sie weiterlief.

»Was denkst du, Blanche? Ich vertraue dir, Blanche!« rief Mumsfield hinter ihr. Aber sie hatte nicht genug Atem, um zu antworten.

Vom Rücksitz des Busses winkten Malik und Taifa ihr verzweifelt zu. Unter ihrem linken Arm hielt sie Mumsfields Autowerkzeuge. Anstelle ihres eigenen Haares wippten ihr dicke, fette graue Schillerlocken ums Gesicht.

4

Die Unterwäsche, die Blanche am Morgen anzog, war noch leicht feucht von der Wäsche am Vorabend. Während sie am Küchentisch in kleinen Schlucken ihre erste Tasse Tee trank, horchte sie auf Stimmen, Fußschritte oder das Geräusch von laufendem Wasser über ihr. Nichts. Normalerweise hätte sie das Radio angeschaltet und an dem

Knopf gedreht, bis sie etwas anderes als Hillbilly-Musik oder Gottesdienste gefunden hätte. Das Radio – insbesondere spät am Abend, wenn sie kalifornische oder französischsprachige Sender aus Quebec bekam – wirkte beruhigend und energiespendend auf sie. Es vermittelte ihr den lebendigen Beweis, daß die Welt dort draußen noch existierte und darum zumindest theoretisch in ihrer Reichweite lag. Wenn das Radio spielte, konnten dadurch die näselndsten und nörgelndsten Stimmen ihrer ArbeitgeberInnen übertönt werden. Früher einmal war sie süchtig nach den Seifenopern im Fernsehen gewesen. Fernsehen war schon in Ordnung, fand sie, aber dort traten zu viele Menschen auf, die ihr erzählten, sie müsse aussehen, handeln und einkaufen wie sie, um akzeptabel zu sein. Das Radio dagegen war bereit, sie dorthin zu begleiten, wohin sie ging, und ihr die Entscheidung zu überlassen, wie die Leute, deren Stimme sie hörte, aussahen. Aber an diesem Morgen brauchte sie Ruhe für ihre Pläne.

Grace hatte ihr gesagt, daß sie um 8.30 Uhr frühstücken wollten. Die Küchenuhr zeigte 6.15 Uhr an. Ein guter Zeitpunkt, um den vorderen Zimmern einen Besuch abzustatten. In den Häusern, in denen sie länger als einen Tag arbeitete, benutzte sie regelmäßig die Wohnräume. Es war etwas, was sie unbedingt tun mußte, denn wenn sie es nicht tat, brachte es Unglück. Gewöhnlich wartete sie, bis ihre ArbeitgeberInnen ausgingen und für einige Zeit nicht zurückerwartet wurden. Doch soviel sie wußte, hatten diese Leute nicht die Absicht, irgendwohin zu gehen, und sie würde nur noch wenige Tage in diesem Haus bleiben. Sie mußte die Gelegenheit ergreifen, solange sie sich ihr bot. Zweimal war sie erwischt worden, als sie sich in den Räumen ihrer ArbeitgeberInnen Freiheiten nahm. Beide Male hatte sie in der Badewanne gelegen.

Das erste Mal war sie von Hazel Spence, einer reichen Witwe auf Long Island, erwischt worden, für die sie schon fast zwei Jahre zweimal wöchentlich gearbeitet hatte. Die Witwe bezeichnete Blanches Benutzung der Badewanne, des Badesalzes, des aufblasbaren Badekissens und der eleganten Rückenbürste als eine Verletzung ihrer Privatsphäre, wenn nicht sogar als eine illegale Benutzung ihres Eigentums. Sie feuerte Blanche auf der Stelle und weigerte sich, ihr den Lohn zu zahlen, den sie bereits verdient hatte.

Das zweite Mal wurde sie von David Lee Palmer, dem Bruder ihrer ersten Kundin in Farleigh, erwischt. Er ließ sie auf eine viel schmerzhaftere und persönlichere Art bezahlen. Sie hatte sich nicht die Mühe gemacht, es der Polizei zu melden. Selbst wenn sie ihr geglaubt und sich für die Vergewaltigung einer schwarzen Frau durch einen weißen Mann interessiert hätten, nachdem sie erfahren hätten, daß sie überfallen worden war, als sie nackt in der Badewanne ihres Arbeitgebers lag, hätte sie nie wieder in irgendeinem Haus der Stadt eine Stelle gefunden. Aber sie hatte immer noch die Hoffnung, daß sie es diesem verdammten Scheißkerl eines Tages würde heimzahlen können.

Beide Vorfälle hatten sie jedoch nicht davon abgehalten, es sich in der Umgebung, mit deren Pflege sie ihre Zeit verbrachte, bequem zu machen. Bei den wenigen Gelegenheiten, wo sie darüber nachgedacht hatte, was sie tat, war ihr klar geworden, daß es für sie eine Möglichkeit war, ihr verkauftes Ich zurückzubekommen, wenn sie in ihren Sesseln saß, aus ihren Fenstern schaute und ihr Telefon und ihre Stereoanlage benutzte. Obwohl diese Arbeit besser war als jede andere, die sie bisher versucht hatte –immerhin war sie nicht so monoton wie Fließbandarbeit, und es tyrannisierte einen kein Aufseher, der befördert werden wollte –, täte sie sie nicht, wenn sie nicht das Geld bräuchte. Wenn sie Geld hätte, würde sie in die Karibik ziehen und ein Gästehaus für hart arbeitende Frauen wie sie selbst eröffnen: mit preisgünstigem Komfort und gutem Essen, keine Männer und Kinder erlaubt.

Jetzt ging sie langsam den Korridor zum Wohnzimmer hinunter und horchte erneut auf Geräusche von oben. Immer noch nichts. Wenn niemand zu Hause gewesen wäre, hätte sie vielleicht die Stereoanlage angestellt. Es gab einmal eine Zeit, da hätte sie irgendeine Seifenoper im Fernsehen eingeschaltet. Aber sie hatte diese Serien aufgegeben, als sie feststellte, daß sie sich Gedanken machte, ob Meg aus *Moments of Our Lives* Peter oder Carl ausgerechnet an dem Tag heiraten sollte, als ihre beste Kundin erklärte, daß sie nach Europa ziehen würde, und der Vermieter ihr eine Nachricht zukommen ließ, in der er ihr mitteilte, daß die Wohnung in eine Eigentumswohnung umgewandelt werden würde, die ihre finanziellen Möglichkeiten überstiege, und sie außerdem ihre Brieftasche verlor. Daraufhin war sie zu dem Schluß gekommen, daß sie sich nicht um Dinge kümmern sollte, die sie davon abhielten, sich mit der richtigen Welt zu beschäftigen, denn die würde sich sicherlich mit ihr befassen, egal wen Meg heiratete. Heutzutage lümmelte sie sich lieber in einem bequemen Sessel und blätterte die herumliegenden Bücher oder Zeitschriften durch. Im Laufe der Jahre hatte sie aus der Lektüre ihrer ArbeitgeberInnen Informationen über alle möglichen Wissensgebiete von der Medizin bis zur Landkartenherstellung gewonnen.

Sie schüttelte ein paar Kissen auf und wischte etwas Staub vom Couchtisch, bevor sie sich einen Platz aussuchte. Sie setzte sich auf das Sofa. Der Sessel, in dem Grace weinend gesessen hatte, bot einen besseren Ausblick, aber Blanche hielt sich von ihm fern. Schwermut und Anspannung hafteten noch an diesem Sessel. Sie lehnte den Kopf an und stellte einen Fuß auf die Kante des Couchtisches. Sie schaute aus dem Fenster und ließ ihren Blick über die Landschaft schweifen. Es war einer dieser lieblichen Morgen in Carolina. Die Fichten schimmerten blaugrau in der Morgensonne. Sie hörte drei verschiedene Vögel singen, wovon sie aber keinen benennen konnte. Neben dem Zirpen, Flöten und Zwitschern hörte sie das Rascheln der Fichten, das klang, als drehe eine Frau mit einem Seidenpetticoat eine Pirouette. Blanche ließ ihren Geist bei diesem Anblick ruhen, dachte an nichts, sondern schaute, lauschte und staunte. Nach den Betonwüsten in den meisten Teilen New Yorks überraschte es sie immer wieder, wie wunderschön die alltägliche Welt hier unten im Süden war.

Trotz ihres verrückten Traums hatte sie gut geschlafen und war mit einem Optimismus aufgestanden, wie sie ihn seit ihrer Flucht aus dem Gericht nicht mehr empfunden hatte. Sie hatte einen Plan. Mit etwas Glück dauerte es bis zu ihrer Steuerrückzahlung nur noch Stunden oder höchstens ein paar Tage. Ardell sollte den Scheck abholen, Leos Auto borgen, Blanche treffen und sie irgendwohin fahren, wo sie ihn einlösen könnte. Sie würde Ardell bitten, die Kinder mitzubringen, so daß sie über die Abreise reden und sich verabschieden könnten. Anschließend würden sie und Ardell nach Durham fahren, wo Blanche den Bus nach Norden nehmen könnte. Sie sah sich bereits weit weg von diesem Haus, außerhalb dieses Staates und des Sheriffs Reichweite. Sie würde nicht mehr als ein Jahr brauchen, um genügend regelmäßige KundInnen oder eine langfristige Anstellung mit einem anständigen Gehalt zu finden. Sie war nicht nur sehr gut, sondern auch stolz auf das, was sie in einer Welt tat, wo diese Kombination in vielen Berufen kaum zu finden war. Irgendwie würde sie ihre Mutter schon überzeugen, die Kinder herzugeben, wenn sie sich eingerichtet hatte. Genauso würde sie einen Weg finden, um es den Kindern verständlich zu machen, daß sie sie aus einer Notwendigkeit heraus und nur für vorübergehend verlassen würde. Mittlerweile hatten sie sicherlich genug Vertrauen zu ihr, um damit fertig zu werden – was nicht heißen sollte, daß dies es nur einem von ihnen leichter machen würde.

Gleichzeitig stockte Blanche der Atem bei dem Gedanken, sich monatelang nicht um die Kinder kümmern zu müssen, wieder jedes Risiko eingehen zu können, zu dem sie bereit war, ohne sich um irgend jemand anders als sich selbst Gedanken zu machen, solange sie nur Geld an ihre Mutter schicken konnte. Es ist nichts dabei, wenn ich mich darauf freue, für eine Weile wieder mein eigenes Leben führen zu können, verteidigte sie sich. Schließlich war sie nicht freiwillig Mutter geworden. Sie verachtete die innere Stimme, die meinte, sie hätte den Wunsch ihrer Schwester ja ablehnen können. Wie hätte sie zu ihrer sterbenden, verwitweten Schwester nein sagen können? Als Rosalie sie bat, ihre Kinder zu nehmen, hatte sich der Krebs bereits über ihre Brüste hinaus ausgebreitet. Blanche hatte zugestimmt, fast in dem Glauben, damit die Unausweichlichkeit von Rosalies Tod abwenden zu können. Rosalies weiterer Nachlaß war die unbeantwortete und unbeantwortbare Frage gewesen, ob Rosalie die Absicht gehabt hatte, sie zu strafen, als sie sie zum Vormund ihrer Kinder gemacht hatte.

Blanche hatte nie ein Geheimnis aus ihrem Entschluß gemacht, keine Kinder zu bekommen. Rosalie hatte deswegen ständig mit ihr geschimpft und sie egoistisch und unweiblich genannt. Blanche störte es nicht. Sie verstand ihre Schwester nur allzu gut. Aber es störte Rosalie. Sie hatte es niemals akzeptieren können, daß die Menschen, die sie liebte, nicht auch ihre Lebensweise vorzogen. Noch mehr als ein Jahr nach ihrem Tod hatte Blanche ihre Schwester dafür gehaßt, daß sie sie verurteilt hatte, ihre Lebensweise zu übernehmen. Aber sie wußte, daß Rosalie ihre Kinder innig geliebt hatte. Unabhängig von irgendwelchen anderen Motiven, die sie vielleicht gehabt haben mochte, hätte sie die Kinder niemals jemandem überlassen, von der sie nicht überzeugt gewesen wäre, daß sie sich wirklich um sie kümmern und sie lieben würde. Jedenfalls bin ich jetzt dran! Sie lachte in sich hinein und schüttelte den Kopf. Sie blieb noch etwas sitzen, dann stand sie auf, zog den Schritt ihrer Strumpfhose zurecht und ging zur Haustür.

Gegen fünf Uhr morgens hatte sie einen Wagen in der Auffahrt gehört und angenommen, jemand liefere die Tageszeitung. Der Beweis für das Geräusch, das sie gehört hatte, und die Richtigkeit ihrer Vermutung lag auf der Veranda. Ihr Herz klopfte heftig, als sie sich vorbeugte, um die Zeitung aufzuheben. Ein Bild von ihr würde nicht darin sein, dessen war sie sicher, nur ihr Name. Aber das reichte schon, um ihrer Mutter und den Kindern Angst und Schande zu bereiten, ganz zu schweigen, wie die Leute in diesem Haus reagieren würden. Sie drehte die Zeitung in den Händen, starrte auf die Enten, die über den Teich glitten, und versuchte, ihren Atem zu beruhigen. Die Zeitung raschelte. Sie zwang ihre Hände, mit dem Zittern aufzuhören, ging zurück zum Sofa und überprüfte die Titelseite. Nichts. Auf den Innenseiten stand auch nichts. Sie wußte, daß ihr Verbrechen im Vergleich zu einem Mord oder einem Raub Kleinkram war. Ihr war nicht einmal in den Sinn gekommen, daß ihre Flucht eine Meldung in den regionalen Radio- und Fernsehsendungen wert sein könnte. Sie war froh, daß es ihrer Mutter und den Kindern erspart blieb, in der Zeitung etwas über sie zu lesen. Aber mit etwas Aufregung vor Ort hatte sie schon gerechnet. Sie hatte diejenigen, die sich für was Besseres hielten, ausgetrickst, hatte diejenigen, die es dringend nötig hatten zu glauben, daß sie zu dumm dazu sei, überlistet. Die Polizei war darüber bestimmt nicht erfreut gewesen. Darum war diese fehlende Nachricht in der Zeitung auch irgendwie erschreckend. Sie überprüfte die Seiten noch einmal, Artikel für Artikel. Wieder nichts. Sie wollte gerade einen letzten Blick in die Zeitung werfen, als sich ihre Nackenhaare warnend sträubten. Sie wechselte die Position, indem sie aufstand, sich über das Sofa beugte und die Kissen aufschüttelte.

»Guten Morgen, Sir.«

»Oh, guten Morgen, Blanche White!« Everetts Stimme klang amüsiert. Er zog ihren Namen so lang, daß es spöttisch klang. »Sie sehen heute morgen sehr munter aus. Die Landluft scheint Ihnen zu bekommen.«

»Ja, Sir, ich habe das Land schon immer geliebt.« Trotz Ihrer Gesellschaft, fügte sie im stillen hinzu.

»Nun, wir sind auch sehr froh, Sie bei uns zu haben, Blanche White.«

Da war es schon wieder. Blanche suchte in seinen Augen nach Boshaftigkeit, aber sie entdeckte nur ein belustigtes Lächeln.

»Machen Sie sich etwa über mich lustig, Sir?«

Seine Augen weiteten sich leicht. »Wir sind wohl empfindlich, was?«

»Haben Sie das nicht gehofft ... Sir?«

Sie erwartete, daß er sie zurechtweisen und auf ihren sogenannten Platz verweisen würde. Statt dessen stieg eine leichte Röte von seinem Hals auf. Er strich sein bereits perfekt liegendes Haar zurück und brachte ein reumütiges Lächeln zuwege. Er entschuldigte sich natürlich nicht. Das wäre von so einem hübschen Jungen, der wahrscheinlich höchstens zweimal in seinem Leben gerügt worden war und ganz bestimmt nicht von jemandem wie ihr, zuviel verlangt gewesen. Sie hielt ihm die Zeitung hin.

»Danke, Blanche.« Diesmal schwang keine Belustigung über ihren Namen in seiner Stimme mit.

Blanche kehrte in die Küche zurück und stellte das Radio an, aber sie achtete kaum auf die Musik, die in den Raum rieselte. Sie war immer noch mit Everett beschäftigt. Sie hatte erwartet, daß er sie zur Rede stellen und so tun würde, als hätte er nichts getan, und behaupten würde, daß sie sich etwas einbilde. Tatsächlich aber war er einem Schuldzugeständnis so nahe gekommen, wie es einem Mann wie ihm wahrscheinlich nur möglich war. Sie siebte Mehl und Backpulver in eine Schüssel. Vielleicht war er doch nicht so sehr von sich selbst eingenommen, wie seine herausgeputzte Erscheinung sowie Nate einen glauben machten. Grace gegenüber benahm er sich natürlich immer anständig. »Schließlich ist es ihre Tante, die das Geld hat«, murmelte sie. Sie drehte sich zur Tür um, während sie sprach. Mumsfield lächelte, als er die Tür öffnete.

»Haben Sie etwas gesagt, Blanche?«

»Guten Morgen, Mumsfield, Schätzchen. Achten Sie nicht auf mich. Ich rede nur mit mir selbst.« Zusammen mit einer Prise Zucker fügte sie dem Mehl Milch und Eier hinzu und rührte den Teig.

»Ich rede mit mir selbst, damit ich nicht mit irgendwelchen Idioten reden muß!« sagte Mumsfield mit der zittrigen, aber scharfen Stimme einer alten Dame.

Blanche sah ihn fragend an.

»Das sagt Tante Em«, kicherte er.

Blanche nickte, beeindruckt von seiner Fähigkeit, seine Stimme zu verstellen. Auch wenn er nicht wie Emmeline klang, so hörte er sich trotzdem wie eine ältere Frau an. Blanche fügte dem Pfannkuchenteig drei Eßlöffel geschmolzene Butter hinzu und rührte weiter.

»Nach dem Frühstück fahren wir in die Stadt, Blanche. Ich fahre.« Er warf sich ein wenig in die Brust, als er »Ich fahre« sagte. Er trug wieder die gelben Hosenträger.

»Wer ist wir, Mumsfield, Schätzchen?«

»Wir, Blanche. Sie und ich. Ich fahre jetzt tanken.« Er betrachtete sie mit einem Lächeln, bei dem sich das ganze Gesicht zusammenzog, und sprang die Hintertreppe hinunter.

Grace bestätigte Mumsfields Information über die Fahrt in die Stadt, als sie in die Küche kam, um Emmelines Frühstückstablett zu holen.

»Dr. Haley erwartet Sie.« Grace rang die Hände. »Er sagt, er habe ein Tonikum, das Tante Emmeline helfen könnte.« Sie warf Blanche einen bedeutungsvollen Blick zu. Blanche fragte sich, was für ein Tonikum das sein sollte. Soweit sie wußte, gab es kein flüssiges Heilmittel gegen Alkoholismus. Wahrscheinlich sollte es dem alten Mädchen helfen, sich von seinem Ginrausch zu erholen. Oder vielleicht wollen Grace und Everett mich und Mumsfield nur aus dem Weg haben, damit sie nackt im Haus herumspringen können. Diese Vorstellung war amüsant, wenn auch nicht sehr wahrscheinlich. Grace blieb schweigend neben ihr stehen, rieb sich die Hände und blinzelte mit den Augen wie eine kaputte Ampel. Entweder treibt Emmeline oder dieser Mann ihren Blutdruck total in die Höhe! dachte Blanche.

»Mumsfield kennt den Weg zu Dr. Haleys Praxis.« Grace entblößte ihre Zähne mit einem gezwungenen Lächeln, das ihre Besorgnis nur noch offensichtlicher machte.

»Ist alles in Ordnung mit Ihnen, Ma'am?«

»Oh ... ich ... ja, mir geht es gut. Sie ... O Blanche, sie ist so gemein, wenn sie so ist ... So gemein und ...« Sie schüttelte den Kopf und verstummte.

Nach ihrer Begegnung mit Emmeline wußte Blanche genau, was Grace meinte, und deshalb wollte sie auch nicht anbieten, Emmelines Tablett nach oben zu bringen. Sie war versucht, die Tante-Daisy-Lösung vorzuschlagen, aber dann fiel ihr ein, daß jemand Emmeline mit Alkohol versorgte, und das bedeutete, daß die Wünsche der Geldquelle nicht mißachtet werden durften.

Grace schüttelte den Kopf, als wolle sie ihre Gedanken klären. »Mumsfield könnte das Tonikum allein holen, aber wir fühlen uns immer wohler, wenn ihn jemand begleitet. Oh, er ist ein ausgezeichneter Fahrer. Er hatte noch nie einen Unfall oder auch nur einen Strafzettel. Aber Sie wissen ja, wie er ist. Wenn er allein fährt, kann es passieren, daß er in irgendein Geschäft für Autozubehör gerät und bis zum Dunkelwerden vergißt, nach Hause zu kommen!« Ein freudloses Grinsen unterstrich ihre Worte.

Blanche beschloß, sich Graces Erzähllaune zunutze zu machen. »Entschuldigen Sie die Frage, Ma'am, aber was hat er eigentlich?«

Graces Augen weiteten sich. Sie schnappte hörbar nach Luft, aber wie Blanche gehofft hatte, veranlaßte die Überraschung über diese Frage sie dazu, automatisch zu antworten.

»Er hat eine Art Down-Syndrom, aber nicht so schlimm. Eine Lernbehinderung nennt man das. Er war auf einer Sonderschule, und er kann lesen und schreiben und natürlich Auto fahren. Und in manchen Dingen ist er ziemlich bewandert. Mit Autos und ...« Graces Erziehung gewann schließlich die Oberhand über ihre Überraschung. Sie hörte auf zu reden und starrte Blanche einfach nur ungläubig an. Es war in Ordnung, wenn die »Madam« ihrem »Mädchen« die intimsten Familiengeschichten erzählte, aber es war nicht in Ordnung, wenn das Mädchen so dreist fragte. Das wissen wir beide, schien ihr Blick zu sagen.

Grace nahm Emmelines Tablett. »Sie können für meinen Mann und mich ein kaltes Mittagessen bereitstellen ... und für meine Tante natürlich auch.« Es war, als bildeten sich am Ende ihrer Worte Eiszapfen. Sie richtete sich zu ihrer vollen Größe auf, um die Überlegenheit wiederzugewinnen, die sie durch die Beantwortung von Blanches Frage möglicherweise verloren hatte. Falls sie sich irgendwelche Gedanken machte, wann oder was Mumsfield und Blanche essen sollten, so äußerte sie sie jedenfalls nicht. Blanche lächelte in sich hinein.

»Und vergessen Sie nicht, nach Hause zu gehen und ihre Uniformen und Sachen für den Rest der Woche zu holen.« Grace hatte sich bereits auf dem Absatz umgedreht und war auf dem Weg zur Eßzimmertür.

»Und dann kann ich auch bei der Agentur vorbeigehen und alles klären«, schlug Blanche vor. Sie war so zufrieden mit sich, eine Möglichkeit gefunden zu haben, das Problem mit der Agentur zumindest in Graces Augen zu regeln, daß sie nicht einmal Anstoß daran nahm, als Grace ihr nicht antwortete.

Etwa eine Stunde später saß sie neben Mumsfield im Wagen, hin- und hergerissen zwischen ihrer Angst, sofort von der Polizei festgenommen zu werden, sobald sie einen Fuß nach Farleigh hinein setzte, und der Hoffnung, mit Taifa und Malik sprechen zu können. Sie wußte, daß ihr Bedürfnis, mit ihnen zu sprechen, durch ihren Entschluß verstärkt wurde, sie für einige Zeit bei ihrer Mutter zu lassen. Vielleicht war es unfair, aber sie wollte noch einmal von ihnen am Telefon hören, daß sie sie liebten, bevor sie erfuhren, daß sie wegfuhr, und Angst und Wut in ihre Stimmen krochen.

Mumsfield war still, als sie die Landstraße in Richtung Highway nahmen. Als sie die Auffahrt erreichten, hatte er immer noch kein Wort gesagt. Es war, als hätten er und das Auto und die Straße einen geheimen Pakt geschlossen, der es ihm verbot, sich mit irgend etwas anderem zu beschäftigen. Das ist ein Teil von ihm, der anders ist, dachte Blanche. Es ist so, als könnte er fast zu dem werden, was er tut. Alles andere spielt eine Nebenrolle, nimmt er nur noch am Rande wahr. Davon könnte ich ihm etwas abgucken. Aber davon abgesehen, konnte sie jetzt alles gebrauchen, was ihr das Gefühl nahm, trotz ihrer Pläne ein Spielball im Sturm zu sein. Sie verscheuchte diese Gedanken und konzentrierte sich auf die grünen Hügel in der Ferne und den besonders blauen Himmel. Sie ließ ihre Schultern fallen und fühlte, wie ein Teil der Spannung aus ihrem Nacken wich. Die Welt ist immer noch schön, sagte sie sich, und ich lebe noch darin. Alles andere wird sich zu gegebener Zeit regeln lassen.

Dr. Haley bewohnte ein großes weißes Haus am Ende einer schmalen, von Forsythien gesäumten Auffahrt. Als sie klingelte, kam er selbst an die Tür und reichte ihr eine sorgfältig in braunem Papier verpackte mittelgroße Flasche. Er winkte Mumsfield zu und beobachtete, wie er den Wagen wendete und die Auffahrt hinunterfuhr.

Blanche dirigierte Mumsfield zu dem Parkplatz hinter Meg's Diner an der Ecke Main und Centre Street. Sie erklärte ihm, sie habe ein paar Besorgungen zu machen, und ließ ihn mit zwei Cheeseburgern, einer doppelten Portion Pommes frites, Krautsalat, einem Schokoladen-Shake und dem Versprechen, daß sie ihn in eineinhalb Stunden genau hier wiedertreffen würde, zurück. Sie war bereits aus der Tür und um die Ecke zur Telefonzelle gegangen, als Mumsfield auf Wiedersehen zu ihr sagte.

Sie seufzte schwer, als sie die Nummer wählte und sich auf die Flut von Fragen und Vorwürfen, die über sie hereinbrechen würde, vorbereitete. »Mama?« sagte sie, als das Telefon am anderen Ende abgenommen wurde, und hielt dann schnell den Hörer von ihrem Ohr weg.

»Blanche! Wo zum Teufel steckst du? Ich halte das nicht aus … Mein Blutdruck … Gib mir deine Telefonnummer, damit ich dich … Und einer von diesen gräßlichen Deputies des Sheriffs war hier und stellte einen Haufen blöder Fragen. Ich habe ihm von New Orleans erzählt, wie du gesagt hast, Gott vergib mir. Ich mag nicht lügen, das ist nicht richtig! Gott hat gesagt …«

Trotz der Vorwürfe und der Moralpredigten ihrer Mutter mußte Blanche lächeln. Es war gut zu wissen, daß Mama noch da war, noch immer dieselbe und noch immer in Ordnung. Als die Lautstärke und die Intensität der mütterlichen Tirade etwas nachließen, beschloß Blanche, daß sie nun an der Reihe war zu reden. »Mama!« Sie sprach gerade so laut, um die Stimme ihrer Mutter zu übertönen. »Ich werde den Hörer auflegen, wenn du noch ein Wort sagst, bevor ich Gelegenheit habe, dir zu sagen, was ich zu sagen habe!«

Ihre Mutter hielt so abrupt inne, daß Blanche einen Augenblick lang sprachlos war. Es war selten, daß Miz Cora etwas tat, was man ihr sagte. Blanche holte tief Luft und begann zu erzählen, was ihr alles zugestoßen war, seit sie die Kinder zu ihrer Mutter gebracht, ihnen einen Abschiedskuß gegeben und sie ermahnt hatte, artig zu sein, und sich auf den Weg zum Gericht gemacht hatte.

Als sie fertig war, erstaunte es sie, daß ihre Mutter sie nicht drängte, sich der Polizei zu stellen. Denn diese Art von Ratschlag wäre typisch für die christliche Laßt-uns-alle-einander-lieben-Ideologie gewesen, der ihre Mutter anhing. Aber Miz Cora drängte sie weder Gottes Rat zu suchen, noch Jesus in Demut zu dienen.

»Wie wäre es mit deiner Cousine Charlotte oben in Boston? Weihnachten schickt sie mir jedesmal eine Karte und bedankt sich, daß ich ihren Sohn aufgenommen habe, als er Probleme mit der Polizei hatte. Ich hatte damals auch keine Lust, mir mit diesem großen Jungen einen Klotz ans Bein zu binden, aber du ... Egal, soll ich sie nicht anrufen und ihr sagen, daß du kommst? Besser als New York, denke ich ... Und diesmal ... schicke ich dir die Kinder nach, sobald du Bescheid gibst.«

Es war, als hätte ihre Mutter plötzlich diese Traumwelt verlassen, in der sie und viele andere ältere schwarze Menschen, die Blanche kannte, anscheinend lebten – nach dem Motto: Biete ihnen die andere Wange. Aber warum sollte mich das auch überraschen? fragte sie sich selbst. So haben wir in diesem Land die ganze Zeit überlebt: indem wir wußten, wann wir so handeln mußten, wie es die anderen für richtig hielten, und wann wir so handeln mußten, wie wir es für richtig hielten.

»Ja, Mama, ich verlasse diesen Staat, sobald ich den Scheck mit meiner Steuerrückzahlung in den Händen habe. Er müßte bis nächste Woche, wenn diese Leute in die Stadt zurückkehren, da sein ... Ich bin froh, daß nichts in der Zeitung stand, obwohl mir das merkwürdig vorkommt.«

Ihre Mutter fand diese fehlende Meldung nicht so bedenklich wie Blanche. »Vielleicht kann der Sheriff nicht noch mehr schlechte Publicity gebrauchen«, sagte sie. »Sein Büro wird gerade überprüft, weißt du. Und erst letzte Woche hat sich ein betrunkener Polizist das Bein gebrochen, als er diesen Puff am Ende der Cressfield Street verließ. Das stand auch nicht in der Zeitung.«

Blanche hatte gar nicht gewußt, daß ihre Mutter so viel über diesen Teil der Cressfield Street und was dort vor sich ging wußte. »Nein, Mama, ich interessiere mich nicht für die Angelegenheiten dieser Leute. Ich weiß nur, was Mumsfield – ja, das ist der Junge – nur was er mir erzählt hat. Ich habe ihm nicht viele Fragen gestellt«, sagte Blanche. »Ja, ich weiß, es ist gefährlich, aber ... Okay, Mama, okay ... und vielen Dank, Mama, für alles. Kann ich jetzt bitte mit Taifa und Malik sprechen?«

Es war Blanche überhaupt nicht in den Sinn gekommen, daß die Kinder nicht zu Hause sein könnten. Ihre Enttäuschung wurde noch größer, als ihre Mutter sie daran erinnerte, daß dies der Samstag war, an dem Leo versprochen hatte, mit ihnen angeln zu gehen. All die Liebesbeteuerungen, die sie durch das Telefon hatte sagen wollen, lagen jetzt wie Steine in ihrem Magen. »Du hast ihm doch nicht etwa was erzählt, Mama?«

»Natürlich habe ich ihm was erzählt! Glaubst du etwa, ich will, daß dieser Mann rumrennt und sich wie ein liebestoller Narr aufführt? Ich habe ihm gesagt, daß du diese Woche auf dem Land arbeitest. Das ist wenigstens keine Lüge. Gelogen habe ich deinetwegen schon genug, mein Kind! Ich schwöre dir, deinetwegen werde ich noch meinen Platz im Himmel verlieren!«

»Danke, Mama. Ich rufe dich wieder an, sobald ich kann«, schnitt Blanche ihrer Mutter das Wort ab, bevor diese erneut in Rage geriet. »Sag den Kindern, daß ich sie liebe und alles, was du glaubst, ihnen sagen zu müssen.« Blanche unterbrach die Verbindung, aber sie hielt weiterhin den Hörer in der Hand. Ihre Augen füllten sich mit Tränen. Sie drehte das Gesicht zur Wand und weinte sich über ihre Enttäuschung, nicht mit den Kindern gesprochen zu haben, in den toten Hörer aus. Der Selbsterhaltungstrieb verscheuchte sie schließlich aus der Telefonzelle.

Sie stopfte ihr nasses Taschentuch in die Handtasche und konzentrierte sich auf die bevorstehende Aufgabe. Sie ging vier Straßen weiter zum Einkaufszentrum der Stadt. Als erstes machte sie im Secondhand-Laden der Heilsarmee in der Sixth Street halt, wo sie sich einen rosa-weißen Bademantel aus Seersuckerstoff kaufte. Anschließend ging sie zwei Straßen in östlicher Richtung weiter, vorbei am Gericht und dem Bürgerkriegsdenkmal (das sie wie gewöhnlich verstohlen anspuckte) und dann eine Straße südlich zu Woolworth. Dort kaufte sie zwei Paar Gummihandschuhe. Sie verließ sich nie darauf, daß die Arbeitgeberinnen dafür sorgten, und sie konnte nicht ohne arbeiten.

Zusammen mit den Handschuhen kaufte sie sich eine Garnitur Unterwäsche und zwei Paar Strumpfhosen in Übergröße, Queen Size. Dabei dachte sie wie üblich, daß sie sich ganz bestimmt nicht in eine Wursthülle zwängen würde, wenn sie eine Königin wäre. Außerdem kaufte sie eine Zahnbürste, ein Stück Ivory-Seife und einen zusammenfaltbaren Koffer für dreineunundneunzig im Sonderangebot. Als sie mit dem Einkaufen fertig war, hatte sie noch siebenundfünfzig Dollar und zweiundsiebzig Cents, genug, um die nächsten zwei, drei Wochen oder einen Monat über die Runden zu kommen, wenn ihre Cousine Charlotte für Unterkunft und Verpflegung sorgte, bis sie Arbeit gefunden hätte.

Der Wunsch, sofort zu fliehen, löste ein Kribbeln in ihren Fußsohlen aus. Sie war nur drei Straßen vom Bahnhof entfernt. Der Scheck mit der Steuerrückzahlung schien im Vergleich mit dem soliden rechteckigen Eingang des Busbahnhofs weit weg und unwirklich zu sein. Sie könnte mit dem Bus nach Durham fahren und dort auf den Scheck warten. Ihre Freundin Margie würde sie für ein paar Nächte aufnehmen, bis Ardell den Scheck für sie abholen konnte. Blanche fühlte schon, wie sie im Bus saß und die Bäume und Felder vorbeihuschen sah, während sie sich weiter und weiter von Farleigh entfernte. O ja, Grace würde einen Anfall kriegen und die Agentur anrufen, aber würde die Agentur sie nicht decken, um ihre eigene Haut zu retten? Schließlich hatten sie nicht zugegeben, daß sie nicht wußten, wer zum Teufel sie war, aus Angst, die Herrin des Hauses zu erzürnen. Sie würden sich eher irgendeine Geschichte ausdenken, um das Geschäft mit Grace und ihr Wohlwollen nicht zu verlieren. Und war es überhaupt wahrscheinlich, daß Grace oder die Agentur den Sheriff anrief? Blanche würde sie doch nur in ihrer Meinung bestätigen, daß alle Schwarzen unverantwortlich waren. Sie bog links um die Ecke und ging in Richtung Bahnhof. Ein großer Reisebus fuhr an ihr vorbei, auf dem Weg zur Stadt hinaus. Sie beschleunigte ihre Schritte. Als der Bahnhof in Sicht kam, sah sie plötzlich Mumsfield vor sich, der geduldig in Meg's Diner saß und stundenlang auf sie wartete, weil er glaubte, sie würde zurückkommen, da sie das gesagt hatte.

Verdammt! Ich habe den Jungen nicht gebeten, mir zu vertrauen! Er hatte ihr einen Gefallen getan, als er seiner Cousine nicht erzählt hatte, daß sie noch nie für sie gearbeitet hätte, aber das machte sie nicht zu FreundInnen. Eine Freundin hätte ihm den wirklichen Grund genannt, warum er von seiner Tante ferngehalten wurde, zumal er sich die Schuld für Emmelines Krankheit gab. Eine Freundin hätte ihm erzählt, daß seine Verwandten vielleicht die Absicht hatten, ihm sein Geld abzuluchsen. Wenn sie befreundet wären, könnte sie ihm ihre Sorgen erzählen und ihn bitten, ihr bei der Flucht zu helfen. Dieser Gedanke war lächerlich. Er war reich und weiß, und seine Behinderung schloß ihn von vielem aus, was in seiner eigenen Welt vor sich ging. Zumindest beschränkte sie seine vermutlich ohnehin begrenzte Fähigkeit, ihr Leben und insbesondere ihre gegenwärtige Situation zu verstehen. Sie war überzeugt, daß er den Sheriff oder jeden anderen Gesetzesvertreter als Freund betrachtete. Vielleicht würde er sogar die freundliche Kellnerin in dem Lokal bitten, den Sheriff anzurufen, weil er seine Freundin Blanche vermißte. Sie fragte sich, ob wohl jemand an einem Impfstoff gegen die Schwarzenkrankheit arbeitete. Sie eilte in den Bahnhof und stellte sich bei einer der Schlangen vor den Fahrkartenschaltern an. In ihren Beinen verspürte sie wieder dieses »Lauf!«-Gefühl. Sie schaute sich im Bahnhof um, um sich von den mahnenden Rufen in ihrem Kopf abzulenken, die sie aufforderten, innezuhalten und für einen Augenblick nachzudenken. Sie erinnerte sich an ihre letzten Minuten im Gerichtssaal, als sie sich danach sehnte, daß jemand sie ansehen und sich dafür interessieren würde, was mit ihr geschah. Hier sahen die Leute einander auch nicht an. Aber es geschah etwas, das die Aufmerksamkeit aller erregte.

Sie hörte die Sirene, kurz bevor der Wagen des Sheriffs mit einer scharfen Wende von der Straße abbog, über den Bordstein auf den Parkplatz des Busbahnhofs holperte und mit quietschenden Reifen zum Stehen kam. Schnell trat Blanche aus ihrer Warteschlange und eilte durch den Nebenausgang zu ihrer Linken. Sie überquerte die Straße bei Rot und ging den Weg zurück, den sie gekommen war.

»Ihre Hosenträger gefallen mir«, sagte sie zu Mumsfield, als sie wieder im Wagen saßen.

Er nickte ein paarmal langsam mit dem Kopf, was dem Thema Hosenträger mehr Gewicht verlieh, als Blanche jemals erwartet hätte. »Hosenträger sind sehr wichtig, Blanche.«

»Farben auch«, fügte sie hinzu.

»O ja! Mit gelben Hosenträgern fährt man am besten. Am sichersten.«

»Uhmmm.« Diesmal war Blanche an der Reihe, zustimmend zu nicken. »Und rote sind am besten zum Reparieren von Autos und orangefarbene zum Essen.«

»Ja, Blanche! Sie verstehen das, Blanche!«

Offensichtlich hielt er sie deswegen für ziemlich schlau. Blanche kicherte in sich hinein. Dieser weiße Junge bestand aus mehr Teilen als ein Puzzle.

Auf dem Weg zum Landhaus fragte sie Mumsfield, ob er etwas gegen ein wenig Musik habe und fand glücklicherweise einen Sender, der Diana Ross spielte. Mit Diana im Wagen fühlte sie sich besser. Dianas Stimme war wie ein Band zwischen Blanche und dem Teil der Welt, den sie kannte und brauchte. Nicht nur ihr Gesang beruhigte Blanche. Diana war auch einmal arm gewesen, genauso wie Blanche. Wenn Diana sich von der Sozialhilfe und den Sozialwohnungen in Detroit an die Spitze der Music Charts und zu Starrollen in Filmen hocharbeiten konnte, dann müßte Blanche es eigentlich auch schaffen, aus dem Schlamassel, in dem sie gerade steckte, herauszukommen, so wie die schwarzen Frauen sich selbst und ihr Volk aus dem Schlamassel herausgeholt hatten, seit die erste entführte afrikanische Frau an diese Küste verschleppt worden war. Und war sie nicht außerdem ein Night Girl? In Gedanken sah sie sich mit Taifa und Malik an der Hand zu dem Denkmal für die schwarzen Soldaten des Bürgerkriegs hinaufschauen, von dem sie gelesen hatte, daß es irgendwo im Zentrum von Boston stünde. Sie lehnte den Kopf zurück an die Lehne, und ein Lächeln spielte um ihre Lippen. Kurz darauf senkten sich ihre Lider, und ihr Atem wurde langsamer. Das Halten des Wagens in der Auffahrt des Landhauses weckte sie. Sie erwachte aus einem Traum, in dem sie mit den Kindern in einen Vergnügungspark gegangen war, und fand sich in einem Alptraum wieder, wo der Wagen des Sheriffs vor dem Haus stand.

5

Blanches Darm reagierte auf den Anblick des Polizeiwagens genauso wie auf ihr Gerichtsurteil. Doch diesmal gab es keine Damentoilette, in die sie eilen und von wo aus sie flüchten konnte. Sie blieb einige Sekunden in der Limousine sitzen und versuchte, ihren Schließmuskel unter Kontrolle zu bekommen, während sie hinaus in den vollkommenen Sommertag starrte. Mit den Augen verschlang sie das Gras und die Blumen, die hohen Fichten und die Spottdrossel, die auf dem Rasen saß und mit dem Schwanz wippte. Sie nahm alles in sich auf, als müsse sie sich mit Blattgrün und Himmelblau versorgen, bevor der Mann, der mit Everett sprach, sie an einem grauen und grausamen Ort einschloß.

Der Sheriff erhob die Hand gegen Everett, aber ohne ihn zu berühren und ohne die Absicht dazu zu haben. Everett wich taumelnd zurück, als hätte die Geste des Sheriffs ihn aus dem Gleichgewicht gebracht.

»Ist alles in Ordnung, Blanche?« Mumsfield beugte sich zu ihr und berührte ihren Arm. »Sie sehen so komisch aus, Blanche.«

Blanche schüttelte den Kopf, öffnete die Beifahrertür und stieg aus. Sie zwang ihre Füße, zum Haus zu gehen. Wie hat er mich nur gefunden? überlegte sie. Ihre Beine zuckten vor Verlangen, so schnell wie möglich in die entgegengesetzte Richtung zu laufen. Sie biß die Zähnen zusammen und ermahnte sich, nicht zu weinen oder Angst zu zeigen.

Der Sheriff wandte sich von Everett ab und trat ihr in den Weg. Er streckte die Hand aus und tippte auf ihren Arm. Es gelang ihr, nicht zurückzuzucken.

»Kenne ich dich nicht, Mädchen?« Er kam näher und betrachtete ihr Gesicht mit gehässigen braunen Augen. Seine Kleinmädchenstimme ließ die Frage noch drohender klingen.

Warum spielte er mit ihr? Damit er sie nicht nur als flüchtige Gefangene, sondern auch noch als Lügnerin entlarven konnte? Sie wußte, daß sie auf seine Frage antworten mußte, aber sie war nicht sicher, ob sie sich davon abhalten konnte, ihn anzubetteln, doch bitte Gnade mit ihr zu haben und sie wenigstens ihre Kinder sehen zu lassen, bevor sie ins Gefängnis gesteckt würde. Sie räusperte sich und überlegte, ob er wohl den Geruch der Angst riechen konnte, der in heftigen Schweißwellen von ihr ausströmte. Ob sie jetzt wohl weniger Angst hätte, wenn dieser knirpsgroße, fettwanstige Mann nicht so bekannt dafür wäre, schwarze und arme Menschen zu mißhandeln? Manche Leute meinten, er wäre so gemein, weil er kaum größer und gewichtiger war als sein Blechstern. Blanche hielt es eher für Veranlagung.

»Mädchen, ich habe gefragt«, wiederholte der Sheriff, »ob ich dich nicht kenne?« Sein strähniges Haar zitterte, als er sprach. Sein Atem roch nach Galle. Die Angst, ins Gefängnis zu kommen, wurde für einen Augenblick von der Angst übertroffen, die Spucke, die in seinen Mundwinkeln schimmerte, könnte ihr plötzlich ins Gesicht spritzen. Sie konnte sie bereits fühlen, kalt und brennend auf ihrer Wange.

»Oh, ja, Sir«, brachte sie schließlich hervor und fragte sich, wessen hohe, piepsende Stimme aus ihrem Mund sprach. »Manchmal helfe ich bei den Pettigrews in der Küche aus.« Sie hielt buchstäblich den Atem an. Wenn er kein Spiel mit ihr trieb, würde er ihr dann glauben?

Alle Haushaltshilfen in der Stadt wußten, daß der Sheriff regelmäßig die sturzbetrunkene Miss Hazeline Pettigrew Conroy, Erbin des Pettigrew-Vermögens, an der Hintertür der Pettigrew-Plantage in die Arme der einen oder anderen Bediensteten übergab. Genauso wie alle wußten, daß der alte Pettigrew dem Sheriff den Job verschafft hatte.

Der Sheriff machte sich nicht die Mühe zu antworten. Er wandte sich einfach wieder Everett zu und ließ sie mangels Interesse stehen. Blanche ließ ihren Atem mit einem Stoß heraus und eilte nach drinnen ins Badezimmer.

Vor Erleichterung war ihr ganz schwindelig. Sie unterdrückte den Drang, laut und lange zu lachen. Schon zweimal war es ihr gelungen, sich mit Hilfe ihres Verstandes zu retten. Aller guten Dinge sind drei, sagten die Alten. Hieß das, daß sie sich noch einmal retten mußte, bevor sie ein für allemal frei war?

Sie nahm die Seife und wusch sich die Hände und die Stelle am Arm, wo Sheriff Stillwell sie berührt hatte. Sie kämpfte gegen den Drang an, ihm bewußt eine Krankheit zu wünschen. Solche Wünsche schienen oft einen Bumerangeffekt zu haben. Und es bestand keine Notwendigkeit, dem Sheriff eine Krankheit zu wünschen. Sie mußte einfach nur darauf hoffen, daß das Leben ihm genau das bescherte, was er verdiente. Sie schaute in den Spiegel des Medizinschränkchens und rechnete fast damit, ein unbekanntes Gesicht zu sehen, so als wäre ihre Fähigkeit, den Sheriff zum Narren zu halten, unterstützt worden durch eine neuentdeckte Fähigkeit, ihr Aussehen zu verändern und jemand anders zu werden. Niemand, nicht einmal der Sheriff würde wahrscheinlich in diesem Haus nach ihr suchen. Ein lautloses Lachen lief durch ihren Körper, erfrischte ihr Blut und erneuerte den Glanz ihrer Haut, den die Angst vor dem Sheriff ausgelöscht hatte. Wenn jetzt bloß ihr Scheck endlich kommen würde.

Sie summte etwas unmelodisch vor sich hin, während sie die Teller vom Mittagessen in den Geschirrspüler räumte. Dann ging sie mit dem Staubsauger in den vorderen Teil des Hauses. Everett war nirgendwo zu sehen. Grace ebensowenig. Durch das Wohnzimmerfenster sah sie Mumsfield, der die Kühlerhaube der Limousine polierte. Der Wagen des Sheriffs war fort.

Eilig saugte sie den Wohnzimmerboden. Aber warum war der Sheriff hier gewesen, wenn er sie nicht suchte? Ihre Bewegungen verlangsamten sich, als sich ihr Blick nach innen kehrte. Sie sah den Sheriff vor sich, der die Hand wie ein Verkehrspolizist erhob, als wären Everetts Worte eine Reihe von Autos, die gestoppt werden mußten. Als der Sheriff sich von Everett abgewandt hatte, um sie zu schikanieren, hatte er es nicht einmal für nötig gehalten, sich bei Everett zu entschuldigen. Offensichtlich hatte der Sheriff sie angehalten, um Everett zu zeigen, daß er derjenige war, der das Sagen hatte, selbst über Everetts Angestellte. Everett hatte so steif dagestanden, daß er fast zitterte. Warum? Vorhin hatte sie geglaubt, Everett sei über Stillwells Dreistheit empört gewesen. Jetzt war sie sich dessen nicht mehr so sicher. Konnte es Angst gewesen sein, die Everett fast umgehauen hatte? Sie selbst hatte solche Angst gehabt, daß es ihr gar nicht in den Sinn gekommen war, es könnte noch irgendwelche Angst für andere übrigbleiben. Rückblickend erinnerte sie sich an Everetts Gesichtsausdruck: wie ein gefangenes Tier. Aber was hatte der Sheriff gesagt, das Everett angst machte? Sie schüttelte den Kopf und beschleunigte ihr Staubsaugen. Wenn ich es wissen muß, werde ich es herausfinden, sagte sie sich mit einer Gewißheit, die dem Sieg über den Sheriff entsprang.

Sie schleppte den Staubsauger und einen Eimer mit einem Staubwedel, Möbelpolitur, Putzleder, Schwamm, Sprühreiniger und einer langstieligen Bürste die hintere Treppe hinauf. Sie hatte nicht die Absicht, all diese Dinge zu benutzen, aber es machte sich gut, sie bei sich zu haben. Sie stellte die Sachen oben auf der Treppe ab und betrachtete die sieben Türen zu beiden Seiten des Flures. Sie wußte, daß die letzte Tür auf der rechten Seite in Emmelines Zimmer führte. Im Augenblick hatte sie allerdings kein Verlangen danach, sich mit einer Betrunkenen zu befassen, darum klopfte sie an die nächstbeste Tür, die sich von Emmelines Zimmer aus auf der gegenüberliegenden Seite des Flurs befand. Keine Antwort. Sie öffnete die Tür und entdeckte einen Einbauschrank voll mit Laken, Handtüchern und Decken in Plastiktüten mit Reißverschlüssen. Der Rest des Zimmers war vollgestopft mit Kisten, auf deren Etiketten Angaben wie »Schutzhüllen für Wohnzimmermöbel«, »Jalousien« und »Krocketspiel« standen. Neben dem Lagerraum befand sich ein Badezimmer ohne Handtücher und mit dem muffigen Geruch von ungenutzten Räumen.

Der Geruch von Maschinenöl und Schokolade begrüßte sie, als sie die erste Tür auf der rechten Seite des Flurs öffnete. Mumsfields Zimmer: silbernes Bonbonpapier auf dem Boden vor dem Bett, ein Modellauto auf dem Nachttisch, Bilder von Autos und Uhren an den Wänden. Ein öliges Maschinenteil lag auf einer Zeitung auf dem Tisch neben der Tür, die ins Badezimmer führte. Das Maschinenteil erinnerte sie an Männer, die sich in Garagen trafen, ihre Autos schmierten, über Frauen redeten und Bier tranken, ein Bild, das sie nicht mit

Mumsfield assoziierte. Warum hatte sie mit einer Eisenbahn und Murmeln gerechnet? Sie schätzte Mumsfield auf ungefähr fünfundzwanzig Jahre. Vielleicht hatte das genausoviel damit zu tun, was sie hörte und sah, wie damit, was sie fühlte, wenn Everett mit ihm und Grace über ihn sprach. Obwohl er den Wagen fahren durfte und ihn wahrscheinlich in Einzelteile zerlegen und wieder zusammensetzen konnte, wurde er als Mensch nicht ernst genommen. Etwas, was sie miteinander teilten.

Sie kehrte auf den Flur zurück, um ihre Putzutensilien zu holen, und begegnete Grace, die ihr ein verkrampftes Lächeln schenkte, aber nichts sagte. Sie ging an Blanche vorbei, klopfte an Emmelines Zimmertür, nannte ihren Namen, als antwortete sie auf Emmelines Frage, obwohl Blanche keine Frage gehört hatte, und betrat das Zimmer. Blanche kehrte in Mumsfields Zimmer zurück und schaffte mit ein paar raschen Handgriffen Ordnung.

Das Zimmer neben Mumsfields gehörte Everett. Blanche stellte fest, daß es möglich und logisch wäre, daß dieses Zimmer sowohl Grace als auch Everett gehörte, aber sie glaubte es nicht. Es roch nach dem Zimmer eines Mannes, kein bißchen nach dem leichten Blütenduft, den Grace bevorzugte, sondern nach etwas Strengem und Schwerem, das sie nur als Männerduft identifizieren konnte. Und auch Graces Sachen waren nicht zu sehen, keine Hausschuhe, kein Nachthemd am Fuß des Bettes. Von Everett dagegen lag viel herum. Auf seiner Kommode waren Kleingeld, Schlüssel und eine Socke verstreut. Eine Unterhose lag hingeworfen über die Armlehne eines Stuhles am Fenster. Die Laken und die leichte Decke waren zu einem Knäuel zusammengeknüllt, das sich wie eine Kirsche auf einem Eisbecher in der Mitte des Bettes befand. Im Badezimmer lag ein Haufen feuchter Handtücher.

Aus dieser Unordnung hätte sie normalerweise auf jemanden geschlossen, der zu viel zu tun hatte, zu unglücklich, zu sehr in Eile oder zu geistesabwesend war, um sich Gedanken um Ordnung zu machen. Doch soweit sie es beurteilen konnte, traf keine dieser Eigenschaften auf Everett zu. Er schien nichts anderes zu tun zu haben, als sich herauszuputzen und Grace bei Laune zu halten. Blanche hatte ihn sowohl wütend als auch aufgeregt erlebt, aber er wirkte nicht sonderlich unglücklich oder besorgt. Sie zog die Gummihandschuhe an, die sie in der Stadt gekauft hatte, bevor sie Everetts herumliegende Kleidungsstücke aufsammelte. Wenn sie die Absicht gehabt hätte, regelmäßig für diese Leute zu arbeiten, würde sie ihm aber was erzählen, was herumliegende schmutzige Unterwäsche anbetraf. Sie war nicht der Meinung, daß das Auflesen der dreckigen Unterhosen anderer Leute zu ihren normalen Aufgaben gehörte. Sie erwartete von ihren ArbeitgeberInnen, daß sie ihre schmutzige Unterwäsche in den Wäschekorb und ihre schmutzigen Taschentücher in den Papierkorb warfen. Ein solches Verhalten war ihrer Meinung nach ein Zeichen von »Kultiviertheit«, wie ihre Mutter es nannte, und ein deutlicher Hinweis, ob sie von diesen KundInnen Respekt erwarten konnte oder nicht – und ob sie sehr lange bei ihnen bleiben würde.

Sie stellte sich vor, wie sie ihm seine stinkenden Socken unter die Nase hielt, bis er verstand, daß auch sie ein paar Rechte hatte. Aber wahrscheinlich würde er vorher ohnmächtig werden! amüsierte sie sich. Vielleicht übertrieb sie etwas, was Everetts Arroganz betraf, aber die Art, wie er ihr ins Gesicht gegrinst und sich dann über ihren Namen lustig gemacht hatte, oder die laute, dumme Art, in der er mit Mumsfield redete, als wollte er mit seiner Stimme einen besonders dicken Schädel durchdringen, hatte sie nicht übertrieben wahrgenommen. Wenn man seine wütende Bemerkung über Emmeline betrachtete, war er auch nicht besonders tolerant gegenüber Menschen, die ihn ärgerten. Aber andererseits war er dem Sheriff auch nicht ins Gesicht gesprungen. Er war insgesamt sehr widersprüchlich. »So wie alle anderen auch«, murmelte sie vor sich hin.

Sie räumte Everetts Zimmer auf und schloß die Tür fest hinter sich. Sie ging den Flur hinunter und an der Haupttreppe vorbei. Gedankenlos summte sie die übliche monotone Melodie aus ihrer eigenen Komposition vor sich hin. Sie klopfte an die Tür links von Emmelines Zimmer – ein Gästezimmer, dessen Einrichtung mit Laken zugedeckt war. Als sie die Tür schloß und auf den Flur zurückkehrte, bemerkte sie, daß Emmelines Tür nicht richtig geschlossen war. Sie hörte Emmelines Stimme, die einen hohen, klagenden Ton anschlug, gefolgt von Graces gemäßigtem Gemurmel. Blanche blieb stehen und lauschte.

»Hau ab, du heuchlerische Hexe!« schrie Emmeline aus voller Kehle. Blanche zuckte zurück. Dann trat sie ein paar Schritte näher an Emmelines Tür.

»Ich erinnere mich, was sie immer über dich gesagt haben! Ich beobachte dich, was denkst du wohl, du hinterhältiges Biest!« Emmelines Stimme klang schrill und erregt. Blanche konnte Graces Antwort nicht verstehen.

Als Grace das Zimmer verließ, hatte sich Blanche bereits entfernt und wischte auf dem kleinen Tisch am Ende der Haupttreppe Staub.

Grace schien Blanche zuerst nicht zu bemerken. Sie lehnte sich an Emmelines Tür und schloß für ein paar Sekunden die Augen. Als sie sie wieder öffnete, waren sie feucht. Ihre Lippen bildeten einen harten rosa Strich. Auf ihren Wangen zeigten sich große rote Flecken wie bei einem Clown. Sie stieß sich von der Tür ab und ging auf Blanche zu.

»Bitte stören Sie meine Tante jetzt nicht, Blanche«, sagte sie schließlich. »Sie ... sie ruht gerade. Und das Zimmer neben ihr ist ein Gästezimmer, um das Sie sich auch nicht kümmern müssen«, fügte sie hinzu.

Blanche schaute Grace nach, als sie die Treppe hinunterging, und hörte, wie die Haustür geschlossen wurde. Sie schlüpfte in Mumsfields Zimmer und sah aus dem Fenster. Grace ging mit hängendem Kopf und vor der Brust verschränkten Armen langsam zum Ententeich.

Ich hätte das Zimmer von der alten Dame zuerst erledigen sollen, schalt sie sich. Vielleicht hätte ich bei dem Wettkampf im Schreien direkt am Ring sitzen können. Aber er wäre wahrscheinlich vertagt worden. Blanche starrte Emmelines Tür einen Augenblick lang an, besessen von dem Wunsch, dort anzuklopfen und ihrer natürlichen Neigung, sich der Stimme der Autorität zu widersetzen, nachzugeben. Das war einer der Gründe, warum sie bei den Jobs als Kellnerin, Telefonverkäuferin, Schreibkraft und Typistin, die sie im Laufe der Jahre ausprobiert hatte, nicht geblieben war. Denn trotz der Herrschaftsphantasien mancher Frauen, für die sie gearbeitet hatte, war sie immer ihr eigener Boß gewesen, und ihre Kundschaft wußte das. Sie war die Expertin. Sie brachte Ordnung in das Leben ihrer ArbeitgeberInnen, nicht umgekehrt. Sie sagte ihnen, wann sie ihr aus dem Weg gehen sollten, wann sie arbeiten würde und wann nicht. Meistens zumindest. Jetzt seufzte sie frustriert und wandte sich von Emmelines Tür ab.

Sie machte sich nicht die Mühe, an die Tür rechts von Everetts Zimmer zu klopfen, denn es konnte nur Graces Zimmer sein. Sie trat ein, und wie als Belohnung dafür, daß sie tat, was man ihr gesagt hatte, war dieses Zimmer zur Abwechslung einmal faszinierend.

Das weiße Himmelbett war mit einem hellblauen Baumwollstoff drapiert, der mit einer weißen Paspel mit winzigen blauen Pünktchen eingefaßt war. Die Sitze der beiden zerbrechlich aussehenden Stühle und der Tisch neben dem Bett waren mit demselben Baumwollstoff bedeckt. Es schien ein wunderbar ruhiger Platz zu sein, um sich zurückzuziehen, und Blanche gratulierte Grace, daß sie immerhin so klug war, sich das zu leisten. Trotzdem gab es irgend etwas in diesem Zimmer, das ihr Unbehagen bereitete. Sie betrachtete die kleinen Gegenstände. Von ihnen erfuhr man am ehesten etwas über den Menschen, dem ein Zimmer gehörte, denn die Möbel und Bilder wurden bei Leuten wie diesen wahrscheinlich von InnenarchitektInnen ausgesucht.

Ihr fiel auf, daß das altmodische versilberte Set aus Kamm, Bürste und Handspiegel auf der Kommode in genau demselben Abstand voneinander zu liegen schien. Die Spitze des Füllhalters auf dem kleinen Tisch neben dem Bett lag auf einer Linie mit dem Rand der ledernen Schreibmappe und dem Adreßbuch daneben. Die Uhr auf dem Nachttisch stand in genau demselben Abstand von der Wasserkaraffe wie von der Lampe. Es gab kein Radio, keinen Fernseher, nicht einmal ein Telefon, das die Ruhe dieses Raumes stören konnte.

Es schien das falsche Zimmer für Grace zu sein. Diese Art von Ordnung hätte sie eher von Everett mit seiner lässig eleganten Kleidung, seinen frisch manikürten Nägeln und glänzend polierten Schuhen erwartet. Sie hatte einmal für einen Mann gearbeitet, der Männerbekleidung entwarf und bekannt war für seine Garderobe und seinen Stil. Von ihm hatte sie genug gelernt, um zu wissen, wieviel Planung und Überlegung notwendig waren, damit etwas vollkommen lässig aussah. Aber es war ausgerechnet Grace, deren Blusenzipfel aus dem Rockbund hing und deren Strümpfe an den Waden Falten bildeten, die in diesem gestaltgewordenen Inbegriff unveränderlicher Ordnung wohnte.

Aber trotz der Ordnung in dem Zimmer und dem Eindruck von Ruhe waren die Haare auf Blanches Armen steif vor Elektrizität. Nervosität und Reizbarkeit lagen in der Luft. Sie ging im Zimmer umher, nahm die kleine Uhr auf, den Handspiegel. Während sie herumschlenderte, schwang sie den Staubwedel. Das Adreßbuch mit dem Blümcheneinband war auch blau-weiß. »Grace Carter Hancock« stand in Reliefdruck oben auf dem hellblauen Briefpapier in der ledernen Schreibmappe. Sie achtete darauf, daß sie jeden Gegenstand wieder auf genau denselben Platz zurückstellte, wo sie ihn gefunden hatte. Sie merkte, wie lange es dauerte, alle Gegenstände perfekt aufzustellen, und sie fragte sich, ob Grace es gleich beim ersten Mal schaffte oder ob sie auch herumfummeln mußte.

»Grace«, flüsterte sie, und in ihrer Stimme klang die Frage mit, wer diese Frau wohl war. Das hier war nicht das Zimmer der Grace, die ein Wasserglas umstieß und nervös wie ein Vampir in der Dämmerung war. Die Grace, die dieses Zimmer wie einen Heiligenschrein für sich selbst eingerichtet hatte, war nicht die Frau, die von Everett mütterlich umsorgt wurde oder der Mumsfield geduldig mit »Ja, Cousine« antwortete.

Was hat es mit den Menschen dieses Hauses und ihren Zimmern auf sich? fragte sich Blanche. Die Zimmer, von Mumsfields abgesehen, ließen auf völlig andere Menschen schließen, als deren Aussehen und Benehmen nahelegten. Welches war der richtige Everett – der wohlgekleidete, liebevolle und zärtliche Ehemann oder der arrogante, schlampige Kerl, der seine dreckigen Socken auf die Kommode warf und bereit war, sich mit dem Sheriff anzulegen. Und was war mit Emmeline? War sie einfach nur eine Alkoholikerin, oder war sie die reizende alte Dame, von der Mumsfield sprach? Welche Grace war die echte?

6

Als Blanche am nächsten Tag vom Waschen des Salats für das Mittagessen aufblickte, sah sie Everett und einen anderen Mann am Waldrand spazierengehen. Zuerst erkannte sie den anderen Mann nicht. Sie hatte ihn noch nie ohne Stiefel, Dienstabzeichen und Uniform gesehen, obwohl sie die dünnen Beine und den Hängebauch hätte erkennen müssen. Ohne seine Ausstattung wirkte er noch kleiner und sah wie jeder andere zu kurz geratene, schweinchenfarbene Knallkopf aus, der sich, mit dem Hut in der Hand, beim Gutsherren lieb Kind machen will. Nur behielt der Sheriff seinen Hut auf. Wenn er jemand anders gewesen wäre, hätte sie seine Mißachtung der Klassengesetze begrüßt. Doch selbst abgesehen von Stillwells Ruf und ihren augenblicklichen Problemen konnte sie mit Gesetzesvertretern jeglicher Art und Hautfarbe wenig anfangen.

Sie erinnerte sich noch an die sechziger Jahre, als die Polizei die Menschen zusammenprügelte und in Harlem junge Schwarze und Puertoricaner von ihnen ermordet wurden – in jedem Frühjahr, das sie in New York verbrachte, mindestens einen –, als handele es sich um Wild in der Jagdsaison. Sie hatte beobachtet, wie die Polizei bei ihrer Nachbarin, Mrs. Castillo, die Wohnungstür aufgebrochen, ihren Mann gnadenlos zusammengeschlagen und die Wohnung total auf den Kopf gestellt hatte, bis sie schließlich feststellten, daß sie im falschen Haus waren. Die Polizisten hatten sich für den angerichteten

Schaden nicht einmal entschuldigt. Blanches Ansicht nach waren die Gesetzesvertreter in den Südstaaten noch schlimmer: Sie waren die Nachkommen der Sklaventreiber und Aufseher, die ihren Lebensunterhalt damit verdienten, daß sie ihresgleichen zu Düngemitteln auf den Baumwollfeldern der Sklaverei zermalmten.

Beim Gehen durchschnitt Everett die Luft mit seinen Händen auf eine Art, die Blanche an jemanden erinnerte, der sich mit einer Machete durch dickes Unterholz arbeitete.

»Sind Sie da, Miz City?« rief Nate durch das andere Küchenfenster, das zum Hof ging.

»Warum hängt Stillwell ständig hier rum?« fragte Blanche ihn nach einem »Wie geht's?« und »Mir geht's gut« und nachdem sie ihm ein Glas Limonade eingeschenkt hatte.

Nate machte es sich auf einem Stuhl bequem und betrachtete Blanche über den Rand des Glases mit seinen alten onyxfarbenen Augen. Sie setzte sich auf einen Stuhl ihm gegenüber und schenkte sich ebenfalls ein Glas ein.

»Miz Grace hat früher immer den Sommer hier verbracht, wissen Sie.« Nates Augen bekamen jenen abwesenden Ausdruck, der bei alten Erinnerungen auftaucht. »Da vorne in dem Ententeich spielte sie immer. Planschte und spritzte und schrie aus voller Kehle. Ein richtiger Wildfang war sie.«

Etwas in seinem Ton sagte ihr, daß Nate ihr etwas Bestimmtes erzählen wollte. Er ließ das Eis in seinem Glas klirren. »Tatsache ist, daß Miz Grace für mich was Besonderes ist, wissen Sie.« Oje. Blanche hielt den Atem an und hoffte, daß Nate ihren wachsenden Respekt vor ihm nicht mit so einer blöden Mr.-Mammy-Geschichte zerstören würde.

»1959, als Miz Grace ungefähr zwölf Jahre alt war, standen die Dinge hier wirklich schlecht, sehr schlecht, schlechter noch als heute.« Nate nahm einen großen Schluck Limonade und ließ sich Zeit, das Glas wieder auf den Tisch zu stellen. »Weiße Farmer wurden von ihrem Land vertrieben, und die Läden und Geschäfte gingen pleite. Sie können sich ja vorstellen, wie hart das für uns war.

Daß es uns dabei am schlimmsten ging, hielt die Regierung und all die erbärmlichen, idiotischen Rednecks aus dieser Gegend natürlich nicht davon ab, uns die Schuld daran zu geben, so wie sie's immer tun. Damals gab's hier mehr Ku-Klux-Klan-Treffen und Aufrufe an die Südstaatler zum Schutz der Blüte der Weiblichkeit vor den Fängen der schwarzen Männer, als man zählen konnte! Natürlich sind wir

Farbige unter uns geblieben und haben uns so still wie möglich verhalten. Selbst die Kinder haben, glaube ich, beim Spielen geflüstert.«

Blanche hörte Nates Stimme, als käme sie aus weiter Ferne, obwohl er nur auf der anderen Seite des Tisches saß. Es war, als wäre er hinter eine dicke Glaswand geschlüpft, wo er von seinen eigenen Worten und den Gedanken, die sie begleiteten, nicht berührt wurde. Er saß absolut still, während er sprach.

»Eines Nachts, ungefähr zu dieser Jahreszeit, wurde in einem Straßengraben in der Nähe von Merkstons Tankstelle die Leiche einer weißen Frau gefunden. Sie wurde nicht identifiziert. Niemand aus dieser Gegend. Aber irgend jemand, ich weiß nicht, wer, sagte, sie hätten einen Schwarzen in einem zerbeulten Pick-up in der Nähe, wo die Frau gefunden wurde, die Straße entlangrasen gesehen.

Die Jungs vom Klan durchstöberten alle Plantagen und Orte, wo Farbige lebten. Als es dunkel war, griffen sie ein paar Burschen von der Straße auf. Einen verfolgten sie bis in den Wald. Sie fingen ihn nicht, aber er ist seitdem nicht wieder in diese Gegend zurückgekommen. Den Jungen, den sie schnappten, schlugen sie erbarmungslos zusammen. Nur Gott weiß, warum sie ihn nicht aufgehängt haben. Es hätte kaum einen Unterschied gemacht. Der Junge war hinterher zu kaum mehr was zu gebrauchen. Haben ihm das Rückgrat gebrochen. Ein Auge ausgestochen. Von seinem Geschlecht blieb ihm kaum genug, um zu pissen.« Traurig schüttelte Nate den Kopf.

»Nun, zufällig hatte ich zu der Zeit so einen alten Pick-up. Die Jungs vom Klan entdeckten ihn vor meinem Haus, stellten meine Wohnung auf den Kopf und zwangen irgendwen, ihnen zu sagen, wo ich war. Dann kamen sie mich hier suchen. Ich war draußen im Vorgarten und jätete Unkraut im Blumenbeet, als sie vorfuhren. Sie sprangen in ihrer bekloppten Kostümierung aus dem Lastwagen, riefen meinen Namen und benahmen sich wie tollwütige Hunde. Sie packten mich und zerrten mich gerade zu ihrem Lastwagen, als Miz Grace an die Haustür kam und mich suchte. Lady, ihr Hund, war kurz davor, Junge zu werfen, und das Mädchen brauchte meine Hilfe bei der Geburt.

Miz Grace rannte auf die Kerle zu, die mich festhielten. Nun, sie wissen ja, wie diese Bauernlümmel sich gegenüber den Reichen benehmen, und diese Kerle hatten gerade erst angefangen, so daß sie noch nicht betrunken genug waren, um ihre Stellung zu vergessen. Sie hörten auf, mich wegzuzerren, als das Mädchen angerannt kam, aber sie ließen mich nicht los. ›Ist das Ihr Nigger, Miss?‹ fragte einer.

›Ja‹, sagte sie zu ihm, ›lassen Sie ihn sofort los! Er muß hierbleiben und sich um meinen Hund kümmern!‹ Genauso sagte sie das, rotzfrech. Mittlerweile hatte Miz Em den Tumult gehört und kam an die Tür. ›Was geht hier vor?‹ wollte sie wissen. Da ließen sie meinen Arm los, weil sie ihre blöden Mützen abnehmen und der Höhergestellten Respekt zollen mußten. ›Wir suchen einen Nigger, der eine weiße Frau mit einem zerbeulten Pick-up überfahren hat, Ma'am.‹

›Nun, sein Pick-up ist im Augenblick nicht einsatzfähig, der Mann hingegen schon. Er hat zu tun. Nate, komm und kümmere dich um den Hund des Kindes.‹ Sie forderte mich auf, ins Haus zu kommen, direkt durch die Vordertür. Die Jungs vom Klan ließ sie nicht aus den Augen, bis sie in ihren Lastwagen gestiegen waren und die Auffahrt runterfuhren.«

Als Nate an diese Stelle seiner Geschichte kam, schien er hinter seiner Schutzmauer hervorgekommen zu sein. Sein Gesicht zeigte einen Ausdruck von Amüsiertheit und noch etwas, was sie nicht deuten konnte, als er sie zum erstenmal, seit er zu erzählen angefangen hatte, direkt ansah. »Sobald ich Miz Grace wiedersah, hab ich's ihr gesagt. Ich sagte: ›Miz Grace, ich stehe in Ihrer Schuld. Wirklich. Wenn Sie mich nicht als Geburtshelfer für Ihren Hund gebraucht hätten, wäre ich jetzt wahrscheinlich tot!‹«

Sie sahen einander lange an, dann brachen sie in ein Gelächter aus, das tief im Inneren von einem großen Schmerz über seine Dankesschuld erfüllt war, von der sie beide wußten, daß er sie nicht leicht nahm, ungeachtet der Umstände, unter denen sie ihm aufgebürdet worden war. Als sie sich schließlich beruhigt hatten, fuhr Nate fort, als müsse er eine neue Geschichte erzählen, um die, die er gerade beendet hatte, aus seinen Gedanken zu vertreiben.

»Damals gehörte Mr. Everetts Familie die Lace Hill Plantage drüben an der Sheldon Road. Die Familie vom Sheriff war Pächter auf Lace Hill. Mr. Everett und Miz Grace ritten auf seinem fetten Pony immer die Straße rauf und runter und spielten Cowboy und Indianer in ihrem Wald dort. Das war, bevor Miz Grace ins Internat ging und im Sommer nicht mehr herkam, nachdem ihre kleine Cousine in dem Teich da draußen ertrunken war. Miz Grace hat sich darüber furchtbar aufgeregt. Es gab haufenweise unsinnige Gerüchte, aber niemand fand jemals raus, was das kleine Mädchen mitten in der Nacht dort draußen zu suchen hatte. Miz Grace war wegen dieser Sache völlig am Boden zerstört. Sie war diejenige, die das Kind gefunden hat. Seitdem hat sie ihren alten Mumm nicht wiedergefunden, soweit ich das beurteilen kann.« Sein von der Erinnerung verschleierter Blick lichtete sich. Er rutschte auf seinem Stuhl hin und her. »Das war prima Limonade, Miz City.«

Blanche verstand den Wink und füllte sein Glas nach. Er nahm einen großen Schluck, bevor er fortfuhr. »Nun, Mr. Everetts Daddy nahm seine Familie und zog 1952 in die Nähe von Atlanta. Es gab keinen Grund mehr, in dieser Gegend zu bleiben. Er hatte Lace Hill beim Poker an Kyle Munroe verloren.« Nate schüttelte mißbilligend den Kopf und trank einen weiteren Schluck Limonade.

Blanche lehnte sich auf ihrem Stuhl zurück und nahm eine zuhörende Pose ein. Nate hatte ihr bereits bewiesen, daß er ein Geschichtenerzähler war. Sie kannte genug GeschichtenerzählerInnen – wie ihre Tante Maeleen, die Blanche mit Geschichten über den tragischen Tod oder das Begräbnis von jemandem, den keine von ihnen beiden kannte, zu Tränen rühren konnte –, um zu wissen, daß man GeschichtenerzählerInnen nicht drängen konnte. Ihr Rhythmus, die Pausen zwischen den Worten und die Betonung waren für die Geschichte, die sie erzählten, genauso wichtig wie die Worte. Wenn jemand anders die Geschichte erzählte, hörte sie sich vielleicht wie Tratsch an, aber aus dem Mund von GeschichtenerzählerInnen war Tratsch Kunst.

»... natürlich hatten diese hergelaufenen Munroes keinen Schimmer, wie man eine Plantage führt. Sie machten das Land kaputt und verkauften es schließlich an Grundstücksspekulanten, die dort diese schäbigen kleinen Häuser für die Bergarbeiter hinstellten. So kam es, daß Stillwell Sheriff und nicht Pächter wie sein Daddy wurde.« Nate lehnte sich auf seinem Stuhl zurück.

»Mista Mumsfield kam vor ungefähr sechs Jahren her, nachdem seine Familie bei einem Flugzeugunglück umgekommen war. Miz Em mochte den Jungen immer gut leiden, obwohl er zurückgeblieben war. Sein Daddy war Miz Ems Lieblingsneffe. Dann brach sich Miz Em das Bein. Darum kam Miz Grace aus Atlanta hierher. Um sich um ihre Tante und den Jungen zu kümmern. So heißt es jedenfalls. Der Daddy von Miz Grace und der Daddy von Mr. Mumsfield waren Brüder, wissen Sie. Ihr Daddy war ein Staranwalt in Atlanta. Hatte einen Herzinfarkt mitten im Gerichtssaal! Sie war sein einziges Kind. Hat ihr einen Haufen Geld hinterlassen, aber das ist jetzt alles weg. Dank *ihm*. Scheint Miz Grace aber nicht viel auszumachen. Sie ist immer noch verrückt nach ihm.«

»Der Sheriff war also mit *ihm* befreundet, als sie hierher kamen?« Blanche betonte das Wort »ihm« genauso wie Nate. Sie hatte allmählich den Verdacht, daß Nate beabsichtigte, ihr alles über diese Leute zu erzählen, nur nicht, warum der Sheriff hier herumhing. Sie fragte sich, warum, aber sie war sicher, daß Nate diese Frage niemals beantworten würde.

»*Er* hatte nie irgendwelche Freunde. Jedenfalls keine männlichen Freunde.« Nate zog die Mundwinkel herunter. »Der Sheriff spielte früher mit Mr. Everett und Miz Grace, bis er groß genug war, um mit seinem Daddy auf dem Feld zu arbeiten. Danach mochte der Sheriff Mr. Everett nicht mehr leiden.«

Es überraschte Blanche nicht zu hören, daß es eine alte Fehde zwischen Everett und dem Sheriff gab oder daß Everett mehr als eine Bewunderin gleichzeitig brauchte. Aufgrund des Mangels an Papieren, Büchern oder einer Aktentasche bei seinen Sachen hatte sie bereits vermutet, daß er jemanden brauchte, die für seinen Lebensunterhalt sorgte. »Weiß Grace, daß Everett sich rumtreibt?«

»Sie weiß vieles nicht über ihn.« Nate schwieg eine Weile, in der er geradewegs durch Blanche hindurchzusehen schien. »Aber einige Dinge muß sie einfach wissen. Jeder muß wissen, woran er ist.« Er sprach in einem leicht nachdenklichen Ton, als rede er mit sich selbst.

Blanche wiederholte im stillen jedes seiner Worte, aber sie kam zu keinem Schluß, was sie im Zusammenhang bedeuten sollten. »Vielleicht droht der Sheriff, Grace zu erzählen, daß Everett sich rumtreibt. Vielleicht hängt er darum ständig hier rum.«

Nate runzelte fragend die Stirn. »Welches Interesse sollte er daran haben?« Er schüttelte heftig den Kopf. »Nee, Miz City. Darum geht es nicht.«

»Worum geht es dann?« Sie versuchte, seinen Blick aufzufangen und festzuhalten, aber er schaute weg, ehe sie ihn zu fassen bekam.

»Je weniger wir darüber wissen, desto besser. Denken Sie daran, was ich Ihnen jetzt sage. Wenn jemand Sie etwas über diese Leute fragt, dann sagen Sie einfach, daß Sie nichts wissen. Überhaupt nichts!«

»Nun, das wäre ja auch nicht gelogen!« Im Moment jedenfalls, fügte sie im stillen hinzu. Sie beabsichtigte jedoch, diese Situation zu ändern. Es war so typisch Mann zu entscheiden, daß es besser für sie sei, wenn er die wichtigen Dinge für sich behielte. Es würde Spaß machen, ihm eine Lektion zu erteilen. Sie bezweifelte nicht, daß sie herausfinden könnte, was er verbarg. Keine Familie konnte Hausangestellte und gleichzeitig Geheimnisse haben. Glücklicherweise war Nate nicht ihre einzige Informationsquelle. Schade, daß Miz Minnie sich weigerte, einen Telefonanschluß legen zu lassen, aber das Problem war leicht zu lösen. In der Zwischenzeit konnte Nate sie zumindest mit ein paar allgemein bekannten Tatsachen unterhalten. »Was ist mit Mumsfield? Sie sagen, er ist schon sechs Jahre hier?«

Angesichts dieser einfach zu beantwortenden Frage lehnte sich Nate ein wenig zurück. »O ja, ich erinnere mich, wie Mista Mumsfield hierher kam. Er weinte die ganze Zeit und wollte mit niemandem reden. Miz Em hat ihn aus sich herausgelockt. Hat ihm die Limousine überantwortet ... Ich weiß nicht, was aus dem Jungen werden soll, wenn ...« Nate hielt mitten im Satz inne. Blanche beobachtete ihn, sagte aber nichts.

»Ich sollte wohl besser weitermachen. Durch das Rumsitzen und viele Reden wird der Garten nicht fertig.« Er sah Blanche an, als wollte er ihr die Schuld daran geben, daß er mehr gesagt hatte als beabsichtigt.

»Was ist denn nun mit dem Sheriff?« Sie fragte eher aus Neugier darüber, wie er reagieren würde, als daß sie mit einer Antwort rechnete.

Nate stellte sein leeres Glas in die Spüle, dann beugte er sich über den Tisch und kam mit seinem Gesicht ganz dicht an sie heran. Er schaute sie genauso durchdringend und direkt an wie sie ihn vorher. »Schauen Sie lieber weg und machen Sie die Ohren zu. Glauben Sie mir, Miz City, das wäre das beste für Sie an diesem Ort. Und für mich auch.« Seine Stimme klang ernst und traurig. Er drehte sich um und ging zur Tür.

Ist schon in Ordnung, sagte sie mit einem Lächeln zu sich selbst, denn sie war jetzt entschlossen, ihn in punkto Informationsbeschaffung zu übertreffen. Sie erhob sich und schaute aus dem Fenster über der Spüle. Everett eilte mit steifen, fast stechschrittartigen Bewegungen auf den Vordereingang zu. Seine Fäuste waren geballt. Das nächste Mal wird er explodieren, dachte sie. Sie hörte einen Wagen schnell die Einfahrt hinunterfahren. Ihr Körper hatte ihr bereits gemeldet, daß die Gefahr vorbei und der Sheriff gegangen war. Blanche ging zum Telefon.

»Ardell? Ich bin's.« Schnell erzählte Blanche ihrer Freundin von Nates geizigem Informationsgebaren und wie sie ihn davon zu heilen beabsichtigte.

»Das klingt, als wäre ein Besuch bei Miz Minnie fällig«, meinte Ardell, bevor Blanche sie darum bitten konnte. »Ich kümmere mich sofort darum, mein Schatz. Und paß auf dich auf! Das hört sich an, als wären deine Leute ziemlich aus dem Gleichgewicht geraten.« Ardell war sehr damit beschäftigt, ihr Gleichgewicht und ihre Mitte zu finden. Im Prinzip fand Blanche das richtig, aber sie weigerte sich, ihre Neigung zu gelegentlichen Exzessen aufzugeben.

Nachdem sie aufgehängt hatte, nahm Blanche Lammkoteletts aus dem Kühlschrank und begann die dicken, perlweißen Fettränder abzuschneiden. Sie hatte die Absicht, Taifa und Malik nach dem Mittagessen anzurufen, wenn sie auf jeden Fall aus der Kirche zurück waren. Außerdem war sie jetzt auch gespannt darauf, wieder mit Ardell zu reden.

Grace und Everett wollten Mumsfield um sein Geld betrügen oder ihm zumindest die Kontrolle entreißen. Kein ungewöhnliches Verhalten für die Sorte von Menschen, für die sie arbeitete, insbesondere wenn Everett, wie Nate sagte, das Geld von Grace bereits verpraßt hatte und sie ihn damit anfangs gekauft hatte. Vielleicht war ihr eigenes Geld nur die Anzahlung gewesen. Emmelines ungeschickt vertuschter Alkoholismus war auch typisch für viele Familien – ob reich oder arm –, die glaubten, die Wahrheit verleugnen zu können.

Sie wusch und schnitt die grünen Bohnen zum Dünsten, fügte etwas gehackte Minze hinzu und bereitete eine Sauce für den Melonensalat. Sie beschloß, Emmeline vor Everett zu versorgen. Grace und Mumsfield waren nach Farleigh in die Kirche gefahren. Grace wollte kein Mittagessen, und Mumsfield würde sicherlich etwas essen, wenn sie zurückkämen. Blanche mahnte sich, gelassen zu bleiben, als sie das Tablett für Emmeline zubereitete.

Emmeline machte sich wieder nicht die Mühe zu antworten, als Blanche an die Tür klopfte. Sie reagierte weder auf Blanches Anwesenheit noch auf das Tablett mit dem Mittagessen, das Blanche auf den Tisch neben ihr stellte. Die Gardinen waren noch zugezogen, und die Bettdecke hing halb auf dem Boden. Emmeline saß in demselben Sessel wie gestern. Ihre Füße waren nackt, die Nägel lang und dick. Der grüne Satinmorgenmantel, der von ihren Schultern hing, war mit Asche und mit winzigen Brandlöchern übersät. Und sie stinkt, bemerkte Blanche für sich. Sie machte das Bett und leerte Emmelines Aschenbecher.

»Soll ich das Fenster öffnen, Ma'am?«

»Scher dich zum Teufel«, murmelte Emmeline mit monotoner Stimme. »Und sag der Hexe, sie soll mir dich nicht noch mal zum Spionieren hochschicken, oder ich werde dafür sorgen, daß es ihr leid tut.«

Blanche starrte Emmeline an und versuchte, sie mit Mumsfields Augen zu sehen. Die Liebe, dachte sie, kann aus einem Schwein wirklich eine Prinzessin machen.

Blanche kehrte nach unten zurück und servierte Everett das Mittagessen. Durch die zuvorkommende Art, mit der sie ihm Bohnen und Kartoffelgratin anbot, oder den Überschwang, mit dem sie ihm die Lammkoteletts mit Minzgelee präsentierte, waren Blanche ihr zunehmendes Mißtrauen und ihre Abneigung gegenüber diesem Mann in keiner Weise anzumerken. Es war ein Spiel, das sie manchmal für sich selbst spielte, wenn sie einen Arbeitgeber, den zu verlassen sie sich nicht leisten konnte, besonders ablehnte. Sie gab sich dann Pluspunkte, weil sie so korrekt und so höflich wie möglich gewesen war. Die etwas scharfsinnigeren ArbeitgeberInnen bemerkten schnell die Beleidigung, die ihrem überhöflichen Verhalten innewohnte, aber sie konnten nicht viel daran ändern. Wenn sie die Absicht gehabt hätte, an diesem Arbeitsplatz zu bleiben, würde Everett bald wissen, daß sie neben der peinlichen Sorgfalt auch bereit war, ihn – zumindest verbal – mit dem Arsch an die Wand zu nageln, wenn er noch einmal ihren Namen in die Länge zog, als handele es sich um ein Stück durchgekautes Kaugummi in den Händen eines schmuddeligen Kindes. Aber es war fraglich, ob in diesem Augenblick überhaupt irgend etwas zu Everett durchdrang. Während sie ihm das Essen servierte, hatte Everett dreimal auf seine Uhr geschaut.

»Kann ich Ihnen noch etwas bringen, Sir?«

Everett blickte erneut auf die Uhr. »Ich habe ein Uhr fünfzehn. Ist das die richtige Zei…« Er sprang vom Stuhl hoch und war schon auf dem Weg zum Telefon, als noch der erste Klingelton in der Luft vibrierte. Blanche folgte ihm zur Tür und lauschte.

»Ist alles in Ordnung? Ich habe gewartet … Was? Was? Bist du sicher? O Gott! O Gott! Nein. Alles in Ordnung. Mir geht's gut. Das ist nur der Schreck. Ich … Ja, ja. Aber das müssen wir ihr sagen, sie fragen, ob … Natürlich. Sobald du zurück bist. Ja. Tschüß.«

Blanche lief zum Tisch, verschüttete ein paar Bohnen und begann sie aufzulesen. »Entschuldigen Sie, Sir, ich …« begann sie, weil sie erwartete, daß er zurückkommen würde, aber er kehrte nicht zurück. Sie schlich den Korridor hinunter zum Wohnzimmer. Everett schritt auf und ab. »Entschuldigen Sie, Sir. Sind Sie fertig mit dem Essen?«

Er zuckte zusammen, als er ihre Stimme hörte, dann durchquerte er das Zimmer und warf sich in Graces Sessel. »Ja. Räumen Sie ab.« Er stand genauso abrupt auf, wie er sich hingesetzt hatte. Blanche hörte ihn auf der anderen Seite des Flurs im Salon, hörte das Klirren der Karaffe gegen ein Glas, als er sich einen Drink einschenkte.

Sie fragte sich, wer wohl am Telefon gewesen war. Zuerst war sie sicher gewesen, daß er mit Grace redete. Aber Everett hatte gesagt: »Alles in Ordnung. Das ist nur der Schreck.« Blanche hatte noch nie gehört, daß Grace sich nach seinem Wohlbefinden erkundigte. Im allgemeinen war er es, der sie fragte und sich um sie kümmerte. Ob es vielleicht die Frau gewesen war, mit der Everett sich traf? Was immer gesagt wurde, Everett hatte es jedenfalls nicht hören wollen. Die Dinge könnten noch richtig interessant werden, wenn Grace nach Hause käme. Blanche räumte das Mittagsgeschirr weg und schaute nach, was Everett tat. Er war wieder im Wohnzimmer und saß mit geschlossenen Augen und einem Glas Whisky in der Hand versunken in demselbem Sessel. Blanche ging zurück in die Küche. Sie verdrängte alle Gedanken, die ihre Stimme besorgt klingen lassen könnten und wählte die Nummer ihrer Mutter.

Anfangs sprachen sie darüber, wie die Kinder mit Blanches Abwesenheit fertig wurden. Zwar war dies längst nicht das erste Mal, daß sie voneinander getrennt waren, aber diesmal war es anders und ungeplant geschehen. Kein »Auf Wiedersehen«, kein »Bring mir was mit« oder »Sei artig« war gesagt worden. Trotzdem schien es ihnen laut ihrer Mutter gut zu gehen. Malik hatte keine Alpträume, womit er sonst seine Verstörung äußerte, und Taifa hatte mit ihren FreundInnen nicht mehr Schlägereien als sonst angefangen, was ihre Art war, mit Problemen umzugehen. Mama klang auch prima. Wenn Mama sich prima anhörte, hieß das allerdings, daß sie ein ziemliches Theater machte.

»Nun hör mir mal zu, Blanche! Benimm dich vernünftig, hörst du? Dies ist nicht der Zeitpunkt für Hochnäsigkeit«, erklärte sie mit ihrer entschiedensten Stimme. »Halt den Mund und lächle, und diese Leute werden sich keine Gedanken um dich machen.«

»Ja, Mama.« Blanche unterdrückte den Wunsch, sie zu fragen, seit wann sie eine Expertin darin sei, sich in anderer Leute Häuser zu verstecken. »Mama, ich bin dir wirklich dankbar dafür, daß du ...«

»Ich meine es ernst, Mädchen«, unterbrach Miz Cora sie. »Tu, was ich dir sage, benimm dich und paß auf, daß dein Mundwerk dich nicht in Schwierigkeiten bringt. Und gib mir auf der Stelle deine Telefonnummer! Ich habe das Recht, mit meinem eigenen Kind zu reden, selbst wenn sie von der Polizei gesucht wird und sie, weiß Gott wo, bei irgendwelchen Weißen wohnt! Ich bin wirklich froh, wenn dieser vermaledeite Scheck endlich kommt, damit du ...«

Blanche ließ ihre Mutter länger reden, als es klug war, aber sie wußte, daß diese es genauso nötig hatte, sich aufzuregen, wie sie es nötig hatte, zur Beruhigung die Stimme ihrer Mutter zu hören.

Gerade als Blanche ihre Mutter unterbrechen wollte, schien diese ihre Gedanken zu lesen. »... und diese Cora Lee Walters kam vor einer Weile hier vorbei. Sie glaubte wohl, sie könnte meine Enkelkinder in ihr kaltes, altes Haus mitnehmen. Aber ich sagte ihr: ›Nein, Ma'am, auch wenn du die Mama von ihrem armen toten Daddy bist. Heute nicht. Wir haben etwas vor.‹ Das habe ich ihr gesagt. Ich hatte einfach das Gefühl, daß du bald anrufen würdest. Taifa! Malik! Mama Blanche ist am Telefon!« rief sie.

»Wann kommst du nach Hause, Mama Blanche? Und was hast du gesagt, wo du bist?« fragte Taifa in einem höchst beflissenen Ton.

»Mama! Mama!« rief Malik in Blanches Ohr.

Dann die Stimme ihrer Mutter im Hintergrund: »Junge! Du weißt, daß ich solch rohe Gewalt nicht dulde! Gib deiner Schwester den Hörer zurück und warte, bis du an der Reihe bist!«

Als Taifa wieder am Telefon war, erzählte sie Blanche von dem Fisch, den sie am Tag zuvor gefangen hatte, und daß Onkel Leo gesagt hatte, sie und Malik seien im Angeln fast so gut wie er. Blanche dankte dem Kind im stillen, daß es sie nicht weiter fragte, wann sie nach Hause kommen würde.

Als Malik an die Reihe kam, war er noch leicht beleidigt über die Ermahnung, aber als sie miteinander sprachen, lebte er wieder auf. »... und ich habe auch beim Rudern von dem Boot geholfen!« erzählte er und legte dann richtig los über die Angeltour und den Sturz seines Freundes Donnell vom Fahrrad, dessen Ergebnis ein abgebrochener Zahn war.

Blanche haßte die Tatsache, daß sie beim Reden von dem Bewußtsein abgelenkt wurde, wie lange sie schon am Telefon war. Aber genauso wie bei ihrer Mutter ließ sie die Kinder weiterplappern. Zur Belohnung hörte sie sich zum ersten Mal, seit sie vor drei Tagen das Haus verlassen hatte, ohne Ironie lachen. Sie reichten den Telefonhörer hin und her, bis sie wieder an dem Punkt waren, an dem sie angefangen hatten: bei der Frage, wann sie nach Hause kommen würde. Sie holte tief Luft und sagte ihnen, daß sie nicht sicher sei, wann sie wieder zusammensein würden, aber daß es noch eine Weile dauern könnte. In dem darauffolgenden Schweigen sagte sie ihnen, wie sehr sie sie liebe, was sie zu Hause selten tat. Sie schickte ihnen Küsse und Umarmungen und ermahnte sie, gut auf ihre Großmutter aufzupassen.

Als ihre Mutter wieder an den Apparat kam, konnte Blanche vor Tränen kaum sprechen. Ihre Mutter äußerte sich dazu, sobald sie Malik und Taifa zum Spielen nach draußen geschickt hatte. »Verschwende deine Energie nicht mit Heulen, Mädchen. Du mußt aufpassen, was vor dir und hinter dir passiert. Ich habe dich weder zu einem Schwächling noch zu einer Närrin erzogen. Hör jetzt auf zu heulen und benimm dich wie jemand mit Rückgrat!«

»Ja, Mama. Tschüß, Mama.« Trotz der Anordnungen ihrer Mutter lief Blanche in den Waschraum neben der Küche und drehte den Wasserhahn im Spülbecken auf, um ihre Schluchzer zu übertönen. Im Gegensatz zu ihrer Mutter glaubte Blanche an die Heilkraft der Tränen. Aus langer Erfahrung wußte sie, wie befreiend und beruhigend Weinen sein konnte. Und sie hatte über mehr als über sich selbst zu weinen. Die Erinnerung an das Schweigen der Kinder, das auf ihre Erklärung folgte, ließ sie noch heftiger schluchzen. Nach den Tränen folgten jene ruhigen Augenblicke, in denen sich alles, worüber sie geweint hatte, deutlich außerhalb ihrer selbst befand, ein Manko der Welt und nicht ihrer selbst und darum auch nicht unüberwindbar. In diesem Zustand war es ihr möglich, ein Abendessen vorzubereiten und zu servieren, dem ihr Kummer nicht anzumerken war. Sie wusch den Spargel und überlegte, ob sie soviel kochen sollte, daß sie etwas für ein Gemüsesoufflé am Montag übrig behielt – sie fand, daß aufgewärmter Spargel im Soufflé viel besser schmeckte als frischer. Kurz bevor Mumsfield zur Tür reinkam, schaute sie erwartungsvoll auf.

Sie machte ihm ein paar mit geräucherter Pute belegte Brote, damit er bis zum Abendessen durchhielt, und hoffte, daß er nicht bleiben würde. Sie war immer noch mehr als genug mit ihren eigenen Gefühlen beschäftigt und nicht in Stimmung zum Reden. Aber er war es.

»Und möge der Herr Sie und alle anderen segnen«, erklärte er mit tiefer, übertrieben andächtiger Stimme und einem breitem Grinsen im Gesicht. Er fuhr fort, die anderen KirchgängerInnen zu imitieren, einschließlich der wenig freundlichen Bemerkungen, die sie untereinander über andere machten – Bemerkungen, die sie direkt vor ihm kundtaten, weil sein Zustand ihn genauso unsichtbar machte wie Blanche ihre Hautfarbe und ihr Beruf.

»Wir sind zu unserem Haus gefahren, Blanche. Aber Cousine Grace ließ mich im Auto warten. Ich wollte nur meine Baseballmütze holen. Warum durfte ich nicht mit ihr ins Haus gehen, Blanche?«

»Hm.« Blanche schüttelte den Kopf und seufzte.

»Sind Sie müde, Blanche?« fragte Mumsfield.

Blanche spürte, wie sie rot wurde. Sie hörte ungern nur halb zu, wenn jemand mit ihr sprach. Sie wußte sehr gut, wie es war, wenn man so behandelt wurde, als wäre das, was man zu sagen hatte, nicht die Energie zum Zuhören wert.

»Es tut mir leid, Schätzchen. Vielleicht könnten Sie mir das alles ein andermal erzählen. Im Augenblick kann ich mich einfach nicht darauf konzentrieren.« Während sie sprach, bereitete sie sich darauf vor, daß er sich zurückgewiesen fühlen würde.

Statt dessen neigte Mumsfield den Kopf zur Seite, als versuche er, noch aufmerksamer zuzuhören oder sicherzugehen, daß er sie richtig verstand. Dann schenkte er Blanche eines der süßesten Lächeln, die sie je gesehen hatte.

»Ja, Blanche. Ich werde es Ihnen morgen erzählen. Ich vertraue Ihnen, Blanche. Sie wissen, daß ich vieles verstehe.« Er verließ die Küche in Richtung Wohnzimmer.

Sie war froh, seine Gefühle nicht verletzt zu haben, als sie ihm gesagt hatte, er solle sie mit seiner Kirchengeschichte verschonen, und sie wußte, warum er sich so gefreut hatte, daß sie es ihm gesagt hatte, statt ein Interesse zu heucheln, das sie nicht aufbringen konnte. Wir Unsichtbaren reagieren wahrscheinlich alle sensibel darauf, dachte sie.

Das Abendessen war eine schnelle und stille Angelegenheit. Blanche hatte gehofft, einen Hinweis zu erhalten, worum es bei dem Telefongespräch gegangen war, aber Grace und Everett sprachen kaum miteinander und schienen beide mit ihren eigenen Gedanken beschäftigt zu sein. Falls es irgendein Gespräch gab, das über das Hin- und Herreichen von Tellern hinausging, so fand es nicht statt, solange Blanche im Zimmer war.

Getreu seiner Ankündigung kam Mumsfield am nächsten Morgen lange vor dem Frühstück in die Küche und war immer noch erfüllt von seiner gestrigen Fahrt in die Stadt und zur Kirche. Diesmal war Blanche bereit, ihm zuzuhören. Sie hatte gut geschlafen und war von dem fröhlichen Gezwitscher einer Spottdrossel geweckt worden. Während sie sich die Zähne geputzt und gebadet hatte, hatte sie ihre Laune mit Spekulationen darüber aufgemuntert, was sie in Boston außer dem kalten Wetter noch erwarten würde.

Jetzt schenkte sie Mumsfield ihre volle Aufmerksamkeit. Sie lächelte, als er mit den Händen breitkrempige Hüte voller falscher Früchte beschrieb und seine Lieblingspassagen aus verschiedenen Chorälen sang. Sie stellte fest, daß für ihn alles noch aufregend und frisch war. Es war unwichtig, daß er wahrscheinlich schon oft zuvor diese

Choräle gehört und diese Hüte gesehen hatte. Für ihn reichte es, daß diese Kirche und diese Hüte existierten. Die Dinge mußten nicht einzigartig sein, um für ihn interessant zu sein. Sie beneidete ihn um seine kindliche Betrachtungsweise und seine Fähigkeit, an den einfachsten Dingen im Leben Freude zu finden. Der Begriff »zurückgeblieben« stimmte sie nachdenklich.

Doch obwohl sie sehen konnte, daß Mumsfield mit dem Gespräch zufrieden war, nahm sie dennoch eine Wachsamkeit bei ihm wahr, als beobachte er sie auf Anzeichen von Unaufmerksamkeit oder Langeweile. Sie zeigte ihm keine. Sie fragte ihn nach Einzelheiten über die Kirche und den Straßenverkehr. Sie sprach gern mit ihm. Es gefiel ihr zu versuchen, die Welt aus seiner Sicht zu betrachten. Sie war überzeugt, daß ihr das Gespräch mit ihm guttat.

Nach dem Frühstück saugte und wischte sie Staub im Wohnzimmer und Eßzimmer und ging dann nach oben. Als sie in allen anderen Zimmern mit den Betten fertig war, blieb sie vor Emmelines Tür stehen.

»Das will ich nicht! Das will ich nicht!« schrie Emmeline gerade, als Blanche an die Tür klopfte. Blanche war überzeugt, daß Grace sie höflich wegschicken oder Emmeline sie anschreien und »zum Teufel schicken« würde. Aber an diesem Morgen winkte Grace sie herein und stellte sich mit dem Rücken ans Fenster. Das Zimmer sah aus und roch wie das, was es war, ein Raum, der permanent von einem Menschen bewohnt wird, der Gin ausschwitzt. Blanche wünschte, sie könnte das Fenster öffnen, ging aber davon aus, daß die anderen beiden Frauen das nicht wollten, sonst hätten sie es längst getan. Sie arbeitete so schnell sie konnte. Es lag nicht nur an dem stickigen, schmutzigen Zimmer, daß sie sich beeilte. Der schweigende Kampf, der sich zwischen Emmeline und Grace fortsetzte, wirkte wie eine rotglühende Kneifzange auf Blanches Nerven. Sie konnte geradezu fühlen, wie die beiden unterschiedlichen Willenskräfte in dem Zimmer miteinander kämpften und sich kratzten und prügelten wie zwei Darstellerinnen in dem Film *Bandenmädchen im Gefängnis*. Dabei waren ihre Blicke die ganze Zeit auf sie geheftet. Grace stand lauernd auf den Fußspitzen, bereit zu sprechen oder zu handeln, falls Emmeline etwas Falsches sagen oder tun würde. Emmeline hing schlaff in ihrem Sessel, ihr Körper schien fast mit dem Polster zu verschmelzen. Abgesehen von ihren harten, blutunterlaufenen Augen, die wachsam funkelten, bewegte sich nichts an ihr. Blanche hielt das für die Pose eines Menschen, der genau wußte, wie er die Stärke eines anderen zu seinem eigenen Vorteil nutzen konnte. Ihr wurde außerdem klar, daß sie Grace und Emmeline, deren Blicke sich auf sie richteten, nur als Linse diente, durch die sich die beiden mißtrauisch betrachteten. Sie war erleichtert, als sie in das Badezimmer nebenan gehen konnte.

Nach dem Zustand der Badewanne zu urteilen, hatte Emmeline anscheinend endlich ein Bad genommen. Blanches Erfahrung nach war es ungewöhnlich, daß eine Frau in Graces Position sich darum kümmerte, einer alten Frau den faltigen Hintern zu waschen. So wie die alte Dame gestern gerochen hatte, strengte Grace sich allerdings auch nicht besonders an. Doch war es merkwürdig, daß sie keine Pflegerin oder Gesellschafterin für Emmeline engagiert hatten oder zumindest versuchten, der Haushälterin einen Teil der Pflege aufzuhalsen.

Anfangs hatte es irgendwie nett gewirkt, daß Grace sich lieber persönlich um die Pflege ihrer Tante kümmerte. Jetzt wußte Blanche, daß zwischen den beiden nur sehr wenig Nettes vor sich ging. Zum Abschluß polierte sie den Spiegel über dem Waschbecken im Badezimmer und verließ Emmelines Schlafzimmer, ohne ein Wort an die beiden schweigenden Frauen zu richten.

Später an diesem Tag erzählte Mumsfield Blanche von den Kleidern im Gästezimmer neben Emmelines Zimmer.

7

Blanche ging in der Küche hin und her, als sie das Mittagessen vorbereitete – holte Schüsseln und große Holzlöffel heraus, wählte Messer aus und stellte sich Meßbecher zurecht.

Auf der Suche nach einem großen Durchschlag hielt sie inne, als sie Mumsfield ihren Namen rufen hörte. Er rief sie dreimal, bevor er in die Küche kam – zumindest hoffte sie, daß er sie laut rief und sie nicht seine Gedanken auffing.

»Blanche«, sagte er erneut, als er die Küche betrat. Seine Stimme war voller Fragen und wurde bei jeder Wiederholung ihres Namens lauter. »Wer wohnt im Gästezimmer, Blanche?«

»Ich weiß es nicht, Schätzchen.« Blanche fand den Durchschlag und konzentrierte ihre Aufmerksamkeit auf die Suche nach einer Ringform für den Reis. »Was glauben Sie, wer darin wohnt?« fragte sie, nachdem sie die Form in einer Schublade im Schrank neben dem Herd gefunden hatte.

»Niemand wohnt im Gästezimmer, Blanche. Niemand.« Sie war es nicht gewohnt, daß Mumsfield Unsinn erzählte, darum hielt sie für ein paar Sekunden inne. Sie betrachtete ihn aufmerksam, um sich zu überzeugen, ob mit ihm alles in Ordnung war. Mit nach wie vor fragenden Augen erwiderte er ruhig ihren Blick.

»Meinen Sie die Person aus dem Gästezimmer ist jetzt nicht im Gästezimmer?« sagte sie halb feststellend, halb fragend und nickte befriedigt, als Mumsfield mit ihrer Interpretation einverstanden war. »Wann haben Sie jemanden im Gästezimmer gesehen?«

»Nie, Blanche. Ich habe nie jemanden im Gästezimmer gesehen.«

Blanche beschloß, eine andere Methode auszuprobieren. »Mumsfield, Schätzchen, was haben Sie im Gästezimmer gemacht?« Einen Augenblick lang dachte sie, er würde nicht antworten. Er blinzelte mit den Augen, so daß sie glaubte, er würde gleich anfangen zu weinen. Sie wollte ihm gerade sagen, daß er die Frage vergessen solle, als er zu sprechen anfing. Seine Stimme klang leise und zögernd.

»Manchmal«, begann er, »manchmal ...« Er schüttelte den Kopf, als wolle er seine Gedanken klären. »Manchmal berühre ich ... fühle ich Tante Emmeline hier«, sagte er und hielt die Hand hoch, als wollte er seine Handfläche gegen irgend etwas drücken. »Ich gehe in das ... in das Gästezimmer ... zum Schrank. Ich lege meine Hand ...« Wieder hob er die Hand, als presse er sie gegen eine Wand, dann seufzte er tief. »Aber ich habe nichts gefühlt, Blanche. Nichts. Nur die Kleider.« Trauer erfüllte seine Augen und seine Lippen zitterten.

Blanche verstand, was Mumsfield ihr über das Gefühl zwischen ihm und Emmeline sagen wollte. Dieselbe Art von Hypersensibilität hatte sie ihrer Kindheitsfreundin Eula gegenüber empfunden, einer hellen Schwarzen mit einem süßen Gesicht, die in den zwei Jahren, die Eula mit ihrer Tante und ihrem Onkel drei Häuser von Blanches Haus entfernt gewohnt hatte, ihr Alter ego gewesen war. Blanches und Eulas Seelenverwandschaft wurde besiegelt, als sie beide am selben regnerischen Frühlingstag zu menstruieren anfingen. Es hatte Blanche beinahe das Herz gebrochen, als ihre Mutter ihr erzählte, daß Eulas Onkel und Tante bei einem Unfall ums Leben gekommen seien und Eula zu ihren Eltern und fünfzehn Brüdern und Schwestern nach Florida zurückgeschickt werden würde. Sie hatte nie wieder eine Freundin gefunden, die Eula ersetzen konnte, nicht einmal Ardell.

Jetzt nahm Blanche Mumsfields Hand und führte ihn zu einem Stuhl am Tisch. Sie holte ihm ein Glas Limonade und setzte sich ihm gegenüber hin und wartete, bis die Gedanken an seine Tante ihm nicht mehr in Sorgenfalten auf die Stirn geschrieben standen.

»Also«, begann sie, »woher wissen Sie, daß jemand im Gästezimmer war?«

»Wegen der Kleider, Blanche. Das sagte ich doch. Wegen der Kleider. Im Schrank!«

»Aha.« Sie stellte ihm so viele Fragen wie möglich über die Farbe, die Form, die Größe und das Material der Kleider. Als er alle ihre Fragen beantwortet hatte, wußte sie, daß es sich bei den Kleidern im Schrank des Gästezimmers um Frauenkleider handelte, die wahrscheinlich Emmeline gehörten. Mumsfields Beschreibung der Schuhe überzeugte sie, daß es sich um Gesundheitsschuhe der Marke »Enna Jetticks« handelte. Jedenfalls entsprachen sie nicht Graces Stil, noch nicht.

Blanche fragte sich, warum Grace wohl einen kompletten Satz von Emmelines Kleidern im Gästezimmer untergebracht hatte. Es war unwahrscheinlich, daß es jemand anders gewesen war. Emmeline war meistens so betrunken, daß Blanche sie noch kein einziges Mal hatte aufrecht stehen sehen, obwohl das nicht hieß, daß sie es nicht konnte. Und es war unwahrscheinlich, daß Everett ausreichend mit den Bekleidungsgewohnheiten alter Damen vertraut war, um sowohl eine Miederhose und ein Unterhemd als auch die üblichen Slips, Strumpfhosen und Büstenhalter besonders zu dieser Jahreszeit zusammenstellen zu können. Das ergänzt die Liste der merkwürdigen Dinge, die in diesem Haus geschehen, dachte sie.

»Ich weiß nicht, wer im Gästezimmer war, Schätzchen, aber wahrscheinlich gehören die Sachen Ihrer Tante Emmeline.«

Ein breites Lächeln erstrahlte auf Mumsfields Gesicht. Er konnte, wie er gestern abend gesagt hatte, vieles verstehen. Man mußte nur auf seine Art, seine Gedanken und Worte zu formulieren, eingehen, genauso wie man die Augen zusammenkneifen muß, um eine kleine Schrift zu lesen.

Mumsfield wechselte das Thema und wollte wissen, was es zum Mittagessen gab, und die nächste Stunde verbrachte er damit, die Feinheiten bei der Zubereitung eines guten Wildreisauflaufs zu erlernen.

Blanche hatte gehofft, zwischendurch nach oben schlüpfen zu können, um einen Teil der Wäsche wegzuräumen, die sie nach dem Frühstück zusammengelegt hatte, aber wegen des Gesprächs mit Mumsfield war sie spät dran. Sie überprüfte das Thermometer im Kalbsbraten und begoß ihn mit dem Bratensaft.

Nach dem Essen brachte Grace Emmelines Tablett zurück in die Küche. Nach dem Teller zu urteilen, hatte Emmeline wie üblich sehr wenig gegessen.

»Sie kochen recht gut, Blanche.« Grace stellte das Tablett auf den Tisch und drehte sich zu Blanche um.

»Recht gut«, also wirklich, dachte Blanche. »Phantastisch« wäre eher angebracht. Aber sie antwortete nur mit ihrem Allzweck-Nicken, das alles bedeuten konnte, was ihr Gegenüber darin sehen wollte.

»Sie müssen eine gute Lehrerin gehabt haben.«

»Ja, Ma'am.«

Blanche wußte, daß Grace mehr von ihr hören wollte, daß sie erzählte, wie und von wem sie kochen gelernt hatte. Aber Blanche hatte keine Lust auf dieses Tun-wir-mal-so-als-wäre-ich-an-dir-als-Mensch-interessiert-Spiel. Vielleicht war es wichtig für Graces Selbstbild, doch obwohl Blanche nicht auffallen wollte, war sie nicht bereit, sich auf dieses Mitmachspiel, wie ihre Cousine Murphy es immer nannte, einzulassen.

»Haben Sie schon einmal daran gedacht, als Köchin zu arbeiten?«

»Ich kann die ständige Hitze nicht vertragen, Ma'am. Davon wird mir ganz schlecht und schwindelig.« Irgendwie gelang es ihr, dabei ganz normal zu gucken. Ihr Sarkasmus war eine totale Verschwendung bei Grace, der es gelang, einen verständnisvollen, mitfühlenden Gesichtsausdruck aufzusetzen, als hätte Blanche ihr erzählt, sie könne wegen einer Behinderung nicht als Köchin arbeiten. Blanche hustete, um das Lachen zu unterdrücken, das sie zu verraten drohte. Grace, die sich ihrer Pflicht entledigt hatte, ein persönliches Interesse an ihrer Haushaltshilfe zu zeigen, kam nun auf das zu sprechen, was sie eigentlich beschäftigte. Blanche hörte ihr nicht nur zu, sondern beobachtete sie auch, als sie ihre samtweich verpackten Befehle gab.

»Zu dieser Jahreszeit haben wir unsere Bettwäsche gern alle drei Tage gewechselt.« Grace war errötet, ihre Augen glänzten wachsam. Sie sprach mit einer Entschiedenheit, die Blanche das erste Mal gehört hatte, als Grace ihr das hintere Tor zu dem Haus in der Stadt geöffnet hatte. Das letzte Mal hatte Grace so selbstsicher gewirkt, als sie den Speiseplan besprochen hatten. Sie ist in ihrem Element, dachte Blanche. Trotz ihres ängstlichen, fast hilflosen Verhaltens hat sie gern das Sagen. Sie hält sich wohl wirklich für die Herrin des Hauses. Will sie deshalb die Kontrolle über Mumsfields Geld haben, damit sie sich weiterhin im großen Stil als Herrin aufspielen kann?

Obwohl sich die Sache mit der Testamentsänderung, soweit Blanche es mitbekommen hatte, eher nach Everetts Idee angehört hatte.

»Und denken Sie bitte daran, Mr. Everetts Hemden nur ganz wenig zu stärken.«

Für einen kurzen Augenblick trafen sich ihre Blicke. Blanche schaute als erste weg. »Ja, Ma'am.«

Nachdem Grace die Küche verlassen hatte, setzte sich Blanche an den Tisch. War es eben nur die alte Rassendiskriminierung gewesen, die sie aus dem Gleichgewicht gebracht hatte, als sie Graces Blick begegnete? Der Vater ihrer Nachbarin Wilma sagte, er hätte in seinem ganzen Erwachsenenleben niemals einem weißen Menschen in die Augen gesehen. Er war in einer Zeit aufgewachsen, als ein solches Vergehen häufig damit endete, daß die verkohlte Leiche eines Schwarzen an einem Baum hing. Viele Jahre lang hatte Blanche befürchtet, daß es Angst war, die sie manchmal davon abhielt, weißen Menschen in die Augen zu blicken, vor allem an Tagen, wenn sie sich einsam fühlte oder ganz allgemein unerklärlich melancholisch war. Mittlerweile wußte sie jedoch, daß sie nur den Wunsch hatte, Schmerz zu vermeiden, einen Schmerz, der so alt und so tief verwurzelt war, daß die Erinnerung daran nicht in ihrem Kopf, sondern in ihren Knochen steckte. An manchen Tagen hatte sie einfach keine Lust, Menschen in die Augen zu blicken, die dazu erzogen worden waren, Menschen wie sie zu hassen, zu verachten oder zu fürchten. Es war nicht immer gut, sich der Geschichte ihres Volkes bewußt zu sein. Die Erinnerung an das, was sie verloren hatte, raubte ihr manchmal tagelang die Lust am Leben.

Aber diesmal waren es speziell Graces Augen gewesen, denen sie ausgewichen war. Etwas in ihnen hatte ihr Grace als einen Menschen gezeigt, den Blanche nicht hatte sehen wollen. Sie saß immer noch am Tisch, als Grace in die Küche zurückkam.

Jetzt waren ihre Augen weit geöffnet und rot gerändert. Ihr Blick flatterte durch die Küche wie ein gefangener Vogel. Die Hände hielt sie so fest ineinander verschlungen, daß die Knöchel spitz und weiß wie gebleichte Knochen hervorstanden. Blanche fragte sich, ob sie sich Graces ruhige Selbstsicherheit vor ein paar Minuten eingebildet hatte. »Bringen Sie bitte den beiden Herren auf der Veranda ein paar Erfrischungen.« Sie sprach langsamer als gewöhnlich, und angesichts ihrer Erscheinung und ihres Verhaltens war Blanche über ihre ruhige Stimme erstaunt.

Blanche holte Servietten, füllte einen Kristallkrug mit Eistee und stellte ihn mit einer Karaffe Brandy, Schnapsgläsern und hohen, schlanken, eisgekühlten Teegläsern auf ein großes Tablett. Sie spürte Graces Blick nicht nur, sondern sah ihn manchmal auch auf sich gerichtet. Ihre Augen erinnerten Blanche an einen Sturm, den sie einmal über dem Meer sich hatte zusammenbrauen sehen. Die Wolken hatten sich in der Ferne geräuschlos und ohne Ende aufgetürmt und um das Zentrum des Sturms versammelt. Als der Sturm dann über der Küste ausbrach, hatte er alles niedergemacht, was er berührte. Wo war Everett? Warum spielte er nicht den Gastgeber für diese beiden Herren, die bei Grace eine solche Reaktion hervorriefen?

Die Neugier machte ihren Schritt leicht, als Blanche durch das Haus ging. Sie balancierte das Tablett auf der Hüfte, als sie die Haustür öffnete und auf die mit einer Balustrade eingefaßte Veranda trat. Am Himmel war noch Licht, aber auf der Veranda kündigten lange Schatten bereits die Nacht an. Als sie gerade um die Ecke zur Längsseite der Veranda biegen wollte, hörte sie einen der Männer sprechen. Blanche entspannte sich und stellte sich vor, ihre Ohren wären große, trompetenförmige Organe, die dazu geschaffen waren, auch das leiseste Geräusch aufzufangen. Was sie hörte, machte deutlich, daß die Männer auf der Veranda einander weder freundlich gesonnen noch fremd waren.

»Bobbie Lee, ich habe eine solche Summe nicht. Selbst wenn ich sie hätte ...«

»›Selbst wenn ich sie hätte‹, verdammte Scheiße! Du scheinst immer noch nicht zu verstehen, was los ist, Everett, alter Knabe! Ich hab' dich in der Hand. Mit ein paar Worten im richtigen Augenblick kann ich dein ganzes Leben auf den Kopf stellen, und daran wirst du keinen Scheißdreck ändern können, außer du zahlst!« Die Stimme des Sheriffs klang sehr überzeugt.

»Was zum Teufel glaubst du, wer du bist, daß du so mit mir redest!« Everetts Stimme knackte mitten im Satz, wie das erste Knacken bei einem Waldbrand.

»Halt doch das Maul, Alter. Besorg mir das Geld. Das ist alles, was du tun sollst. Oder ich werde reden.«

»Glaubst du wirklich, er wird wegen lausiger Fünfzigtausend seine Karriere aufs Spiel setzen?« Everetts Ton machte deutlich, was er von der Sache hielt.

»Ich weiß, daß er es tun wird«, erwiderte der Sheriff. »Er hat seine eigenen Probleme. Aber die gehen dich nichts an. Schaff mir nur die Kohle ran.«

Einer der Männer zündete ein Streichholz an.

»Hör zu, ich habe in Atlanta und Umgebung eine Menge Verbindungen. Leute, die mir einen Gefallen schuldig sind. Ich könnte dir dort einen Job verschaffen. Du könntest hier weggehen, die Sache vergessen ...«

Ein Hauch von Zigarrenrauch ließ Blanche die Nase rümpfen.

»Das haben wir alles schon durchgekaut. Ich gehe nirgendwohin. Ich bin der Sheriff in diesem Bezirk, und ich bin das sehr gern. Und ich habe nicht vor, daran etwas zu ändern. Ich gehe hier doch nicht für einen lausigen Schreibtischjob weg oder fahre irgendeinen verdammten Lastwagen! Schließlich bin nicht ich es, der Gefahr läuft, seinen Job zu verlieren!«

Als Everett sprach, war seine Stimme so leise, daß Blanche sich vorbeugen mußte, um etwas zu hören. »Du solltest noch einmal darüber nachdenken, Sheriff«, sagte er. »Manchmal ist es besser, wegzulaufen, als zu bleiben und zu kämpfen.« Seine Stimme hatte nichts mehr von ihrer unsicheren Jungenhaftigkeit, sondern statt dessen etwas viel Erwachseneres und Gefährlicheres.

Der Sheriff lachte. »Everett, du hast nicht den Mumm, diese Drohung wahrzumachen.« Die Stimme des Sheriffs klang nicht ganz so sicher wie seine Worte.

Als sich Schritte näherten, setzte Blanche sich in Bewegung. Sie ging um die Ecke und stellte das Tablett auf einen kleinen Tisch zwischen zwei weiß gestrichene Rattanstühle. Sie betrachtete die beiden Männer aus den Augenwinkeln. Sie hatten ein großes Interesse daran entdeckt, auf den Teich hinauszuschauen. Sie ignorierten sie, außer daß sie nicht sprachen, solange sie anwesend war.

Sie hätte auf dem Rückweg zur Küche gern hinter der Ecke weitergelauscht, aber vielleicht wartete Grace auf sie und fragte sich, warum sie so lange brauchte. Wenn sie beim Lauschen erwischt wurde und der Sheriff sich erinnerte, wo er sie kürzlich gesehen hatte ... Trotzdem wartete sie noch ein paar Augenblicke, aber das Schweigen dauerte zu lange.

Grace hatte die Küche verlassen, als Blanche zurückkehrte, aber die Luft war noch schwer von ihrer Gegenwart. Blanche ging ihren Beschäftigungen mit den automatischen Bewegungen eines Haushaltsroboters nach, von dem so viele Frauen träumen, während ihre Gedanken mit sich selbst beschäftigt waren. Sie polierte die Arbeitsplatten mit mehr Kraftaufwand als erforderlich war und fragte sich, welche Geschichte Everett Grace erzählen würde, um das Geld für den Sheriff zu bekommen, und daß er das tun würde, davon war Blanche überzeugt. Wenn Grace ihn fallenließ, müßte er sich allein durchs Leben schlagen. Das würde ihm niemals behagen. Blanche faltete das Küchenhandtuch wieder und wieder, bis die Säume genau aufeinander lagen. Sie rückte die Stühle in einen exakten Winkel zum Tisch. Was für eine Familie! Sie war mehr am Schlingern und Schleudern als ein Betrunkener auf Schlittschuhen. Was den Sheriff und Everett betraf, hatte sie richtiger gelegen, als Nate zugeben wollte, aber sie wußte immer noch nicht, was Nate ihr vorenthielt. Sie wünschte, sie könnte sich einmal lange und ausführlich mit Miz Minnie unterhalten, statt auf Ardells Bericht zu warten. Es würde ihr guttun, mit Miz Minnie zu reden.

In einem Kursus über afrikanische Geschichte und Kultur, an dem Blanche in den sechziger Jahren in der Freedom-Bücherei teilgenommen hatte, hatte sie erfahren, daß es bei manchen afrikanischen Völkern weise Frauen gab, die die Stammesführer wählten und berieten. Wäre Miz Minnie bei solch einem Volk aufgewachsen, wäre sie zweifellos eine dieser Frauen gewesen. Miz Minnie wußte eine gute Portion über das Privatleben von praktisch allen Schwarzen in ihrer Gemeinde. In schwierigen Zeiten fand sich fast jeder zum Reden bei Miz Minnie ein. Manche Leute gingen einfach zu ihr hin und schütteten ihren Kummer auf ihrem geschrubbten Holzfußboden und ihren handgewebten Flickenteppichen aus und ließen sich von ihr mit weisen Worten und Sassafrastee beruhigen. Andere Leute trafen sie scheinbar zufällig und ertappten sich dabei, ihr von all ihren Problemen zu erzählen, obwohl sie das nie vorgehabt hatten. Alle gingen gestärkt von dannen. Blanche sah sie genau vor sich, in ihrem baumwollenen, mit Fettflecken übersäten Hauskleid, wie sie mit ihren breiten Fersen in den übergroßen Männerpantoffeln auf Zehenspitzen dahintippelte, das geplättete Haar zu fettigen grauen Locken hochgesteckt, die unter ihrem ewigen Kopftuch hervorlugten, die Unterlippe mit Kautabak vollgestopft.

Da sie die schwarze Gemeinde kannte, hatte Miz Minnie auch jede Menge Informationen über die weiße Gemeinde. Blanche fragte sich, ob die Leute, die Hausangestellte beschäftigten, überhaupt eine Ahnung hatten, wieviel diese über sie erfuhren, während sie ihnen das Essen kochten, die Betten machten und ihre Mülleimer ausleerten. Kam es diesen Frauen, für die sie arbeitete, jemals in den Sinn, daß sie und ihr Leben häufig das Hauptgesprächsthema und manchmal auch der Anlaß für Gelächter oder Mitleid unter den FreundInnen und Familien der Angestellten waren?

Sie schloß die Hintertür ab und ging in die vorderen Räume, um zu sehen, ob noch jemand irgend etwas brauchte, bevor sie nach oben ins Bett ging. Mitten in einem weiteren Traum über Busse – Hunderte und Tausende von Bussen düsten einen steilen Hang hinauf, und ihre Reifen summten wie Tausende von Hummeln – wurde sie plötzlich hellwach. Sie mußte weder auf die Toilette gehen noch war sie durstig, und alles war still. Aber die vage Erinnerung an einen dumpfen Schlag ging ihr noch durch den Kopf. Sie sortierte die nächtliche Geräuschkulisse in ihre einzelnen Bestandteile: Grillen, die ihre Hinterbeine aneinanderrieben, Frösche, die ihre Hälse aufbliesen, eine sanfte Brise in den Zweigen der Fichten, das Geräusch von etwas, das langsam über den Kies rollte.

Sie warf die Bettdecke beiseite und krabbelte aus dem Bett. So schnell sie konnte, rannte sie aus ihrem Zimmer und den Korridor hinunter. Sie schaffte es gerade noch rechtzeitig bis zum Fenster, um die Limousine ohne Licht und mit ausgestelltem Motor die Auffahrt hinunterrollen zu sehen.

Die Szene dort draußen hatte etwas Traumartiges an sich. Die fast fluoreszierenden rosafarbenen Azaleenblüten wirkten wie blasse Lichter, die in der Dunkelheit schwebten. Vor dem silbriggrünen Blattwerk war der Wagen tiefschwarz. Ein langsam rollendes Ungeheuer, das sich an jemanden heranschleicht, dachte Blanche.

Während sie dem Wagen nachschaute, kurbelte der Fahrer das Fenster herunter, legte den Ellbogen auf den Fensterrahmen, beugte sich hinaus und blickte zum Haus zurück. Das Mondlicht schien Everett durch das geöffnete Fenster voll ins Gesicht, bevor die Limousine von der Dunkelheit unter den Bäumen, die die Auffahrt säumten, verschluckt wurde. Als er das Ende der Auffahrt erreichte, schaltete er die Scheinwerfer an. Die Baumwipfel sahen vor dem Himmel wie Spitzendeckchen aus.

Als sie wieder im Bett war, konnte sie natürlich nicht schlafen. Sie lag da und starrte auf das mitternachtsblaue Viereck draußen vor ihrem Fenster.

Everett war wahrscheinlich auf dem Weg zu seiner Freundin, um ihr zu erzählen, daß ihre Liaison nahe daran war, aufgedeckt zu werden, wenn er den Sheriff nicht bezahlte. Blanche fragte sich, wer die Frau war. Wahrscheinlich jemand, mit der Grace bekannt, wenn nicht sogar eng befreundet war. Blanche hatte dies schon so oft erlebt, daß es sie nicht mehr überraschte – daß Menschen, die zu reich waren, um sich Sorgen zu machen, ob sie bei ihrer Arbeit gekündigt oder aus ihren Häusern vertrieben würden, anscheinend die Bedrohung durch eine totale Katastrophe suchten, die arme Menschen zu vermeiden trachteten. Diesen Zustand der Gefahr erreichten sie, indem sie mit dem Bruder ihres Mannes oder mit der besten Freundin ihrer Frau ins Bett gingen. Blanche hatte beobachtet, wie gelangweilte, teilnahmslose Arbeitgeberinnen vor Aufregung darüber, ihren Partnern mit Hilfe von jemandem, der zu ihrem intimen Freundeskreis gehörte, die Hörner aufzusetzen, wieder Energie und strahlende Augen bekamen. Blanche schüttelte den Kopf, schnalzte mißbilligend mit der Zunge und schlummerte schließlich wieder ein.

8

Am nächsten Morgen drehte Blanche am Radioknopf, bis sie einen Sender fand, der Nachrichten versprach. Sie versuchte immer, morgens die Nachrichten zu hören, bevor sie sich auf Weg zur Arbeit machte. Aber meistens war sie zu sehr damit beschäftigt, Taifa ein Kleid für die Schule zu bügeln, Maliks Schuhe zu putzen und sich selbst für die Arbeit fertigzumachen, als daß sie mit mehr als einem halben Ohr den Frühnachrichten lauschte. An diesem Morgen wurde sie vom Backen der Biskuits für das Frühstück ihrer ArbeitgeberInnen abgelenkt. Sie brauchte einige Augenblicke, um zu verstehen, was der Mann da sagte. Mittendrin, als sie den Biskuitteig gerade zu einer Kugel knetete, hielt sie inne und starrte das Radio an, als wäre es ein Fernseher. Ihre Hände hingen kraftlos über der Schüssel. Teigstücke klebten an ihren Fingern.

»... sagte, der mutmaßliche Selbstmord des Sheriffs könnte mit den Untersuchungen zusammenhängen. Weitere Nachrichten hören Sie um zehn Uhr hier auf ...«

Sämtliche Spannung wich sofort aus Blanches Nacken und Rücken. Für einen kurzen Augenblick war ihr leicht schwindelig. Haltsuchend lehnte sie sich an den Tisch. Der wird mir keine Fragen mehr stellen. Sie goß noch etwas Milch in die Schüssel und formte den Teig zu einer feuchten Kugel. Sie wartete auf den Stich, den sie immer verspürte, als würde eine Saite in ihr reißen, wenn sie erfuhr, daß jemand gestorben war, den sie kannte. Er kam nicht. Sie legte den jetzt festen Teig auf das Marmorschneidebrett und knetete ihn. Der Teig wurde lebendig und immer elastischer und nachgiebiger unter ihren Händen. Ein Feind weniger auf der Welt, dachte sie. Ein rassistischer Hohlkopf weniger. Sie rollte den Teig aus.

Er war nicht einfach gestorben. In den Nachrichten hieß es, er habe Selbstmord begangen. »Ich gehe nirgendwohin. Überhaupt nirgendwohin«, hatte er gestern abend zu Everett gesagt. Warum sollte ein Mann, der gerade behauptet hatte, er wolle an einem bestimmten Ort weiterleben, sich in derselben Nacht oder früh am nächsten Morgen umbringen? Der vollendete Teig glitt aus der Schneidemaschine auf das Backpapier. Blanche wünschte, sie wäre gestern abend etwas länger auf der Veranda geblieben. Tatsache war, daß das letzte, was sie Everett dem Sheriff hatte zuraunen hören, eine Drohung gewesen war. Danach fuhr Everett mitten in der Nacht weg, und am Morgen war der Sheriff tot. Sie hielt in ihrer Arbeit inne und legte eine Hand auf ihren Magen, als könnte sie dadurch das dumpf warnende Gefühl hinter ihrem Zwerchfell vertreiben. Sie lebte mit einem Mörder zusammen in einem Haus. Außerdem rannte sie vor dem Gesetz davon. Der Sheriff hatte sie gestern gesehen, und heute morgen war er tot aufgefunden worden.

Sie öffnete die Ofentür und schob die Biskuits hinein. Wenn der Rest der Welt entschied, daß der Sheriff ermordet worden war, würde sie die Hauptverdächtige sein. Welche abgekarteten Beschuldigungen würde man ihr erst anhängen, wenn sie jetzt wegliefe und dann festgenommen werden würde? Sie war überzeugt, daß alle Beteiligten lieber sie als Everett wegen des Mordes an dem Sheriff festnehmen würden.

Es war natürlich auch möglich, daß der Sheriff Selbstmord begangen hatte. Manchmal konnte das Leben eine schnelle und gefährliche Wende hin zum Bösen nehmen, die einen Menschen veranlaßte, Dinge zu tun, die er niemals für möglich gehalten hätte. Das war ihr auch schon mehrmals passiert, zum Beispiel vor ein paar Tagen. Waren tatsächlich erst fünf Tage vergangen, seit sie aus dem Gericht geflüchtet war, und zwar, wie sich jetzt herausstellte, in eine völlig falsche Richtung? Sie stellte den Küchenwecker auf zwölf Minuten.

Sie fragte sich, ob Grace Bescheid wußte. Aber es war eher wahrscheinlich, daß Everett es getan hatte, damit sie nicht erfuhr, was der Sheriff wußte. Um seine Geldquelle abzusichern. Sie täte besser daran, die Besuche des Sheriffs, seine Gespräche mit Everett und die Limousine, die lautlos die Auffahrt hinuntergerollt war, zu vergessen. Das dürfte nicht so schwer sein. Sie hatte jede Menge Erfahrung darin, nicht zu sehen, was in den Häusern ihrer AuftraggeberInnen geschah, beispielsweise ein Veilchen im Gesicht, Spuren weißen Pulvers auf silberbeschichteten Handspiegeln, Manschettenknöpfe mit den falschen Initialen unterm Bett und Rezepte gegen Herpes. Ganz besonders gut war sie darin, alles, was gefährlich oder illegal war, zu übersehen. Aber es gab bestimmte Dinge, die sie nicht ignorieren konnte, so gut sie auch im Übersehen war. Sie hatte schon mehrmals einem Elternteil, der nicht über das Sorgerecht verfügte, anonym eine Kindesmißhandlung gemeldet.

Aber der Mörder des Sheriffs bedrohte kein hilfloses Kind. Trotzdem beschäftigte sie diese Sache. Sie beförderte die runden, goldgelben Biskuits aus dem Ofen in einen Brötchenwärmer. Wie hatte Everett es geschaffft, daß es nach Selbstmord aussah? Sie nahm Eier und Milch und schlug sie in etwas Butter zusammen mit Salz, Pfeffer und einem Spritzer Tabasco zu Rührei. Sie dachte an Pillen in Whisky, einen Schlauch, der vom Auspuff durch die Belüftung in das Innere des Wagens des Sheriff führte, einen Schlag auf den Schädel, Gift, eine Kugel in den Kopf.

Sie trug die Biskuits zusammen mit dem warmen Rührei ins Eßzimmer, dann die Schüssel mit dem Speck und den Würstchen aus der Mikrowelle. Die ganze Familie saß am Tisch, mit Ausnahme von Emmeline, die, wie Blanche vermutete, niemals nach unten kam – zumindest nicht, solange sie einen in der Krone hatte. Blanche konzentrierte sich auf das Servieren, um Everett nicht anzustarren, der ruhig an seinem Kaffee nippte. Sie fühlte sich durchsichtig wie Cellophan. Bestimmt wußte er, daß sie es wußte, daß sie ihn gesehen hatte und eine Gefahr für ihn darstellte.

»Guten Morgen, Blanche.« Mumsfield grinste sie zwischen zwei Löffeln Cornflakes an.

Grace und Everett schauten zu ihr auf. Everetts Blick war kurz und zerstreut. Grace bewegte den Kopf so langsam, als befände sie sich unter Wasser. Sie antworteten auf Blanches Gruß mit einem Nicken – Everett kurz angebunden, Grace langsam und vorsichtig, als könnte ihr der Kopf abfallen, wenn sie sich nicht behutsam bewegte.

Blanche stellte den Brötchenwärmer und weitere Teller auf die Anrichte. Sie schob Schüsseln und Bestecke hin und her, räumte die Grapefruit-Teller weg und beobachtete Everett aus dem Augenwinkel. Er hatte die Augen zusammengekniffen, als würde ein Kummer, der innerlich an ihm zehrte, sie nach innen ziehen, dachte sie. In Gedanken hörte sie, wie er den Sheriff mit einer Stimme warnte, die so sanft war wie ein Skorpion, der über den Sand glitt. Sie sah ihn in der Limousine, als sie langsam und lautlos die Auffahrt hinunterrollte und das Mondlicht sein ohnehin blasses Gesicht vampirblau färbte.

Und jetzt war der Sheriff tot. Sie unterdrückte ihre starke Sehnsucht nach der Zurückgezogenheit der Küche und riß sich zusammen, um ihn zu bedienen.

Sie war erleichtert, als er abwinkte. Aber bevor er das tat, bemerkte sie, daß seine Kaffeetasse immer noch voll war, obwohl er ständig daran nippte. Und während er den Kopf so hielt, als würde er die Zeitung lesen, die neben seinem Teller lag, beobachtete er tatsächlich seine Frau. Grace sah so schlaff aus, als hätte man sie locker mit Sägemehl ausgestopft. Ihr Teint war durchsichtig, und ihr Gesicht sah gelb wie der Vollmond im September aus. Sie hatte noch ihre Schlafzimmerpantoffeln an, und ihre Beine waren nackt. Sie weiß es, dachte Blanche und war froh, daß Everett nicht ihr Mann war. Grace nahm eine winzige Portion Ei und eine Scheibe Speck, aber sie aß nichts. Mumsfield schaufelte sich riesige Mengen Speck und Würstchen auf den Teller, drei Biskuits und eine große Portion Rührei.

Aber warum war sie sich wegen Everett und dem Sheriff so sicher? Sie fischte im Abwaschwasser nach zurückgebliebenen Utensilien. Es gab natürlich einen Geschirrspüler, aber es half ihr beim Nachdenken, wenn sie vordergründig durch eine einfache Aufgabe abgelenkt wurde. Die Menschen bedrohten einander ständig. In der Regel führte das nicht zu einem Mord. Bloß weil sie beobachtet hatte, daß Everett sich in der Nacht, als der Sheriff starb, aus dem Haus geschlichen hatte, hieß das nicht unbedingt, daß er ein Mörder war. Sie wußte von Nate, daß Everett fremdging. Wenn sie es ganz genau nahm, gab es keinen konkreten Anlaß, um Everett zu verdächtigen, und keinen Grund zu der Annahme, der Tod des Sheriffs könnte eine andere Ursache haben, als im Radio gesagt wurde – nämlich Selbstmord. Aber dennoch. Sie hatte zuviel erlebt, um sich bei der Entscheidung, ob etwas der Wahrheit entsprach, allein auf konkrete Beweise zu verlassen. Sie ging davon aus, daß der Sheriff bestimmt einen anderen Ausweg als Selbstmord aus seiner Untersuchungsaffäre gefunden hätte. Vielleicht wollte der Sheriff jemanden mit dem Geld bestechen, das er von Everett dafür zu bekommen hoffte, daß er Grace nicht erzählte, daß Everett mit anderen Frauen herumvögelte, überlegte sie. Mit anderen Worten: Erpressung, »blackmail«. Sie versuchte ein anderes Wort zu finden, da sich »black« in diesem Zusammenhang wieder so negativ anhörte, und sie kam auf »whitemale« und war sehr zufrieden damit, wieviel passender dieses Wort die aktuelle Situation beschrieb. Zum Abspülen hielt sie die Teller noch einmal unter den heißen Wasserstrahl.

Auf der Suche nach den Nachrichten drehte sie den Knopf am Radio und glitt über Musiksendungen und Talkshows hinweg. Sie blickte über ihre Schulter zur Wanduhr. Neun Uhr fünfundvierzig. Es waren erst drei Minuten vergangen, seit sie das letzte Mal auf die Uhr gesehen hatte. Vor zehn gab es bestimmt keine weiteren Nachrichten. Sie schaltete das Radio aus und ließ das Spülwasser abfließen. Draußen vor dem Fenster sah sie Nate am Gemüsegarten vorbei zur Hintertür humpeln. Sie wischte sich die Hände an der Schürze ab und öffnete die Tür, bevor er anklopfen konnte. Sie trat zurück, um ihn hereinzulassen.

»Haben Sie das vom Sheriff gehört?« fragte er ohne ein »Hallo« oder »Wie geht's?«. Er wartete nicht einmal auf Blanches Antwort. »So ein Jammer, was?« fügte er hinzu, aber das breite Grinsen, das sein Gesicht viel jünger und viel sorgenfreier erscheinen ließ, paßte nicht zu seinen Worten.

Wahrscheinlich lag es an solchen Ereignissen wie dem Tod des Sheriffs, daß ihre Vorfahren aus der Sklavenzeit den Ruf hatten, glücklich und wie Kinder zu sein, die auch angesichts der schlimmsten Katastrophen noch fähig waren zu lachen. Sie konnte sich so einen Sklaventreiber sehr gut vorstellen, wie er überlegte, warum die Sklavinnen und Sklaven einen Tanz aufführten, wenn der Aufseher starb.

»Was ist passiert?« Sie zog einen Stuhl unter dem Tisch hervor. Nate setzte sich und fächerte sich mit seiner abgenutzten Baseballmütze Luft zu.

Mit einer Kopfbewegung deutete er nach Osten. »Bei Oman's Bluff – ungefähr drei Meilen die Kerry Road runter – ist sein Wagen von der Straße abgekommen. Und explodiert.« Dann schwieg er wieder, und Blanche ließ sich langsam auf den Stuhl gegenüber sinken.

»Es heißt, er hätte sich haufenweise Geld angeeignet. Das überrascht natürlich niemanden.« Nate kaute an seiner Wange und sah Blanche aus den Augenwinkeln an.

Irgend etwas stimmt nicht, dachte Blanche. Nate ist ein Geschichtenerzähler. Es war genauso unwahrscheinlich, daß er nur hereinkam, um ihr die Fakten über ein Ereignis wie dieses mitzuteilen, wie daß Tante Mabel, die allgemein als die bestangezogene Frau in ihrer Kirchengemeinde galt, in abgetragenen Hauspantoffeln zum Sonntagsgottesdienst ging.

Nate fummelte an seiner Mütze herum. Seine dunklen Hände waren knotig wie Baumwurzeln. Seine braunen Nägel hatten erdige Ränder. Er schlug die Beine übereinander, dann stellte er sie wieder nebeneinander. »Es heißt«, fuhr er fort und sah Blanche dabei immer noch aus den Augenwinkeln an, »es heißt, er hätte sich umgebracht, weil alles in die Zeitung gekommen wäre, daß er geklaut hat, meine ich.« Er hielt inne, drehte sich mit dem ganzen Oberkörper zu ihr um und starrte sie verwirrt und besorgt an. »Aber warum fuhr jemand aus diesem Haus genau dorthin, wo es passiert ist? Es kann niemand anders gewesen sein!« fügte er schnell hinzu, als wäre sie nicht seiner Meinung. »In dieser Gegend hat sonst niemand eine rosa Jacke.« Er sprach die Worte »rosa Jacke« in einem Ton aus, der deutlich machte, was er von solcher Kleidung hielt. Blanche sagte nichts. Sie wußte, daß noch mehr kommen würde.

»In den letzten fünf Jahren oder so hab' ich nicht viel geschlafen.« Nate drückte seine Mütze mit beiden Händen zusammen, während er sprach. »Meistens wandere ich nachts in meinem alten Haus oder auf dem alten Hof herum. Denke über alle möglichen Dinge nach ... und das Dasein an sich, wenn Sie verstehen, was ich meine. Schlafen scheint nicht der beste Zeitvertreib zu sein, wenn man nur noch ein Quentchen Zeit übrig hat.«

Er schaute einen Augenblick lang aus dem Fenster. Was mochte er wohl alles wissen? fragte sie sich. Was hatte er in all diesen Jahren, die er so eng mit der Erde verbunden verbracht hatte, wohl alles erfahren? Sie stellte sich Abende vor, an denen sie zuhörte, wie er ihr von vergangenen Zeiten erzählte und was sie bedeutet hatten.

»Manche Nächte sitze ich einfach nur im Dunkeln auf meiner Veranda. Sitze da und schaukel ein bißchen. Darum hab' ich auch die rosa Jacke gesehen. Ich wohne drüben an der Kerry Road ... nicht weit von Oman's Bluff, wo der Sheriff ... wo der Sheriff gestorben ist.«

»Tatsache ist«, fügte er mit einem tiefen, zittrigen Seufzer hinzu, »daß die Abkürzung nach Oman's Bluff genau an meinem Haus vorbeiführt, direkt an meinem Vorgarten vorbei. Vorgestern fiel ein dicker Fichtenast auf den Weg. Jeder, der den Weg entlanggeht, muß um den Ast herumgehen.«

Nate zögerte erneut und wischte sich mit der Hand übers Gesicht. »Meine Augen sind nicht mehr das, was sie mal waren, aber als er den Weg verließ und um diesen Kiefernast herumging, sah ich diese rosa Jacke so deutlich wie ...« Seine Augen weiteten sich leicht, als er von Blanches Gesicht zur Tür hinter ihr schaute.

Mumsfield, dachte Blanche.

»Und die Karotten sehen auch verdammt gut aus.« Nate blickte immer noch über Blanches Kopf hinweg. Er stand vom Stuhl auf.

»Guten Morgen, Mista Mumsfield.« Nate begab sich zur Hintertür, während er sprach.

Blanche drehte sich um. Mumsfield stand an der Schwingtür und streckte den Kopf herein. »Hallo, Nate. Hallo, Blanche.« Mumsfield trat in den Raum. Seine Stimme war kaum zu hören. Er stand mit hängendem Kopf und gesenktem Blick da, die Hände tief in den Hosentaschen vergraben.

»Nun, ich kümmere mich wohl besser um das Gemüse.« Nate wünschte Mumsfield nochmals guten Morgen, nickte Blanche zu und bedachte sie mit einem Blick, den sie nicht deuten konnte, und schlüpfte aus der Hintertür.

Blanche drehte sich auf ihrem Stuhl um und starrte Mumsfield an. Ihre normalerweise sanften braunen Augen blickten verärgert drein – wieder einmal hatte sie seine Gegenwart gespürt, bevor ihre Augen und Ohren irgendeinen Hinweis erhalten hatten.

Als wäre er mit mir verwandt, dachte sie, und dieser Gedanke irritierte sie.

Plötzlich sah sie ihre Zuneigung zu den Menschen wie einen großen See, dessen Grund sich zur Mitte hin sehr tief senkte. Manche Menschen – Mama, die Kinder, Ardell, ihre Cousine Maxine und Blanches New Yorker Freundin Carla Sanchez – trieben in der Mitte des Sees. Viele andere Menschen – NachbarInnen, die sie im Laufe der Jahre gehabt hatte, Schulfreundinnen, alte Liebhaber und so weiter – wateten in den flacheren Gewässern ihrer Zuneigung. Aber sie wußte, daß sie unerwünschte Badegäste, wenn nötig, von ihrem Strand vertreiben konnte, einschließlich dieses Gastes. Sie schaute Mumsfield eindringlich an. Ich werde nicht mehr lange hier sein, ermahnte sie sich.

Mumsfield machte sie auf seine augenblicklichen Sorgen mit einem Seufzer aufmerksam, der einen nahenden Tränenausbruch ankündigte.

»Mumsfield ist sehr traurig, Blanche«, erklärte er, als hätte sie ihm eine Frage gestellt. »Mumsfield hat gehört, wie Onkel Everett Tante Grace erzählt …«

»Vom Sheriff erzählt hat?« fragte Blanche. Mumsfield hob den Kopf und sah sie mit tränenverschleiertem Blick an. Blanche brach beinahe in Gelächter aus. Ihr gelang gerade noch ein Husten, und höflich hielt sie die Hand vor den Mund. Sie wandte sich von Mumsfield ab, bis sie ihr Gesicht wieder unter Kontrolle hatte. Sie wollte nicht, daß er glaubte, sie lache über ihn, wenn ihr Lachen eigentlich ein Ausdruck von Freude über ihren eigenen gesunden Menschenverstand war. Hatte sie sich selbst nicht gerade eben vor diesem jungen Mann gewarnt? Jetzt bot er ein perfektes Beispiel dafür, warum. Er weinte um den Sheriff!

»Alle sterben einmal, Mumsfield.« Sie versuchte, ihre Stimme so freundlich wie möglich klingen zu lassen. Sie stand auf, führte ihn zu einem Stuhl und tätschelte seine Schulter, als er leise in seine Hände weinte, die er vor das Gesicht hielt. Beim Gedanken an diese Familie, die sich bei einer Angestellten Trost holen mußte, preßte sie mißbilligend die Lippen zusammen.

Als Mumsfields Schluchzer sich in Schauder und Schniefer auflösten, befragte sie ihn über seine Beziehung zum Sheriff. Von dem, was er ihr berichtete, bekam sie den Eindruck, als hätte der Sheriff, abgesehen von einem Hallo oder Auf Wiedersehen, kaum jemals mit Mumsfield gesprochen.

Er trauert um den Sheriff eines Phantasie-Amerika, stellte sie fest. Der Junge hat zu viel ferngesehen.

Als sie ihm erklärte, daß der Tod nun einmal nach dem Leben kommt, genauso wie die Jugend auf die Kindheit folgt, und wie perfekt dieses System funktionierte, um die Menschen und den Planeten am Leben zu erhalten, hatte Mumsfield wieder trockene Augen und lauschte ihr aufmerksam. Wie ein Schüler saß er mit gefalteten Händen am Tisch, bis er beruhigt und wieder imstande war, seinen üblichen Beschäftigungen nachzugehen.

Sobald er fort war, hantierte Blanche emsig in der Küche, indem sie Tee und Toast vorbereitete und zwei Eßlöffel Maisgrieß mit Milch kochte, den sie Emmeline zusammen mit dem Rührei zum Frühstück servieren wollte. Es war fast halb elf. Jeden Augenblick müßte Grace kommen, um das Tablett zu holen. An ihrem ersten Tag in diesem Haus hatte Grace ihr erklärt, daß sie Emmelines Mahlzeiten selbst nach oben bringen würde. Blanche ging nicht davon aus, daß sich daran etwas geändert hatte, bloß weil sie zweimal aufgefordert worden war, das Essen nach oben zu bringen.

Als das Toastbrot allmählich kalt wurde, ging Blanche Grace suchen. Sie traf Everett im Flur, als er gerade den Telefonhörer auflegte. Er stand mit dem Rücken zu ihr und schien sie nicht zu bemerken. Sie fragte sich, ob er so ungewöhnlich war, wie er es sein müßte. Sie arbeitete für Leute, die meinten, ihnen gehöre die Welt. Es war möglich, daß manche von ihnen zumindest meinten, sie hätten das Recht, das zu tun, was er getan hatte. Er fuhr sich durchs Haar, dann strich er es mit seinen anmutigen, langfingrigen Händen zurück. Seine Bewegungen waren nicht so steif wie in Gegenwart des Sheriffs. Eher aufgeregt als erbost, dachte sie.

»Entschuldigen Sie, Sir, es wird Zeit, das Tablett nach oben zu bringen.« Er fuhr herum und starrte sie an, als hätte sie ihn auf Yoruba angesprochen. »Das Frühstück Ihrer Tante …«

»Meine Frau ist unpäßlich. Sie müssen allein zurechtkommen.« Seine Stimme klang gepreßt, als schnüre ihm, was ihm Sorgen bereitete, die Kehle zu. Er wandte sich um und begann auf und ab zu gehen.

Blanche machte frischen Toast und wärmte den Gries und die Eier in der Mikrowelle auf. Sie nahm das Tablett und machte sich auf den Weg zur Hintertreppe. Vor Graces Tür blieb sie stehen, aber sie hörte nichts. Sie klopfte an Emmelines Tür und rief, daß sie das Frühstück bringe. Sie zögerte und rechnete fast damit, daß Grace aus ihrem Zimmer kommen und das Tablett selbst zu Emmeline hineinbringen würde. Aber Grace erschien nicht, und Emmeline antwortete nicht. Blanche stützte das Tablett auf ihrer linken Hüfte ab und öffnete die Tür.

Es überraschte sie nicht, daß Emmeline mitten im Zimmer stand und über Blanches Schulter starrte, als rechne sie damit, daß noch jemand einträte. Ihre gerunzelte Stirn glättete sich und ihre Hand, die ihren Morgenmantel vorn zusammenhielt, lockerte sich, als sie merkte, daß Blanche allein war. Sie stürzte sich geradezu auf das Tablett, das Blanche auf den Tisch stellte.

»Wie geht es Ihnen heute, Ma'am?« Blanche griff nach dem überfüllten Aschenbecher.

»Laß das!« befahl Emmeline mit einer Stimme, die so klang, als rieben sich zwei große Steine aneinander. »Bring mir mehr Eier und auch ein paar Würstchen und beeil dich!« Während sie sprach, stopfte Emmeline sich eine halbe Toastscheibe in den Mund. Sie schüttete das Glas Orangensaft hinunter und wischte sich mit dem Handrücken über den Mund, bevor sie den Gries und die Eier zusammenrührte und sich über sie hermachte.

Blanche wandte sich zum Gehen um. Da schoß Emmelines Arm hervor. Sie schnappte nach Blanches Uniform. Ihre dürre Hand erinnerte Blanche an Hühnerkrallen. »Wo ist *sie?*« Emmeline starrte Blanche an, während sie sie an der Uniform festhielt.

Blanche wollte so tun, als wüßte sie nicht, von wem Emmeline sprach, aber da war ein Funkeln in den Augen der alten Dame, das sie davon abhielt. Sie scheint nicht zu dummen Scherzen aufgelegt zu sein, dachte Blanche.

»Sie ist unpäßlich. In ihrem Zimmer, vermute ich.«

»Das kann ich mir gut vorstellen, daß sie unpäßlich ist.« Emmeline sah Blanche mit einem gehässigen Blick aus ihren rot geränderten Augen an. »Wo ist Everett?«

»Im Wohnzimmer. Irgend etwas scheint ihn sehr zu beschäftigen.« Mit äußerstem Gleichmut riß Blanche ihren Rock aus Emmelines Griff. Ihre Blicke trafen sich. Anders als bei dem Blickwechsel mit Grace, kam es Blanche nicht einmal in den Sinn, wegzuschauen. Sie war auch nicht zu dummen Scherzen aufgelegt.

»Vergiß deine Position nicht, Mädel!« Emmeline streckte die Hand aus und zog ruckartig an Blanches Rock. »Vergiß die Eier und die Würstchen. Bring mir, was da ist, und zwar sofort. Und sag es niemandem. Hörst du? Beeil dich!«

Blanche bückte sich und strich langsam die tatsächlichen und die vermeintlichen Falten glatt, die Emmeline in ihre Uniform gemacht hatte. Noch einmal blickte sie Emmeline fest in die Augen, bis die alte Frau den Kopf abwandte.

Alle in diesem Haus sind verrückt! Da zerrt sie an meiner Kleidung, als wäre ich ihr Eigentum! In der Küche machte sie sich eine Tasse Tee und ließ sich gemütlich nieder, bevor sie anfing, die Brote zu schmieren. So wie sie es genoß, sich Emmelines Aufforderung zur Eile zu widersetzen, genoß sie auch den Tee.

Die beiden Schinkenbrote, die sie schließlich nach oben brachte, waren mindestens vier Zentimeter dick. Doch als Blanche die Aschenbecher ausgeleert, Emmelines Schnapsglas gespült und das Bett gemacht hatte, waren beide Brote verspeist. Blanche dachte an die kaum berührten Tabletts, die in die Küche zurückkamen. Hatte Emmeline ihre Zerbrechlichkeit nur vorgetäuscht? Welchen Grund mochte sie haben, ihren Hunger zu verbergen?

»Wie kommt es, daß Sie so hungrig sind?« Die Worte kamen Blanche über die Lippen, ehe sie sich bremsen konnte.

»Das geht dich einen Scheißdreck an.« Emmeline griff nach einer Zigarette. »Und erzähl das niemandem. Verstanden? Verschwinde jetzt!«

Blanche stand ein paar Augenblicke draußen vor der Tür und kämpfte gegen den Wunsch an, in das Zimmer zurückzukehren und Emmeline den Marsch zu blasen. Es war ein schöner Gedanke, aber sie konnte nichts machen, ohne sich nicht selbst in Gefahr zu bringen. Sie holte ein paarmal tief Luft, um sich zu beruhigen. Sie hatte die anderen Gründe, warum sie nach oben kommen wollte, nicht vergessen.

9

Blanche öffnete die Tür zum Gästezimmer, schlüpfte schnell hinein und schloß die Tür hinter sich. Sie wußte, daß sie ein Risiko einging. Ihr war bereits gesagt worden, daß sie sich um dieses Zimmer nicht kümmern sollte, aber sie war sicher, daß sie Grace mit einer Geschichte über ein Geräusch, das sie gehört hatte, oder etwas in der Art abspeisen könnte.

Die Kleider hingen im Schrank, genau wie Mumsfield gesagt hatte. Und sie hatte recht gehabt, was die Schuhe betraf: das Standardmodell von Enna Jettick, Halbschuhe zum Schnüren aus glänzend schwarzem Leder. Ein dunkelgrünes Leinenkleid, eine schwarze Strickjacke und eine Garnitur nicht ganz neuer, aber sauberer und teurer Unterwäsche von der nicht erotischen Sorte vervollständigte die Ausstattung. Das erinnerte sie sofort an Onkel Wills verbotene Piedmont-Zigaretten, die im Geräteschuppen versteckt waren und nur darauf warteten, daß Tante Mary in die Kirche ging, damit Onkel Will in den Schuppen gehen und sich eine anstecken konnte. Diese Kleider machten auch den Eindruck, als warteten sie nur auf ihre Gelegenheit zum Einsatz. Das kann nicht sein, flüsterte sie, das wäre ja lächerlich. Aber was sollten sie sonst bedeuten? Sie hatte das schon bei anderen AlkoholikerInnen erlebt, für die sie gearbeitet hatte. Es gab SäuferInnen, die mußten einfach unter ihresgleichen sein, egal wieviel Schnaps sie zu Hause hatten, genauso wie es Leute gab, die nicht beten konnten, ohne in die Kirche zu gehen. Und Emmeline war plötzlich wieder auf den Beinen und verlangte mehr zu essen. Ein logisches Verhalten für jemanden, die sich auf einen Ausflug vorbereitete, obwohl Blanche sich nicht vorstellen konnte, wo sie hier draußen auf dem Land TrinkkumpanInnen finden wollte.

Als sie sich zum Gehen wandte, fiel ihr auf, daß das Zimmer, dafür daß es so wenig genutzt wurde, irgendwie unruhig wirkte, als wäre es voller Geheimnisse und als herrsche ein ständiges Kommen und Gehen. Langsam drehte sie sich um, betrachtete das hohe alte Bett, die mit Schutzbezügen verhüllten Stühle, die schwere Schubladenkommode. Eine der Schubladen war nicht richtig geschlossen. Sie zog sie auf. Sie schien ungewöhnlich schwer zu sein, bis sie den Inhalt sah: Fünf Flaschen Seagram's Gin lagen behaglich auf einer grünen Decke wie Eier in einem Nest. Nahe genug, damit Emmeline sie sich selbst holen konnte. Sie verließ das Gästezimmer und ging den Flur hinunter zu Everetts Zimmer.

Einen Augenblick lang stand sie nur mit vor der Brust verschränkten Armen vor seinem Schrank. Ihr hoffnungsvolles Ich sagte ihr, daß Nate sich vielleicht getäuscht hatte. Die rosa Jacke gehörte jemand anderem. Sie stieß einen tiefen Seufzer aus und schob die Schranktür auf.

Eigentlich war sie eher pfirsich- oder lachsfarben, jedenfalls viel weicher und zarter als die Zuckerwattefarbe, die sie sich vorgestellt hatte. Aber für jemanden, der sich für die feineren Nuancen von Farben nicht interessierte, war es eindeutig eine rosa Jacke. Genauso wie die Azaleenblüten in der letzten Nacht, schien die Jacke inmitten des Grau und Braun, das sie umgab, zu leuchten. Sie trat näher und griff nach dem rechten Ärmel. Am unteren Ende, wo der Ärmel aufgerollt gewesen war, hatte er Falten. Der linke Ärmel sah genauso aus. Auf dem hellen, glänzenden Futter war ein kleiner, steifer, dunkelroter Fleck. Einer der Knöpfe war so gewaltsam abgerissen worden, daß das Futter eingerissen war. Sie war verblüfft über seine Arroganz, über die völlige Sorglosigkeit, die es ihm erlaubte, ein Beweisstück aufzuheben, das ihn wahrscheinlich überführen könnte. Sie durchsuchte die Taschen. Sie sagte sich, daß es Zeitverschwendung und ein unnötiges Risiko sei. Was glaubte sie zu finden? Die Dienstmarke des Sheriffs? Und was würde sie sagen, wenn Everett hereinkäme?

Die Jacke roch schwach nach einem schweren, modrigen, für Grace untypischem Parfüm. Sie fragte sich, ob er am Abend zuvor zwei Gründe gehabt hatte, auszugehen. Sie schauderte bei der Vorstellung, von einem Mann geliebt zu werden, der sich mit Mordgedanken beschäftigte. In der rechten Außentasche waren Sandkörner und Kieselsteinchen. In der Brusttasche fühlten ihre Finger etwas Kleines, Glattes und Kühles. Sie zog es mit zwei Fingern heraus, vorsichtig, damit es ihr nicht entglitt. Es war der silberne Verschluß eines Ohrsteckers, und zwar ein rechteckiger, mit einem Loch in der Mitte. Sie betrachtete ihn und legte ihn dann zurück. Wenn sie Grace das nächste Mal sah, würde sie darauf achten, aber Blanche war bereits überzeugt, daß Grace keine Löcher im Ohr hatte. Dieser Mann ist nicht nur gefährlich, dachte sie, sondern auch sorglos. Vielleicht wußte Grace nur deshalb nichts über seine Affäre, weil sie es nicht wissen wollte.

Das Telefon klingelte, als sie in die Küche kam. »Was sagst du dazu, daß der Sheriff so nett war, sich selbst von unserem Leiden zu erlösen?« fragte Ardell, als Blanche den Hörer abnahm. »Aber ehe wir das Thema fortsetzen, muß ich dir was Ernstes erzählen!« erklärte sie eilig. »Ich komme gerade von Miz Minnie. Sie sagte, sie hätte deine

Mama gesehen und ihr ein paar Neuigkeiten für dich mitgegeben. Aber Miz Minnie hat ihr nicht alles gesagt, weil sie Miz Cora keine Sorgen bereiten wollte. Du mußt dort weg, Mädchen!«

Ardell klang kurzatmig, als wäre sie zum Telefon gerannt, um Blanche anzurufen.

Blanche lehnte sich so heftig an den Küchentisch, daß sie fühlte, wie er ihr in den Hintern schnitt. Etwas in Ardells Stimme sagte ihr, daß sie Unterstützung brauchen würde.

»Dieser Everett war zuerst mit einer Frau namens Jeanette verheiratet. Aber sie starb. Selbstmord. So hieß es jedenfalls in der Zeitung und so. Aber du weißt ja, daß die Polizei bei solchen Leuten nicht allzu genau nachfragt. Miz Minnie sagte, in Atlanta, wo das alles passiert ist, habe es eine Menge Gerüchte gegeben. Manche Leute sagten, Jeanette und Everett kamen nicht besonders gut miteinander aus, daß er fremdging und daß sie davon sprach, sich scheiden zu lassen. Sie war diejenige mit dem Geld, und darum wollte er, wie du dir denken kannst, nichts von Scheidung hören!«

»Wie ist sie gestorben?« Blanche gefiel der blecherne, leise Klang ihrer Stimme nicht, als wäre sie ein Kind, das vor der Dunkelheit Angst hat.

»Sie sprang aus dem Fenster des Central Plaza Hotels in Atlanta.«

»Was machte sie dort?«

»Das weiß niemand. Das Zimmer war unter einem falschen Namen reserviert worden.«

Blanche hoffte plötzlich, daß Everett nicht für den Tod verantwortlich war, von dem Ardell ihr gerade erzählte, oder für den anderen, bei dem sie ihn in Verdacht hatte. Je eindeutiger seine Schuld war, desto mehr war sie in Gefahr. Sie stellte fest, daß sie mit Ardell nur deswegen diskutierte, damit ihre Neuigkeiten weniger schrecklich klangen.

»Vielleicht hat sie das Zimmer gemietet, weil sie aus dem Fenster springen wollte«, sagte sie zu Ardell.

»Natürlich. Aber warum sollte sie dann einen falschen Namen angeben? Und es wurde auch kein Abschiedsbrief gefunden.«

»Nur weil er die Frau wegen ihres Geldes geheiratet hat, heißt das nicht unbedingt, daß er sie umgebracht hat. Vielleicht war sein Stoff so gut, daß sie glaubte, sie könne fliegen.«

»Das ist jetzt nicht der Augenblick für Scherze, Blanche! Wir müssen dich dort rausholen!« schimpfte Ardell und fügte etwas sanfter hinzu: »Aber vielleicht hast du recht mit dieser Frau. Er hatte ein Alibi für die Zeit, als sie starb. Ein Alibi, das seine Aussage untermauerte, hieß es. Denn es ist ihm ja wohl auch nicht möglich, mit zwei Frauen gleichzeitig auszugehen!«

»Was für ein Alibi? Meinst du Grace? Sie war mit ihm zusammen, als ... Glaubst du, sie weiß es? Glaubst du, sie ...« Blanche wollte den Satz nicht beenden und nicht darüber nachdenken, daß sie sich womöglich mit einem Mörder *und* einer Mörderin in einem Haus befand. Sie ließ sich auf einen Stuhl sinken.

»Anscheinend will sie es nicht wissen«, meinte Ardell. »Die Leute in Atlanta hatten Mitleid mit Grace, weil sie so verliebt war in Everett, daß sie nicht begriffen hat, wie er wirklich war.« Ardell schwieg einen Augenblick.

»Nun, vielleicht ist sie dumm, und vielleicht ist er ein Mörder, aber zumindest ist nicht die ganze Familie schlecht«, erzählte sie Blanche. »Es gibt da noch diesen Cousin, den Rechtsanwalt Archibald Symington. Die alte Dame hat jahrelang nicht mit ihm gesprochen, weil er in der Bürgerrechtsbewegung war. Er ist der Anwalt, der den Sheriff von Jefferson County in den späten sechziger Jahren wegen seiner Aktivitäten beim Ku-Klux-Klan vor Gericht gebracht hat.«

Blanche war nicht beeindruckt. »Ja, aber das ist mehr als zwanzig Jahre her. Soviel ich mitbekommen habe, ist er jetzt in der Küß-Emmeline-die-Füße-Bewegung.«

»Was wirst du also tun, Blanche?« Ardells Stimme klang heiser vor Sorge. »Wie ich schon sagte, könnte ich einen Wagen besorgen und dich abholen.«

Blanche zögerte einen Augenblick. »So einfach ist das nicht, Ardell.« Blanche erzählte ihr von dem Gespräch zwischen dem Sheriff und Everett auf der Veranda, daß Everett in der Nacht, als der Sheriff starb, mit dem Wagen wegfuhr, und was Nate zu allem zu sagen hatte. »Wie sieht das aus, wenn ich hier weggehe und sie beschließen, die Polizei zu rufen und zu sagen, ich hätte etwas gestohlen, oder wenn sie gar behaupten, der Sheriff sei gekommen, um mich zu holen, und das sei das letzte Mal gewesen, daß sie ihn lebend gesehen hätten?«

»Oh, Scheiße!« sagte Ardell.

»Ich werde nicht den Kopf verlieren und eine Dummheit begehen.« Blanches Versicherung galt sowohl ihr selbst als auch Ardell.

»Du hast ja recht, aber ich wünschte mir natürlich, du würdest dort einfach abhauen.«

»Wenn ich dich übermorgen nicht anrufe, ruf du mich an«, erklärte Blanche ihrer Freundin. »Und wenn jemand anders am Telefon ist, sag, daß du mit mir sprechen mußt. Sag ihnen, es handele sich um einen Notfall. Wenn du meine Kinder siehst, gib ihnen einen Kuß von mir. Und Mama auch. Tschüß!«

Blanche blieb an den Küchentisch gelehnt stehen. Sätze aus ihrem Gespräch mit Ardell hallten ihr durch den Kopf. Ich könnte wegen dieser Sache mein Leben verlieren, dachte sie, bevor sie sich daran hindern konnte. Sie wußte, daß es dumm war, sich selbst Angst einzujagen, aber sie wußte von zu vielen unschuldigen Schwarzen, die ins Gefängnis gekommen waren und nie mehr herauskamen, um keine Angst zu haben. Den Begriff »Strafjustiz« fand sie passender als er eigentlich gemeint war. Sie fragte sich, ob Everett vielleicht krank war, und kam zu dem Schluß, daß wahrscheinlich alle Mörder verrückt waren, zumindest im Augenblick der Tat. Aber was war mit ihren Helfershelfern? Ob das Gerücht, das in Atlanta über Grace kursiert hatte, der Wahrheit entsprach? Himmelte sie Everett wirklich so an? Wie kam das? Obwohl Blanche keine Antwort auf all ihre Fragen fand, hatte sie einige Vermutungen bezüglich der letzten Frage. Sie war selbst eine Reihe von Beziehungen eingegangen, in denen ihre Vorstellung von dem Mann, den sie für ihren Liebhaber hielt, und sie selbst die Hauptrolle gespielt hatten. Der wirkliche Mann, den sie vor sich hatte, war nur der Rahmen gewesen, an dem sie das Bild von ihrem Traummann festgemacht hatte. Und was war das für ein Schreck gewesen, wenn sie eines Morgens aufwachte und einen schwitzenden, bedürftigen und erschreckend leibhaftigen Mann vorfand, der so tat, als hätte er irgendeinen Anspruch auf sie. Abgesehen von dem Traummann-Syndrom, das, wie Blanche wußte, alle Klassen- und Rassenschranken überschritt, war Grace in der Oberschicht in den Südstaaten zu einer Zeit aufgewachsen, in der die gesellschaftlichen Erwartungen sie zweifelsohne unter enormen Druck setzten, einen Mann vorzuweisen, selbst wenn er einen Makel hatte.

Aber himmelte sie ihn immer noch so sehr an, daß sie nicht mitbekam, was es für sie angesichts der Tatsache, was mit seiner letzten Frau geschehen war, bedeuten könnte, daß Everett sich eine Geliebte nahm? Außerdem benahm sich Grace nicht wie eine Frau, die besonders scharf auf Männer war. Blanche beschloß, eine Tasse Tee zu trinken, um darüber nachzudenken.

Sie ging mit dem Kessel zum Spülbecken und langte nach dem Kaltwasserhahn. Ein prickelndes Gefühl in ihren Armen veranlaßte sie, den Kessel im Spülbecken abzustellen und sich umzudrehen. Everett starrte sie durch das Glasfenster im oberen Teil der Hintertür an. Mit beiden Händen umklammerte sie das Spülbecken hinter sich und zwang sich, ganz still zu stehen, obwohl ihr ganzer Körper danach schrie, wegzulaufen.

Einen langen Augenblick stand er da, und seine Hände, die seine Augen und seine Nase abschirmten, berührten fast das Glas. Er stand einfach nur da und betrachtete sie mit Augen, die sie zwar sehen, aber deren Blick sie nicht lesen konnte.

Als Everett schließlich die Tür öffnete und in die Küche trat, befahl Blanche ihren Schultern und Armen und Händen, sich zu entspannen und das Spülbecken loszulassen. Aber das Blut, die Muskeln und alles, woraus ihre Arme und Hände sonst noch bestanden, hörten nicht auf ihre Befehle. Sie klammerte sich weiterhin am Spülbecken fest, als wäre es ihr letzter sicherer Halt.

Hier drinnen wirkt er viel größer, dachte sie. Sie nickte und versuchte, den Eindruck zu erwecken, als wäre sie nicht so angsterfüllt, daß sie gleich die Kontrolle über ihre Blase verlieren würde, indem sie ihren Gesichtsausdruck entspannte und so etwas wie Freundlichkeit zeigte. »Kann ich etwas für Sie tun, Sir?«

Everett sah sich in der Küche um, als suche er nach etwas, wonach er verlangen könnte. »Ich hätte gern ein Glas Wasser, bitte.«

Blanche war froh über diese Aufgabe, die sie zwang, das Spülbecken loszulassen – denn wenn sie weglaufen mußte, konnte sie schließlich nicht dieses verdammte Spülbecken mit sich zerren. Wenn sie Wasser holte, bekam sie damit auch eine Waffe in die Hand. Sie goß Wasser aus der Flasche aus dem Kühlschrank in ein Wasserglas, gab zwei Eiswürfel hinein und streckte es ihm mit der linken Hand entgegen. In der rechten Hand hielt sie die Eiswürfelschale. Es war nicht viel, aber wenn er versuchte, ihr Handgelenk zu packen, wollte sie ihm mit der Schale die Nase brechen.

Everett nahm das Glas Wasser und bedankte sich. Er trank in kleinen Schlucken, statt es in großen Zügen herunterzuschütten. Dabei beobachtete er Blanche unablässig. Als er ausgetrunken hatte, reichte er ihr das Glas und wandte sich zur Hintertür. »Oh«, sagte er, als seine Hand gerade den Türgriff berührte. »Haben Sie Nate gesehen?« Er drehte sich um und schaute sie über die Schulter hinweg an.

Blanche zögerte nicht länger als eine halbe Sekunde. »Das ist schon eine Weile her.«

»Aber er war heute schon hier.« Das war keine Frage, sondern eine Feststellung. Blanche senkte den Blick und sagte nichts. Everett sah sie fragend an. »Hatten Sie beide nicht eine nette Unterhaltung heute morgen?«

Blanche schaute auf. Everett hatte den Mund schief verzogen, und der Ausdruck hatte mit einem richtigen Lächeln überhaupt nichts zu tun. Sie versuchte auch nicht, es zu erwidern. »Nate kam sich ein Glas Wasser holen, Sir. Genauso wie Sie.«

Everett sah sie immer noch über die Schulter hinweg an. Jetzt drehte er sich zu ihr um. Seine Bewegungen erinnerten sie an Tiere, die dicht am Boden entlangkriechen und schnell wie der Blitz zuschlagen. In ihren Gedanken bahnte sie sich bereits einen Weg zur Haustür und zum Highway. »Möchten Sie noch etwas, Sir?«

»Oh, ja! Beinahe hätte ich es vergessen«, erklärte Everett mit einer Stimme, die nicht für Vergeßlichkeit sprach. »Mumsfield und ich fahren zum Friseur. Wir werden in der Stadt essen. Oder später. Meine Frau hat Migräne. Sie hat ein Beruhigungsmittel genommen. Ich habe nach meiner Tante gesehen. Sie ist etwas schlecht gelaunt. Am besten läßt man sie allein. Sie verstehen. Sie wird auch kein Mittagessen wollen.« Er sah sie wieder mit diesem schiefen Mund an. »Wenn Sie Nate sehen, sagen Sie ihm, daß ich ihn sprechen will.« Er öffnete die Hintertür.

Blanche antwortete nicht und bewegte sich nicht, bis sie ihn den Gartenweg hinunter zum Schuppen gehen sah. Sie drückte die Daumen und hoffte, daß Nate nicht dort drinnen war. Der Gedanke, Everett könnte mit Nate allein in diesem kleinen, dunklen Schuppen sein, bereitete ihr mehr als Unbehagen. Aber Everett steckte nur den Kopf hinein, dann ging er um das Haus herum zur Auffahrt. Blanche begab sich mit tänzelnden Schritten ins Badezimmer, als sie ihn mit dem Wagen wegfahren hörte, aber nachdem sie sich erleichtert hatte, war sie wieder nüchtern. Ardell hat absolut recht, dachte sie. Jetzt ist nicht der Augenblick für Scherze. Blanche bezweifelte nicht, daß Everett fähig war, sie umzubringen oder sie einsperren zu lassen. Und er würde sie bestimmt lieber tot sehen, wenn er wüßte, was sie gesehen hatte. Sie ging in die Waschküche, nahm die Laken aus der Maschine und legte sie zusammen. Als sie fertig war, ging sie mit dem Staubsauger, dem Staubtuch, dem Sprühreiniger und dem Schwamm ins Wohnzimmer. Sie legte ihre Utensilien mitten auf den Fußboden und suchte sich einen Sessel aus, der gegenüber der Treppe stand, falls Grace doch nicht so unpäßlich war, wie Everett behauptet hatte.

Wenn Everett sie angegriffen hätte, hätte sie dann so zurückgeschlagen, wie sie beabsichtigt hatte? Oder war sie so sehr zum Opfer programmiert, daß sie sich nicht hätte befreien können, um ihr eigenes Leben zu retten? Das Telefon klingelte, bevor sie Zeit hatte, über ihre Frage nachzudenken. Sie eilte in die Küche und ergriff den Hörer nach dem dritten Klingeln. Sie lauschte, bevor sie sprach, falls Grace anderswo den Hörer abgehoben hatte. »Hallo? Hallo? Ist das die Nummer fünf, zwei, zwei, null, neun, vier, neun?«

Blanche stellte fest, daß Mama ihren korrektesten Ton gewählt hatte. Ihre Stimme wurde wärmer und lauter, als sie bemerkte, daß Blanche am Apparat war. Nachdem sie Blanches Fragen nach ihrer Gesundheit, ihrem Wohlbefinden und nach den Kindern beantwortet hatte, wiederholte sie, was sie von Miz Minnie über die Familie erfahren hatte.

»Du brauchst dir keine Sorgen zu machen, daß die festen Hausangestellten zurückkommen und irgendwie stören. Sie sind an die Küste gefahren, nach Topsail. Da fahren sie jedes Jahr hin. Telefon haben sie nicht. Mit jemandem wie unsereins würden sie sowieso nicht sprechen. Wohnen draußen in Mount Airy. Richtige Snobs, habe ich gehört. Keine Baptisten. Aber mach dir keine Gedanken um sie. Eher um die alte Dame, denn sie ist ein gerissener, welterfahrener Fuchs.«

»Emmeline? Was ist mit ihr?« Die Geschichte, die ihre Mutter dann erzählte, überraschte Blanche.

»Bist du sicher, Mama?« unterbrach Blanche sie schließlich. »Die Alte ist die Hälfte der Zeit nicht einmal nüchtern genug, um zwei und zwei zusammenzuzählen, geschweige denn ein Vermögen an der Börse zu machen. Wieviel? Verdammt! Entschuldige, Mama, aber schließlich ist das ein Haufen Geld. Kein Wunder, daß Everett und Grace so bereitwillig zu ihr gezogen sind.«

Doch der Gedanke, daß Emmeline an der Börse dicke Geschäfte machte, war so weit hergeholt, daß Blanche sich fragte, ob Miz Minnie nicht vielleicht über ihre Blütezeit als Informationsbeschafferin hinaus war. »Vielleicht hat Miz Minnie etwas mißverstanden.«

Miz Cora lachte. »Mädchen«, sagte sie zu Blanche, »der Versuch, sich vor der Wahrheit zu verstecken, ist dasselbe wie der Versuch, unsichtbar zu sein. Du hast Grund, dir Sorgen um dich selbst zu machen, aber das ändert nichts an dem, was ist. Und du solltest dort lieber noch eine Weile bleiben«, fügte ihre Mutter hinzu. »Das ist jetzt nicht der Augenblick, die Aufmerksamkeit auf dich zu ziehen, indem du deinen Job hinschmeißt.«

»Ja, Mama … Ja, ich bin vorsichtig.«

Und dann waren die Kinder am Telefon und bekräftigten all die Ermahnungen ihrer Mutter zur Vorsicht. Taifa und Malik konnten es sich nicht leisten, noch eine Mutter zu verlieren. Blanche horchte auf Untertöne von Ablehnung, Angst und Mißtrauen, die das Gefühl der Verlassenheit begleiteten. Sie fand jedoch genügend Wärme, Vertrauen und Humor, um sicher zu sein, daß sie sich nicht alleingelassen fühlten. Als sie mit dem Telefonieren fertig war, nahm sie wieder ihren Platz im Wohnzimmer ein.

Komisch, daß nichts jemals so ist, wie es zu sein scheint, dachte sie. Für sie war Emmeline nur eine gemeine alte Säuferin. Jedenfalls paßte sie nicht zu Blanches Vorstellung von einem Finanzgenie. Trotzdem behauptete Mama, Emmeline hätte mit einem Einsatz von fünfzigtausend Dollar, die ihr Mann ihr hinterlassen hatte, auf dem Aktienmarkt zwei Millionen Dollar gemacht. Miz Rachel, die für Emmeline nähte, war beim Abstecken eines Saumes gewesen, als Emmeline Everett damit stichelte, wieviel Geld sie habe, wie sie dazu gekommen sei und wie wenig er davon jemals in die Finger bekommen solle.

Blanche schaute sich um. Das Zimmer war recht hübsch, aber im Vergleich mit einigen Häusern, in denen sie auf Long Island gearbeitet hatte, war dieses nicht einmal annähernd von der Qualität, die sie von einer Multimillionärin erwartet hätte. Dann erinnerte sie sich an die Jamisons, für die sie ganz am Anfang, als sie nach New York gezogen war, gearbeitet hatte. Harold und Christine Jamison hatten in einer Wohnung gehaust, die nicht viel besser war als Blanches eigene. Aber eines Tages hatte sie im Papierkorb eine Aufstellung ihres Buchhalters gefunden. Die Jamisons hatten genug Geld, um ihr Haus und darüber hinaus noch ein paar weitere zu kaufen. Sie hatte sofort um eine Gehaltserhöhung gebeten. Jetzt erhob sie sich aus ihrem Sessel, schüttelte ein paar Kissen auf, sammelte ein paar Fussel vom Teppich auf und fuhr mit ihrem Staubwedel im Zimmer herum. Es war Zeit, mit dem Abendessen anzufangen.

Als die Hähnchen komplett mit Maisbrot, Dressing, geschmortem Porree, gefüllten Tomaten und knusprigen Brötchen im Eßzimmer angerichtet waren, machte Blanche sich auf die Suche nach der Familie. Grace hatte sich von ihrer Unpäßlichkeit erholt und saß im Wohnzimmer, wo sie weder las noch aus dem Fenster schaute, sondern nur mit einem wachsamen Blick dasaß, als warte sie darauf, daß ihr anderer Schuh auch noch herunterfiel. Mumsfield war in der Auffahrt und steckte den Kopf mit dem frisch geschnittenen Haar in die

Innereien der Limousine. Everett riß die Schlafzimmertür auf, als Blanche bei ihm anklopfte, und schien erleichtert zu sein, daß sie nur kam, um das Abendessen anzukündigen.

Beim Essen war Everett ausgesprochen redselig, als hätte man ihn engagiert, damit in dem Zimmer kein Schweigen aufkäme. Seine Stimme versetzte Blanche Stiche, als sie das Essen servierte. Grace betrachtete Everett und nickte, während er mit seiner Geschichte über den Tag, als er und Bill Sowieso auf dem Golfplatz waren und es anfing zu regnen, fortfuhr ... Everetts klang vergnügt und erwartete von ihnen, daß sie sich amüsierten. Mumsfield schaute von einem zum anderen, als beobachte er ein Tennisspiel, aber er unterbrach seine Mahlzeit nicht, um zuzuhören.

Als sie wieder in die Küche kam, ließ die erste kühle Abendbrise die Gardinen tanzen. Die Vögel, die sich darauf vorbereiteten, ihre Sendefrequenz an die Lebewesen zu übergeben, die mit ihren Hinterbeinen Musik machten, senkten ihre Stimmen. Auf Blanches Straße würden die Kinder jetzt wild auf- und ablaufen und angesichts der bevorstehenden Nachtruhe hektisch und aus voller Kehle schreien. Sie selbst hätte jetzt einen Rock für den nächsten Tag gebügelt oder Zeitung gelesen oder überlegt, ob sie genug Geld sparen könnte, um im nächsten Monat nach Greensboro zu fahren und Patti LaBelle zu besuchen – sie wäre jetzt einfach sie selbst in ihrem eigenen Heim gewesen, eng verbunden mit den Menschen, den Orten und den Dingen, aus denen das feste Band bestand, das sie mit ihrem Leben verknüpfte, ein Leben, zu dessen Bestandteil es nicht gehörte, mit jemandem unter einem Dach zu wohnen, der bereits einmal getötet hatte und ohne Zweifel auch sie töten würde, wenn er das Gefühl hatte, daß es besser für ihn wäre. Sie steckte einen Zweig Petersilie neben das Hähnchen auf Emmelines Tablett und fühlte sich auf eine Weise entwurzelt, wie sie es nie zuvor erlebt hatte und zukünftig zu vermeiden hoffte.

Als Grace kam, um Emmelines Abendessen zu holen, füllte Blanche gerade einen kleinen Krug mit stark gezuckertem und nach Zitrone duftendem Eistee. Grace lobte sie für ihr »ausgezeichnetes Essen«, nahm das Tablett und ging. Es kam Blanche so vor, als wäre sie kaum weg gewesen, als sie bereits mit dem Tablett zurückkam. Das Essen war kaum berührt worden. »Sie hat nicht sehr viel Appetit, nicht wahr?« bemerkte Blanche, als sie Grace das Tablett abnahm.

»Sie ist alt und pingelig«, erwiderte Grace. »Das hat nichts mit Ihrer Kochkunst zu tun«, fügte sie hinzu.

Blanche schüttete das Essen von Emmelines Tablett in den Mülleimer und sah Grace an. »Heute Mittag war sie ziemlich hungrig.«

Grace antwortete nicht. Sie erinnerte Blanche an ein Spiel aus ihrer Kindheit, bei dem dich jemand am Arm nahm und herumwirbelte, und wenn sie dich losließ, mußtest du in der Positur stehenbleiben. Grace stand da, als hätte sich durch die Drehbewegung ihr Mund geöffnet und bliebe nun leicht offen. Ihr Kopf war nach links geneigt. Ihre Beine waren gespreizt und ihr Oberkörper vorgebeugt. Doch obwohl sie etwas benommen aussah, war ihre Stimme glasklar, als sie schließlich sprach. Ihre Augen nagelten Blanche mit einem eindringlichen Blick fest.

»Was hat sie gesagt? Was hat sie Ihnen erzählt?« Grace hatte ihre Positur jetzt aufgegeben. Langsam kam sie auf Blanche zu, wobei sie ihr Gesicht nicht mehr aus den Augen ließ.

»Sie schien nur besonders hungrig zu sein.« Blanche wünschte inbrünstig, sie hätte ihre Klappe gehalten. Sie wandte sich von Grace ab und stellte die Salz- und Pfefferstreuer von Emmelines Tablett in den Schrank neben dem Spülbecken.

»Was hat sie gesagt, daß Sie glaubten, sie sei hungrig?«

»Es war nicht das, was sie sagte, Ma'am. Sie schien nur einfach richtig begierig auf ihr Essen zu sein ... Natürlich kann ich mir das auch eingebildet haben, da ich ihr normalerweise nicht das Essen bringe.«

Grace betrachtete immer noch forschend Blanches Gesicht. »Hat sie ... hat sie nach etwas Bestimmtem zu essen ... oder zu trinken verlangt?«

Ach, darum geht es, dachte Blanche. »Nein, Ma'am«, erwiderte sie in einem schleppenden Ton, um ihr mangelndes Interesse an diesem Gespräch, das sie durch ihre mangelnde Erinnerung an das Ereignis bewies, darzulegen. »Soweit ich mich erinnere, hat sie kaum etwas gesagt.«

Blanche drehte sich zum Spülbecken um und ließ Wasser ein, um Emmelines Teller und Glas abzuwaschen. Die Spannung in dem Raum breitete sich wie Hitze aus. Plötzlich ließ sich Grace hinter ihr mit einem Plumps auf einen Küchenstuhl fallen und begann mit leiser, schneller Stimme zu reden. »Das wäre natürlich nicht passiert, wenn es mir gutgegangen wäre und ich ihr das Tablett gebracht hätte, so wie ich es hätte tun müssen. Das ist wirklich meine Schuld. Aber es ist so schwierig. So hart. Sie können sich das nicht vorstellen.«

»Das weiß natürlich niemand«, fuhr sie fort. »Nicht einmal Mumsfield. Irgendwie ist es uns gelungen, es vor ihm geheimzuhalten.

Wenn sie nur aufhören oder wenigstens weniger trinken würde. Jetzt liegt sie schnarchend und vor sich hin faselnd dort oben und …«

Blanche lehnte sich an das Spülbecken, verschränkte die Arme vor der Brust und holte innerlich tief Luft. Anders als beim letzten Mal, als Grace versucht hatte, sich ihr anzuvertrauen, hatte Blanche diesmal ein ebenso großes Interesse an Graces Angelegenheiten, wie Grace ein Interesse daran hatte, darüber zu sprechen. Sie war versucht, ihre ausgefeilte Wein-dich-an-meinemBusen-aus-Nummer, komplett mit feuchten Augen und tätschelnder Hand, aufzuführen, aber diese Rolle war dem Typ von Hausherrin, wie Grace es war, zu vertraut. Statt dessen ließ Blanche die Arme sinken und schwieg aufmerksam. Mit leicht gebeugtem Kopf wartete sie darauf, daß ihre Arbeitgeberin ihr das Privileg des Vertrauens schenkte.

»Sind Sie verheiratet, Blanche?«

Blanche hob den Kopf. »Ja, Ma'am«, log sie.

»Haben Sie Kinder?«

»Nein, Ma'am.« Sie wollte nicht, daß in diesem Haus überhaupt jemand Kenntnis von ihren Kindern hatte. »Ein Mann reicht mir schon als Kind.« Sie schenkte Grace eine Version des schmerzlichen, verständislosen und empörten Blicks, der zum Vokabular aller Frauen zum Thema Mann gehörte.

Grace seufzte, stemmte die Ellenbogen auf den Tisch und stützte den Kopf in die Hände, als könne sie das Gewicht ihrer Gedanken nicht mehr tragen.

»Eigentlich ist er nicht unsensibel, wissen Sie.« Sie hob den Kopf und sah Blanche an. »Eigentlich ist er recht freundlich, recht aufmerksam. Er versteht nur einfach nicht, wie schwierig das ist. Sie ist kein einfacher Mensch.« Sie seufzte tief. »Aber das ist Everett wiederum auch nicht, manchmal … Aber Tante Emmeline beurteilt ihn falsch. Er würde niemals …« Grace zuckte zusammen, als hätte man sie gekniffen.

»Was hat Ihre Tante denn gesagt?« Blanche ließ ihre Stimme so neutral wie möglich klingen.

Grace stand auf. »Ich rede zuviel.« Mit den Fäusten drückte sie gegen beide Seiten ihres Kopfes, als wolle sie seine beiden Hälften zusammenhalten. »Und mein Kopf platzt gleich.« Sie eilte aus der Küche.

Blanche lehnte sich gegen das Spülbecken und ließ die Spannung aus ihrem Nacken und ihrem Rücken fließen. Sie war sich der Feuchtigkeit unter ihren Armen und in ihrem Schritt bewußt. Sie schalt sich, weil sie Grace verschreckt hatte. Sie hatte gewußt, daß ihre Frage ein Risiko bedeutete, aber sie hatte geglaubt, Grace wäre der Hysterie bereits so nahe, daß sie einen kleinen Schubs vertragen könnte. Zu schade. Aber sie würde zurückkommen. Blanche war sich dessen sicher. Sie versuchte sich vorzustellen, was Emmeline zu Grace über Everett gesagt haben mochte und wie sie überhaupt irgend etwas beurteilen konnte, wenn sie immer betrunken in ihrem Zimmer saß. Einen Augenblick erlaubte sie sich nachzufühlen, wie es für Grace im Augenblick wohl war, zu wissen oder zumindest den Verdacht zu haben, daß ihr Mann ein Mörder war. Nicht nur war er ein Mörder, sondern sie hatte auch einen schlechten Geschmack, was Männer betraf. Aber wenn man danach ging, was Ardell erzählt hatte, hatte Grace ihn vielleicht in dem Wissen geheiratet, daß er ein Mörder war. Ihre Lippen verzogen sich mißbilligend bei dem Gedanken, daß Grace ein Extremfall unter denjenigen Frauen war, die glaubten, sie könnten einen Mann ändern, indem sie ihn heirateten. Sie spülte Emmelines Teller ab und stellte das Tablett weg.

Sie wollte nur noch ins Bett. Sie war so müde, als hätte sie den ganzen Tag lang mit gebeugtem Rücken gearbeitet. Aber sie war auch zum Bersten voll mit anderen Menschen, als hätten Emmeline, Mumsfield, Everett und Grace mit ihren Befehlen, Bedürfnissen, Fragen und Ängsten Besitz von ihr ergriffen. Wenn sie sich hinlegte, würde sie bestimmt an ihnen ersticken. Sie öffnete die Hintertür und ging nach draußen. Sofort wurde sie von einer für Ost-Carolina typischen Nacht eingehüllt, feucht und lau, erfüllt vom Gesang der Nachtwesen und dem Flüstern der Fichten. Blanche ließ sich auf die Türschwelle sinken und entließ ihre unwillkommenen BewohnerInnen durch eine Reihe tiefer, langer Seufzer. Sie stand auf, kehrte in die Küche zurück und knipste das Licht aus. Als sie wieder draußen war, ließ sie ihr Night Girl-Ich über den Hof schlüpfen und langsam über den Weg mitten durch den Gemüsegarten wandern, auf dessen einer Seite Karotten und Mais und auf der anderen Seite Tomaten und Erbsen wuchsen. Die Kohlblätter waren zarte Fächer, die in der leichten Brise, die die Nacht vor der Schwüle bewahrte, zitterten. Sie fühlte, wie sich die Dunkelheit vom Himmel senkte, durch ihre Poren in ihr Blut, ihre Knochen und in ihr Herz drang. Sie atmete tief, um das Eindringen der Nacht zu beschleunigen. Sie lächelte, als das Night Girl-Gefühl aus ihrer Kindheit zurückkehrte, daß sie so hoch wie ein Haus springen oder wenn sie es wollte sogar auf den Sternen reiten könnte, wie Tante Murphy gesagt hatte.

In diesem Zustand war ihr Kopf plötzlich frei von all den kleinen Sorgen und Bemerkungen, die sie von ihrer Fähigkeit abhielten, sich auf einen Gedanken zu konzentrieren. Sie stand neben sich selbst und sah sich an, wo sie sich befand. Mein Leben kann davon abhängen, was in diesem Haus geschieht, dachte sie. Sie drehte sich zu dem Haus hinter ihr um. Es schien Blanche, als hätte es etwas Besorgtes an sich, als wüßte es, daß einer seiner Bewohner einen Mord begangen hatte. Sie wußte, wer der Mörder war, und sie hatte eine Vorstellung, warum er getötet hatte. Sie sah, daß dieses Wissen gefährlich für sie war, auch wenn niemand anders zu glauben schien, daß der Sheriff ermordet worden war. Außer Nate. Sie fragte sich, warum er nicht zurückgekommen war, um ihre Unterhaltung zu beenden.

Vielleicht ist er zur Polizei gegangen, dachte der Teil von ihr, der zu Pessimismus und Panik neigte. Aber ihre Gedanken waren noch immer von der Nacht erfüllt, und die duldete keinen Unsinn. Nate wäre kein alter schwarzer Mann geworden, wenn er zur Polizei ginge und aufgeblasene weiße Männer des Mordes beschuldigte.

»Nate«, flüsterte sie leise. Sie legte die gespreizte Hand auf den Türgriff des Schuppens. Ihre Finger, das Holz und die Nacht bildeten in den Schatten der Dunkelheit ein Muster. Sie kehrte um, ging zurück zur Veranda und setzte sich. Ich werde ein bißchen warten, beschloß sie. Vielleicht kommt er ja noch vorbei.

10

Sie hätte vielleicht die ganze Nacht auf der Veranda geschlafen, wenn nicht eine Mücke, mit einem Stachel so dick wie ein Besenstiel, ihren Ellenbogen attackiert hätte. Sie schlurfte hinauf in ihr Bett, um ihre Haut zu retten.

Als sie aufwachte, erinnerte sie sich an ein Geräusch in der Nacht. Laut. In hoher Tonlage. Das Pfeifen der Eisenbahn? Autobremsen? Ein Schrei? Sie warf das Laken und die dünne blaue Decke zurück und setzte ihre Füße fest auf den kühlen Linoleumboden.

Irgend etwas hatte sich verändert. Sie spürte es in dem Augenblick, als sie ihr Schlafzimmer verließ. Zuerst glaubte sie, jemand wäre ins Haus eingebrochen und hätte seine Intimsphäre verletzt. Doch als sie auf Zehenspitzen über den Flur im zweiten Stock schlich, konnte sie nichts Ungewöhnliches feststellen. Sie horchte an allen Schlafzimmertüren und hörte nichts, alles schien in Ordnung zu sein. Trotzdem war etwas passiert. Als sie hier angekommen war, hatte das Haus einen verschüchterten Eindruck gemacht, wie ein Hund, der zu oft getreten worden ist. Als sie das Haus letzte Nacht von hinten betrachtet hatte, wirkte es besorgt. Jetzt war es so deutlich, als hätte ein Anwalt die Scheidungspapiere eingereicht, daß es sich irgendwie von seinen BewohnerInnen losgesagt hatte.

»Was ist los, Blanche?« Mumsfield saß reglos wartend in der Küche, die gefalteten Hände auf der Tischkante.

»Ich weiß es nicht, Schätzchen.« Es überraschte sie keineswegs, daß er es auch fühlte.

Sie durchquerte den Raum und schaltete das grüne Plastikradio auf dem Fensterbrett an. Mit den Fingern trommelte sie auf die Tischplatte und trat von einem Fuß auf den anderen, während irgend so ein Schwätzer alle aufforderte, sich in seinem Gebrauchtwagenhandel übers Ohr hauen zu lassen, und eine Frau mit einer heiseren Stimme versuchte, Eigentumswohnungen am Meer zu verkaufen, als wäre der Sex für ein Jahr lang inbegriffen. Blanche griff nach einem Messer und begann Orangen für Saft zu halbieren. Der Sender schaltete zu den überregionalen Nachrichten um. Anschließend hörte sie von einem jungen Mann, der seinen Südstaatenakzent zu unterdrücken versuchte, daß das Geräusch, das sie in der Nacht vernommen hatte, von einem Feuerwehrwagen stammte, der auf dem Weg zu »dem verhängnisvollen Feuer in der Hütte von Nate Taylor in der Nähe von Oman's Bluff gewesen war – dem Ort eines weiteren tragischen Todesfalles in jüngster Zeit.«

Mumsfield begann leise in seine Hände zu weinen. Sein Körper wiegte sich langsam von einer Seite zur anderen. Blanches Augen blieben trocken, obwohl ihr Körper vorübergehend vor Schmerz erstarrt war, so wie es Nate ergangen sein mußte, ehe die Flammen ihn verzehrten.

Sie stellte das Radio aus, als der Reporter von dem Treffen des Bürgermeisters mit den Vertretern des Komitees für eine schönere Stadt zu berichten begann. Einen Augenblick lang versuchte sie sich einzureden, daß es um einen anderen Nate in der Nähe eines anderen Oman's Bluff ging. Es war einfach alles zu viel! Es reichte nicht, daß dieser Mann sein Leben lang wie eine Maschine behandelt, seines Respekts beraubt und mittellos gehalten worden war. Es reichte nicht, daß andere Menschen über seine Zeit verfügt und darüber entschieden hatten, wie hoch er seinen Blick heben, wie laut er sprechen und wo und wie er leben durfte. Nein, nun war er auch noch wegen irgendeiner Scheiße der Weißen, mit der er überhaupt nichts zu tun hatte, ermordet worden.

Bei dem Gedanken an all die armen schwarzen Nates und, ja, auch die Blanches, die den privilegierten weißen Everetts auf dieser Welt ausgeliefert waren, begann eine unbändig heiße Wut in ihrem Magen zu rumoren. Heutzutage wollten dir die Leute erzählen, daß es keine Klassenunterschiede mehr gebe und die Hautfarbe keine Rolle mehr spiele. Sieh dir Miss America und den Chef der Streitkräfte an. Aber Miss America und der Chef der Streitkräfte waren längst keine Schwarzen mehr, genausowenig wie Mutter Theresa weiß war. Männer wie Nate und Frauen wie sie waren die Menschen, das Volk, der Lehm, aus dem der Rest gemacht worden war. Durch ihre Hände, ihr Blut und ihren Schweiß war alles aufgebaut worden, angefangen beim Herrenhaus des Gouverneurs bis zur ersten Ampel. Eigentlich sollte man ihnen dafür dankbar sein, daß sie sich als Flechtwerk, das die Wände zusammenhielt, zur Verfügung stellten. Statt dessen hielt man sie für entbehrlich und austauschbar, vermißte sie selten, beachtete sie kaum und hatte sie schnell vergessen. Diesmal nicht! Für sie war es keine Frage, daß Everett Nate ermordet hatte, egal was sie im Radio sagten.

Warum hatte sie nicht damit gerechnet? Oder hatte sie es? Wenn sie gestern abend, als sie sich Sorgen machte, wo Nate war, gehandelt hätte, statt auf der Veranda herumzuhocken in der Hoffnung, er käme noch vorbei, würde er vielleicht noch leben. Ich hätte gestern abend versuchen können, sein Haus zu finden, oder vorher nach ihm suchen können, sagte sie sich. Wenn sie ihn gefunden und das ergänzt hätte, was er ihrer Meinung nach bereits wußte, hätte er bestimmt die Gefahr erkannt und wäre für eine Weile verschwunden, so wie es die Schwarzen in den Südstaaten schon immer zu tun gezwungen gewesen waren, wenn die falschen Weißen auf sie aufmerksam wurden. Tränen traten ihr in die Augen, als sie sich Nate irgendwo in Sicherheit vorstellte, wo er sich einen neuen Garten anlegte, der nur ihm gehörte. Ihre Tränen hinterließen dunkle Flecken auf ihrer grauen Uniform.

»Weinen Sie nicht, Blanche. Weinen Sie nicht.« Mumsfields Stimme erstickte an seinen eigenen Tränen. Er kniete sich vor ihr hin, streckte die Hand aus, zögerte und tätschelte ihr dann unbeholfen die Hand.

»Jeder muß einmal sterben, Blanche.«

Blanche antwortete mit einem schiefen Lächeln. Er war ein guter Schüler. Aber die Tatsache, daß wir alle einmal sterben müssen, gibt niemandem das Recht, einen umzubringen, verdammt noch mal, dachte sie. Sie streichelte Mumsfields Hand, und beide versuchten nun einander in ihrem Schmerz zu trösten.

Der Mann im Radio hatte gesagt, die Feuerwehr vermutete, daß Nate beim Rauchen eingeschlafen sei. Blanche war für den Geruch von Rauch sehr empfänglich. Wenn sie mit Nate zusammen gewesen war, hatte sie niemals auch nur einen Hauch des typischen Geruchs, den alle RaucherInnen in ihrer Kleidung und in ihrem Haar mit sich tragen, wahrgenommen.

Nur ein Verrückter fährt fort, Mensch über Mensch zu töten, dachte sie, und ihr wurde klar, daß es keinen Anlaß gab zu glauben, Everett wäre nicht verrückt. Er war ein reicher weißer Mann. Wenn jemand diese besonderen Eigenschaften besaß, hieß das, daß er so ziemlich jedem, dem er wollte, so ziemlich alles antun konnte, was er wollte – wie ein undressierter Hund alles anfressen und überall hinscheißen konnte. Blanche war überzeugt, daß viele Männer angesichts dieser Macht verrückt wurden. Und laut Ardell hatte Everett dieses Privileg schon einmal auf die tödlichste Weise wahrgenommen. Sie dachte an den gestrigen Tag, als Everett sie über das Gespräch mit Nate ausgefragt hatte. Wie ein Jagdhund, der ein Opossum witterte, hatte Everett an ihren Antworten herumgeschnüffelt.

»Ich muß hier weg!«

»Nein, Blanche! Nein! Bitte gehen Sie nicht, Blanche, bitte!« Mumsfield ergriff ihre Hand.

Blanche schenkte ihm ein trauriges Lächeln. Es war zu schade, daß er mit diesen Menschen verwandt war, zu schade, daß er nicht schwarz war oder zumindest auf ihrer Seite in diesem Haushalt stand. Zu schade, daß sie ihm nicht sagen konnte, er brauche sich trotz ihres Gefühlsausbruchs keine Sorgen zu machen, daß sie ginge – jedenfalls nicht bevor sie dafür gesorgt hatte, daß irgend etwas Schreckliches mit seinem Cousin Everett geschah.

»Ich fange wohl besser mit dem Frühstück an.«

»Sie werden Mumsfield doch nicht verlassen, Blanche, oder?«

»Nicht ohne es Ihnen zu sagen, Schätzchen.« Sie hoffte, die Wahrheit zu sagen. Sie zog ihre Hand zurück und erhob sich vom Stuhl.

Während sie kochte, beobachtete Mumsfield, wie sie vom Kühlschrank zum Spülbecken und zum Herd und wieder zurück ging. Normalerweise irritierte es sie, wenn jemand in der Küche herumlungerte und sie beim Kochen beobachtete. Doch heute lag in ihrem gemeinsamen Kummer ein Trost. Vielleicht war es das letzte Mal, daß sie mit ihm redete und so anteilnehmend war. Er war ein Mitglied von Everetts Familie. Sie mußte ihn wie jemanden behandeln, dessen Interesse, Everett zu retten, größer war, als Nates Mord zu rächen. Sie fühlte sich deswegen sehr einsam, aber nicht trauriger. Die rasende Wut in ihrem Bauch und die eisige Klammer um ihr Herz machten sie unfähig für menschliche Gesellschaft. Nur eine lange und schreckliche Gefängnisstrafe für Everett oder sein Tod könnte sie wieder in ihren normalen Zustand zurückversetzen. Damit wird er nicht durchkommen, sagte sie sich im stillen, während sie Butter in eine Pfanne rührte. Damit nicht!

Mumsfield half ihr beim Tischdecken. Während sie die Eier briet, brachte er das Tablett mit den Grapefruit-Hälften und dem Orangensaft ins Eßzimmer und ging dann Everett und Grace holen.

Everett kam zuerst ins Eßzimmer. Sein Rücken war so steif, als trüge er ein Stützkorsett. Grace folgte ihm. Ihr Blick war auf seinen Hinterkopf geheftet. Die beiden schienen sich wie ein Tandem zu bewegen, als seien sie durch ein strammes Gummiband zusammengehalten, das vor Spannung surrte.

Blanche stellte das Essen auf die Anrichte. Sie verdrängte den Wunsch, das Essen und alles, was sie in die Hände bekommen konnte, in Everetts blasiertes Gesicht zu schleudern – kochend heißen Kaffee, dicken, auf der Haut festpappenden Maisbrei. Sie holte tief Luft, entspannte ihre Schultern und wartete, was passieren würde, wenn Mumsfield damit herausplatzte, was er gerade im Küchenradio gehört hatte. Aber Mumsfield schwieg. Blanche blickte über die Schulter. Er hatte sich mit derselben Ausschließlichkeit, die er allen anderen Aufgaben widmete, auf seine Grapefruit gestürzt. Es gibt eine Zeit zum Trauern und eine Zeit zum Frühstücken, dachte sie, und ihr wurde die Natürlichkeit von Mumsfields Welt bewußt, in der das Trauern nichts mit dem Essen zu tun hatte. Bloß weil das Herz gebrochen war, hörte der Körper nicht auf, nach Nahrung zu verlangen; die Lebenden mußten leben. Sie war überzeugt, daß Nate diese Philosophie gefallen hätte. Sie bereitete sich auf einen näheren Kontakt mit Everett vor.

Sie nahm die Obstteller vom Tisch und servierte dann die Eier, den Speck, die Kartoffelpuffer und den Maisbrei.

Ohne den Blick von Everett zu wenden, lehnte Grace das Essen mit einem Handwedeln ab. Ihr Gesicht war blaß, ihre Augen rot und weit geöffnet. Sie ist wie ein Fernsehapparat, der nur einen Sender empfängt, dachte Blanche. Sie fragte sich, was wohl mit Grace passierte, wenn dieser Sender verstummte oder sich wie jetzt weigerte, auf ihrer Frequenz zu senden.

Everett benahm sich weiterhin so, als würde über seine Zeitung hinaus nichts und niemand existieren, genauso wie an dem Morgen, nachdem der Sheriff ermordet worden war. Blanche befand sich in höchster Alarmbereitschaft, als sie sich ihm näherte, aber sie war auf die plötzliche Reaktion, mit der ihre Haut vor Kälte erstarrte, als ihre Hände sich zufällig berührten, nicht vorbereitet. Everett nahm einen Teelöffel Rührei und eine Scheibe Speck, die er dann liegenließ. Mumsfield nahm sich aus jeder Schüssel die übliche große Portion.

Als sie sich über Everett beugte, um ihm Kaffee nachzuschenken, ließ ein leichtes Zittern die Zeitung rascheln. Schnell legte er sie hin und blickte zu ihr auf, als wolle er sehen, ob sie es bemerkt habe. Er benimmt sich wie eine Geisel oder ein Ertrinkender, dachte sie in dem Augenblick, als ihre Blicke sich begegneten. Er strich sein bereits glattes Haar mit einer Geste zurück, von der Blanche annahm, daß das seine Art war, die Hände zu ringen. Sie amüsierte sich über sein Unbehagen. Das minderte ihre Qual, ihn zu bedienen. Trotzdem errötete sie vor Scham. Sie sagte sich, daß sie keine Möglichkeit hatte, anders zu handeln, und akzeptierte diese Tatsache. Dennoch wurde sie das Gefühl nicht los, als würde sie sich und Nate auf irgendeine Weise verraten. Ich werde ihn fertigmachen, sagte sie auf dem Weg in die Küche zu Nate. Irgendwie werde ich ihn dafür bezahlen lassen. Das verspreche ich.

Sie erwartete, daß Mumsfield nach dem Frühstück wieder in die Küche kommen würde, aber statt dessen schlüpfte Grace durch die Schwingtür herein. Sie blieb am Tisch stehen und rang langsam die Hände.

»Mein Mann und ich werden zum Mittagessen nicht da sein.« Sie sprach schnell, als rechne sie damit, unterbrochen oder aufgefordert zu werden, den Mund zu halten. »Meine Tante hatte eine unruhige Nacht und ist miserabler Laune. Wenn Sie ihr also eine Thermosflasche mit Suppe und vielleicht ein paar Sandwiches zum Mittagessen vorbereiten, werde ich sie mitnehmen, wenn ich das Frühstück hinaufbringe. Auf die Weise müssen Sie sie nicht stören, während wir weg sind.«

»Ja, Ma'am.« Blanche wartete darauf, daß sie ging. Grace blinzelte sie ein paarmal an.

»Sie haben im Radio davon gehört, nicht wahr?« fragte Grace.

»Ma'am?«

»Von Nate, von dem Feuer … Ich wollte es Ihnen schon vor dem Frühstück sagen, als ich davon erfuhr, aber mein Mann sagte …«

Blanche wußte selbst nicht, warum sie Grace anlügen wollte, aber sie beschloß, ihrem ersten Impuls zu folgen.

»Was ist mit Nate, Ma'am?«

»Er ist tot.«

»O Gott!« Blanche hob die Schürze vors Gesicht, wie sie es bei Butterfly McQueen in *Vom Winde verweht* gesehen hatte. Wenn es um ein anderes Thema als Nates Tod gegangen wäre, hätte sie Schwierigkeiten gehabt, ernst zu bleiben. Diese Art von Schauspiel machte ihr sonst besonderen Spaß. Aber jetzt wollte sie nur überzeugend simpel wirken. Sie rieb ihre Augen, damit sie feucht und rot wurden, und hob den Kopf, um die Gefährtin ihres Feindes anzuschauen.

»Was ist passiert, Ma'am?« fragte sie. Ihr Gesicht fühlte sich hart und kantig an, als hätte sie ihre Schürze benutzt, um all ihre Sanftheit wegzureiben.

»Es hat gebrannt. Letzte Nacht. In seinem Haus. Er muß geschlafen haben.« Graces Hände fuhren fort, miteinander zu ringen.

Blanche kreuzte die Arme vor der Brust. »Das ist wirklich ein Jammer.« Sie schüttelte bedächtig den Kopf. »Er schien ein netter alter Mann zu sein … War seine Frau …«

»O nein«, erklärte Grace schnell. »Er hatte keine Frau oder Familie. Er war allein, als er … als das Haus niederbrannte.«

Ja, natürlich, dachte Blanche, das Haus brannte nieder. Niemand hat es abgebrannt. Niemand hat Nate niedergeschlagen oder eine brennende Zigarette auf seine alten Zeitungen geworfen und ihn bei lebendigem Leib geröstet. Das Haus brannte nieder.

»Vielleicht war er ein sehr tiefer Schläfer«, fuhr Grace fort. »Vielleicht ist das Dach eingestürzt, bevor er zur Tür kam.«

Blanche senkte den Kopf und zupfte an ihrer Schürze, bis die Anspannung aus ihrem Gesicht gewichen war und sie die heißen Tränen weggeblinzelt hatte.

»Wirklich schade«, sagte Grace. »Aber Sie kannten ihn ja nicht näher, nicht wahr?«

Blanche machte sich nicht die Mühe, Grace zu erklären, daß sie Nate in vierundzwanzig Stunden besser und intensiver kennengelernt hatte, als irgendeine reiche Ziege ihn im Laufe ihres ganzen Lebens je hätte kennenlernen können.

»Hat er lange für Sie gearbeitet?« fragte sie statt dessen.

Grace schaute sie mit großen Augen an. »O ja, er war seit meiner Kindheit hier.« Es lag ein wehmütiger Klang in ihrer Stimme.

»Sie sind schon als kleines Mädchen hierhergekommen?« Blanche stellte diese Frage, als wäre gerade dieser Teil von Graces Geschichte äußerst faszinierend, aber eigentlich hatte nur ihr Wunsch, das Thema zu wechseln, sie zu dieser Frage veranlaßt. Sie wußte nicht, wieviel Gleichgültigkeit über Nates Tod sie von dieser Frau noch ertragen konnte. Darum war es besser, sie auf das Lieblingsthema aller Menschen zu bringen.

Grace setzte sich auf einen Stuhl und kreuzte die Arme vor sich auf dem Tisch. »Im ersten Sommer war ich gerade fünf. Ich erinnere mich, ich trug ...« Graces Blick füllte sich mit Erinnerungen. Ihre Lippen verzogen sich zu einem bittersüßen Lächeln, als sie von getupften Sommerkleidern und selbstgemachtem Eis erzählte. In ihrer Beschreibung des Hauses und seiner BewohnerInnen aus der Sicht eines kleinen Mädchens kam Nate nicht vor. Auch in ihren Berichten über die Sommer, in denen sie als Kind in den herrlichen Wäldern um das Haus herumgetollt war, wurde er vergessen. Die Geschichte über den Ku-Klux-Klan, die Nate ihr erzählt hatte, hatte im Leben seiner Retterin keine Spuren hinterlassen.

Während Grace sich über ihre Kindheit ausließ, bemühte sich Blanche, ihren Unmut unter Kontrolle zu bekommen. Sie hielt es für unwahrscheinich, daß Grace die Einzelheiten über Nates oder des Sheriffs Tod wußte, da sie sich nicht vorstellen konnte, daß Everett mit Grace darüber sprach.

»... Es war mein dritter Sommer hier, als ich Everett traf. Er ...«

Als Everetts Name fiel, reagierte Blanche. »Es scheint so, als wären Sie von Geburt an füreinander bestimmt gewesen, nicht wahr, Ma'am?« Blanche bemerkte das mit einer Stimme und einem Gesichtsausdruck, als wolle sie sagen, wie romantisch sie diese Vorstellung fände.

»O ja!« Genauso wie Blanche es sich vorgestellt hatte, stürzte sich Grace auf dieses Thema wie eine hungrige Katze auf die Leber. Blanche konnte sich vorstellen, was für eine Erleichterung es war, sich durch eine schöne, freundliche Erinnerung von den Gedanken um die nicht bezahlte Miete, die verlorene Liebe, das kranke Kind, den mordenden Ehemann ablenken zu lassen. Als Grace schließlich innehielt, um Luft zu holen, nahm Blanche den Lauf des Gesprächs in die Hand. »Es muß wundervoll sein, von Kindheit an mit demselben Mann zusammen zu sein.«

»O ja … Ich meine … Genaugenommen waren wir nicht die ganze Zeit zusammen … Er …«

Blanche kicherte. »Oh, ich weiß, wie die Männer sind! Sie sehen eine andere, eine jüngere oder hübschere oder …« Blanche ließ Grace Zeit, um in ihren Gedanken »reichere« hinzuzufügen. Dann fuhr sie fort: »… und schon läuft er davon, wie ein kleiner Hund hinter einem Kaninchen. Dann kommt er zurück, mit eingezogenem Schwanz und wartet auf sein Fressen.«

Grace antwortete so lange nicht, daß Blanche schon dachte, sie hätte mit ihrem ausschweifenden und offensichtlichen Stichwort einen Fehler begangen.

»Wenn er mir nur mehr vertraut, mehr mit mir geredet hätte!« Sie sah Blanche mit einem qualvollen Blick an. Aus ihrer Stimme erklang mehr Wärme und Gefühl, als Blanche je zuvor von ihr vernommen hatte. Rote Flecken erschienen auf ihren Wangen und ihrem Hals. »Ich weiß, daß ich ihm helfen könnte, was immer es auch ist. Ich weiß, daß ich es könnte!« Sie hob die Hände, spreizte die Finger und breitete die Arme aus, als griffe sie nach einem unsichtbaren Everett und zöge ihn an ihre Brust. »Ich könnte manches arrangieren, damit … Unsere Familie hat Beziehungen!« fügte sie hinzu und warf den Kopf zurück. Dann hielt sie den Atem an und starrte mit einem verlorenen und schmerzvollen Ausdruck im Gesicht in den Raum, als wäre sie mit einer schrecklichen Vision konfrontiert worden. Einige Augenblicke lang blieb sie ganz still, dann schien sie in sich zusammenzufallen. Ihre Schultern sackten herunter, und schwerfällig ließ sie die Hände sinken. Tränen sammelten sich in ihren Augen und begannen langsam zum Kinn hinunterzulaufen.

»Was nützt das schon?« murmelte sie. Langsam schüttelte sie den Kopf. »Was nützt das schon?« Sie stand auf, drehte sich um, stolperte zur Schwingtür und bahnte sich einen Weg zum Eßzimmer.

Blanche war zufrieden. Vielleicht wußte Grace nichts, aber sie hatte eindeutig einen Verdacht. Blanche öffnete eine Dose Hühnersuppe mit Reis und staunte über diese Frau, die glaubte, sie könne alles für ihren Mann richten, auch wenn sie gar nicht wußte, was dieses »alles« beinhaltete, so als könne sie ihn dazu bewegen, statt eines Ekels ein Schatz zu sein. Trotz ihrer Kurzsichtigkeit und ihrem romantischen Unsinn durfte man Grace nicht außer acht lassen. Sie könnte vielleicht noch nützlich sein.

Während die Suppe warm wurde, schnitt Blanche die Ränder von vier Scheiben Brot ab. Grace würde Everett niemals der Polizei ausliefern. Aber sie mußte einiges wissen, was nützlich war, um andere Menschen von Everetts Schuld zu überzeugen. Was es auch sein mochte, Blanche war entschlossen, Grace ordentlich auszuquetschen, um es zu erfahren. Sie schnitt das restliche Fleisch von dem Huhn und rührte etwas Quark an. Sie mußte erneut eine Gelegenheit finden, um ein weiteres Gespräch mit Grace anzuregen. Sie schaltete das Feuer unter der aufkochenden Suppe aus, suchte in der Kammer nach einer Thermoskanne und füllte sie.

Blanche hatte das Gefühl, die Sache mit der Suppe und den Sandwiches geschah um ihretwillen. Sie schnitt ein paar Oliven in Scheiben, legte sie in die Sandwiches und deckte dann den Teller mit einem Silberdeckel ab. Sie schnitt etwas Schinken für Emmelines Omelett in Würfel, schlug zwei Eier in eine Schüssel und würzte sie, während die Pfanne heiß wurde. Sie fand es schrecklich, soviel Essen zu verschwenden, aber sie mußte ihre Rolle spielen. Sie gab das Omelett auf einen vorgewärmten Teller.

»Sind Sie fertig?« Blanche machte einen leichten Satz beim Klang von Everetts Stimme. Ein leises Knacken auf der anderen Seite der Tür zum Eßzimmer hatte ihr angekündigt, daß jemand auf dem Weg zur Küche war, aber sie hatte mit Grace gerechnet. Everett blieb in der Tür stehen. »Ich wollte das Tablett holen. Ist es fertig?«

»Fast.« Blanche goß Wasser auf die Teeblätter und war versucht, ihm das Wasser ins Gesicht zu schütten.

Everett strich sein Haar zurück und runzelte leicht die Stirn, als er aus dem Fenster sah. Blanche stellte das Tablett auf den Tisch. Sie traute sich nicht zu, es ihm zu überreichen.

»Es geht ihr nicht gut, wissen Sie«, sagte er, ohne Anstalten zu machen, das Tablett zu nehmen. »Sie ist nicht … nicht körperlich krank. Doch manchmal bildet sie sich ein … Sie steht ziemlich unter Streß. Ich hoffe, sie hat nicht … Verstehen Sie, was ich meine?« fragte er, als Blanche nichts sagte.

»Sie ist alt«, erwiderte Blanche.

»Nein. Ich rede von meiner Frau.«

Zum ersten Mal, seit er in die Küche gekommen war, sah Blanche ihn direkt an.

»Ich dachte einfach, Sie sollten es wissen«, sagte Everett nach einer langen Pause. »Für den Fall, daß sie etwas sagt …«

Für den Fall, daß sie sagt, du bist ein Psychopath, dachte Blanche. Und deshalb tischst du mir hier diese abgedroschene Nummer von der verrückten Frau auf. Sie wünschte, sie hätte jedesmal einen Nickel bekommen, wenn ein Mann ausgerechnet in dem Augenblick ihrer Beziehung, wenn sie ihn wissen ließ, daß sie ihn durchschaut hatte, versuchte, sie für verrückt zu erklären.

Das Schweigen zwischen ihnen fing an zu knistern. »Ich trage das jetzt hoch.« Everett riß das Tablett vom Tisch und schob sich schnell rückwärts durch die Schwingtür ins Eßzimmer.

Als er weg war, wurde ihr bewußt, daß sie keine Angst vor ihm gehabt hatte. Auf der Hut war sie gewesen, ja, und bereit zu schreien und davonzulaufen, aber ängstlich nicht. Wahrscheinlich weil es keinen Sinn hat, wenn wir beide voreinander Angst haben, dachte sie. Sie war sicher, daß das, was sie bei ihm gespürt hatte, Angst gewesen war, die von ihm ausströmte wie Nebel von einem gefrorenen See. Nicht vor ihr, sondern vor irgend etwas, irgend jemandem. Vielleicht glaubte er wirklich, Grace könnte durchdrehen. Das freute sie. Wenn er Angst hatte, konnte es viel schneller passieren, daß er etwas Dummes tat, vielleicht etwas, was nicht einmal durch Geld oder Einfluß vertuscht werden konnte – obwohl sie sich kaum vorstellen konnte, was das sein sollte. Egal, auf jeden Fall hätte er ihr nicht diesen kleinen Vortrag über Grace gehalten, wenn er so überheblich wie sonst gewesen wäre. Blanche summte, während sie das Frühstücksgeschirr wegräumte.

Als Mumsfield schließlich in die Küche kam, ging es ihm nicht um Nate, zumindest nicht am Anfang. »Blanche! Der Wagen hat eine Beule. Am Kotflügel!« Er deutete zur Auffahrt. Das Wort »Beule« sprach er aus, als bedeute es dasselbe wie »Totalschaden«. »Wann ist das passiert, Blanche? Wann?« Er begann in der Küche auf und ab zu schreiten.

»Halt!« Blanche verstellte ihm den Weg. »Diese Herumrennerei gibt es hier nicht! Setzen Sie sich und erzählen Sie mir alles.«

»Eine Beule!« wiederholte er, als er saß, in demselben ungläubigen Ton.

»Also Sie sind nirgendwo gegengefahren?«

»Niemals, Blanche! Niemals.«

»Was glauben Sie, wie lange sie schon da ist, Schätzchen?«

»Seit heute! Heute morgen! Gestern war da keine Beule, Blanche.« Seine Augenbrauen zogen sich zu einer geraden Linie zusammen.

»Wer könnte sie gemacht haben?« fragte sie in einem neutralen Ton.

Mumsfields Mund verzog sich zu einem runden Kreis. Im Geiste ergänzte Blanche das dazugehörige »Oh« und fragte sich, was die Ursache dafür war. Mumsfield glaubte bestimmt nicht wie sie, daß

Everett den Wagen benutzt hatte, um Nate zu töten. Seine nächsten Worte machten deutlich, was ihm durch den Kopf ging.

»Cousin Everett hat seinen Wagen kaputtgefahren«, erzählte Mumsfield. Sein Gesicht sah sehr nachdenklich aus. Blanche glaubte, eine Andeutung von Nates Tonfall zu hören, als Mumsfield Everett erwähnte.

»Sie mögen ihn nicht leiden.«

Mumsfield errötete, senkte den Blick und begann an seinen Fingern herumzuspielen.

»Sie müssen ihn nicht mögen, wissen Sie.« Sie war versucht, ihm zu sagen, daß sie diesen Mann auch haßte.

»Aber er ist mein Cousin, Blanche. Tante Em sagt ...«

»Genauso wie Sie nicht alle Ihre Verwandten mögen müssen, müssen Sie auch nicht mit allem einverstanden sein, was ein Mensch sagt, bloß weil sie ihn mögen.«

»Er macht sich auch über mich lustig, Blanche.«

Diesmal war Blanche an der Reihe, ein wortloses »Oh« zu bilden und den Blick von der bittersüßen Belustigung in seinen Augen abzuwenden. Hier gibt es keine Narren, dachte sie, nur viele verschiedene Wege, dasselbe Ziel zu erreichen.

Blanche stopfte gerade die Handtücher in die Waschmaschine, als Grace mit Emmelines Frühstückstablett zurückkam. Das meiste Essen war verschwunden. In der Toilette, dachte Blanche. Grace sagte, daß sie und Everett jetzt weggingen und Mumsfield irgendwo auf dem Gelände sei, und erinnerte Blanche daran, die »arme Tante Emmeline« nicht zu stören.

Blanche ging durch das Haus zu einem der Vorderfenster, wo sie die Limousine die Auffahrt hinunterfahren sah. Sie spürte, daß Mumsfield in der Küche auf sie wartete. Unruhig ging, besser gesagt sprang er durch die Küche. Seine Augen leuchteten.

»Mumsfield wird uns etwas Besonderes holen, Blanche. Etwas, was wir gebrauchen können!« erzählte er.

»Und was soll das sein?«

Er grinste. »Sie werden's schon sehen, Blanche, Sie werden's sehen!«

»Nun, Sie werden es mir vermutlich sagen, wenn es soweit ist.«

»Ich werde es Ihnen zeigen, Blanche. Ich hole es jetzt gleich, jetzt gleich!« Die Hintertür schlug hinter ihm zu.

Blanche dachte kaum darüber nach, denn in Gedanken war sie bereits im ersten Stock.

Der Schrank im Gästezimmer war genauso leer, wie sie erwartet hatte, als sie ihn öffnete. Jetzt stand sie vor Emmelines Tür und überlegte, was sie tun sollte. Was war, wenn sie sich täuschte und die alte Dame drinnen war? Sie würde sich sicherlich bei Grace darüber beschweren, daß Blanche an die Tür geklopft hatte. Blanche ergriff den kühlen Porzellanknopf mit dem alten Rosenmuster und drehte ihn langsam, soweit es ging nach rechts und dann wieder zurück nach links. Abgeschlossen. Sie zögerte ein paar Augenblicke, ehe das Night Girl sie rettete.

»Entschuldigen Sie, Ma'am.« Sie klopfte leise an die Tür. »Ich weiß, daß sie nicht gestört werden wollen, aber es riecht hier draußen nach Rauch, und ich habe mich gefragt ... Ma'am? Ma'am?« Blanche klopfte heftiger, aber sie bekam keine Antwort und hatte auch keine erwartet.

Sie hatte recht gehabt. Das alte Mädchen war weggelaufen, und Everett und Grace waren auf der Suche nach ihr. Sie mußten sie suchen. Everett wollte nicht, daß die Bullen hier aus irgendeinem Grund herumschnüffelten. Und beide wollten nicht, daß Emmeline betrunken in irgendeiner Straßenkneipe gefunden wurde.

Blanche war zurück in der Küche, als das Telefon klingelte. »Ich bin's, Mädchen. Tu nicht so, als wüßtest du nicht, wer ich bin.« Emmelines Stimme klang sehr undeutlich. Blanche brauchte ein paar Sekunden, bis sie verstand, wer es war. Sie hielt den Hörer ans Ohr und wartete.

»Jetzt hör mir mal gut zu! Ich will, daß du Everett etwas ausrichtest. Sag ihm, daß ich einen Brief geschrieben habe. Da steht alles drin. Alles. Ich habe ihn an Archibald geschickt und ihm gesagt, daß er ihn öffnen soll, wenn er bis Freitag nichts von mir hört. Sag ihm das!«

Blanche hing den Hörer auf und füllte den Kessel mit Wasser. Als das Wasser kochte, machte sie sich eine Kanne Tee und setzte sich an den Küchentisch, um nachzudenken. Wie hatte Emmeline herausgefunden, was Everett getan hatte? Ihre Fenster gingen zur Vorderseite des Hauses hinaus. Hatte sie auch gesehen, wie Everett in der Nacht, als der Sheriff ermordet wurde, das Haus verließ? Blanche drückte ein paar Tropfen Zitrone in ihren Tee. Was immer Emmeline wußte, es gab keinen Grund für sie, wegzulaufen. Sie hätte einfach Archibald anrufen und es ihm am Telefon erzählen oder ihn bitten können, sie zu besuchen, wenn sie Angst hatte. Sie hatte ein Telefon im Zimmer. War ihr Gehirn bereits so geschädigt, daß sie vorgab, den Brief geschrieben zu haben, um Everett zu zwingen, sie ein paar Tage ungestört saufen zu lassen? Das war ein gefährliches Spiel. Selbst wenn es einen Brief gab, hieß es nicht, daß Everett verhaftet und ins Gefängnis gebracht werden würde, wenn ihn jemand las.

Blanche erinnerte sich daran, daß der Sohn der Holders den fünfzehnjährigen Sohn des Pächters auf dem Grundstück seines Großvaters erstochen hatte. Die Polizei hatte es als Selbstverteidigung bezeichnet. Der Anwalt der Familie – für den Blanche zu der Zeit gearbeitet hatte – hatte den Jungen für sechs Monate in einer gemütlichen psychiatrischen Klinik untergebracht, bis sich der Rummel gelegt hatte. Dann war die Mutter mit dem Jungen zum Skilaufen in die Schweiz und auf eine einjährige Reise durch Europa gefahren. Die Zeitungen ließen durchblicken, daß sich der Sohn des Pächters dem Sohn der Holders unsittlich genähert habe. Alle, die in den Küchen der Stadt arbeiteten, wußten, daß es wahrscheinlich andersherum gewesen war.

Blanche nippte an ihrem kühler werdenden Tee und fragte sich, ob Everett wohl glaubte, daß seine kleine Rede sie davon überzeugt hatte, Grace würde sich Geschichten über ihn ausdenken, oder ob er noch andere Beweise für Graces Unzurechnungsfähigkeit auf Lager hatte. Vielleicht war Blanche nicht die einzige, die sich Gedanken darum machen mußte, ob sie nicht hereingelegt wurde. Sie zog die Strumpfhose in ihrem Schritt zurecht und stellte die Tasse und die Teekanne ins Spülbecken. Keiner dieser Gedanken befreite sie von ihren anderen Aufgaben. Sie sammelte ihre Gerätschaften zusammen.

Da es Mittwoch war, ging sie nach oben zum Wäscheschrank und holte die nötigen Laken heraus, ehe sie Everetts Zimmer betrat. Die Ordnung, die sie seinem Zimmer am Tag zuvor aufgezwungen hatte, wurde von einer frischen Schicht schmutziger Socken, Shorts, Unterhemden, feuchter Handtücher und Schuhe, die mitten auf dem Fußboden lagen, begraben.

Wonach suche ich? fragte sie sich, als sie den bereits unordentlichen Inhalt von Everetts Kommode durchwühlte. Sie dachte, sie könnte sich nach etwas umschauen, was völlig fehl am Platz war, aber in diesem Zimmer schien sowie nicht viel einen Platz zu haben. Der Stuhl, der beim letzten Mal, als sie im Zimmer gewesen war, am Fenster gestanden hatte, befand sich jetzt am Fußende des Bettes vor der Wäschetruhe.

Blanche setzte sich auf den Stuhl. Sie beugte sich vor und strich mit dem Finger über die Furche, die am Deckelrand der Truhe eingraviert war. Sie wußte nicht, was sie darin zu entdecken hoffte, aber was sie unter einer Decke und einem Ersatzkissen fand, war ein Paar Handschellen. Sie versuchte, sich Everett mit den Handschellen an den Bettpfosten gefesselt vorzustellen, während Grace ihm eine ordentliche Tracht Prügel versetzte oder umgekehrt. Beides war unvorstellbar. Sie drehte und wendete die Handschellen in ihren Händen, als erwarte sie, das kühle graublaue Metall würde ihr erzählen, ob sie dem Sheriff gehört hatten oder nicht – oder ob sie bei Nates Ermordung benutzt worden waren. Ihre Hände fühlten sich plötzlich kalt an, obwohl sie Gummihandschuhe trug. Schnell legte sie die Handschellen zurück. Jetzt wird es nicht mehr lange dauern, sagte sie sich. Nicht mehr lange. Eilig machte sie Everetts Zimmer fertig und zog die Tür fest hinter sich zu.

Bevor sie die Bettwäsche in Graces Zimmer wechselte, blätterte sie Graces Adreßbuch durch, bis sie Archibalds Eintragung fand. Sie benutzte einen von Graces monogrammverzierten Briefbögen, um sich seine Büro- und Privatnummer zu notieren. Sorgfältig legte sie den Füllhalter auf genau denselben Platz zurück, wo sie ihn gefunden hatte. Sie sammelte die Laken ein und trug sie hinunter in die Waschküche. Vielleicht wäre es das beste, wenn sie den Anruf vergäße und hoffte, daß Archibald bis Freitag nichts von Emmeline hörte. Aber vielleicht war der Brief ein Bluff?

Mumsfield stürmte durch die Hintertür herein. Sein Gesicht war zu einem breiten Grinsen verzogen. »Hier ist er, Blanche! Dieser ist für Sie.« Vorsichtig legte er einen blaugrünen, mit rostfarbener Erde bedeckten Stein auf den Küchentisch. »Da!« Blanche war sicher, daß sie die Wärme, die von seinem Lächeln ausging, fühlen konnte. »Jetzt werden wir ihn für immer bei uns haben, Blanche.«

Blanche betrachtete den Stein ein paar Minuten lang. Dann sah sie Mumsfield an. Sein Verhalten machte deutlich, daß der Stein wichtig war, und an seinem Strahlen konnte sie erkennen, wie glücklich er war, ihn gefunden und ihr geschenkt zu haben. Sie ermahnte sich, die Sache behutsam anzugehen. »Erzählen Sie mir etwas über Steine«, begann sie.

Mumsfield schien um einen Zentimeter zu wachsen. »Natürlich, Blanche. Ich erzähle Ihnen etwas über Steine. Ich kenne die Steine«, erklärte er. »Steine haben eine ganz große Tiefe. Nate hat mir das erzählt.« Er betrachtete den Stein auf dem Tisch, während er sprach. »Steine behalten Dinge. Ganz tief drinnen. Für immer. Steine erinnern sich. Steine von Nates Grundstück haben Nate in sich.« Er nahm den Stein hoch und streckte ihn Blanche mit beiden Händen entgegen.

»Fühlen Sie nicht, wie Nate lacht, Blanche?« fragte er, als sie ihm den Stein abgenommen hatte. »Können Sie ihn nicht hören, Blanche?« Mumsfield beugte sich vor, schlug sich aufs Knie und wackelte mit dem Kopf, wobei er lautlos Nate imitierte, wenn er richtig gelacht hatte.

Du meine Güte! Dieser Junge ist wirklich ein Wunder, dachte Blanche. Sie blinzelte die Tränen fort und dankte ihm dafür, daß er ihr Nate zurückgebracht hatte. Aus einem Papierhandtuch faltete sie eine Unterlage für den Stein und legte ihn auf das Fensterbrett. »Wo er den Garten wachsen sehen kann«, erklärte sie Mumsfield.

Ein oder zwei Minuten standen sie am Fenster und betrachteten den Stein und den Garten dahinter. Kurz zuvor hatte Blanche noch über Nates Beerdigung nachgedacht und überlegt, ob sie daran würde teilnehmen können. Jetzt interessierte dieses Ritual sie nicht mehr.

Mumsfield beendete ihre Gedenkminute mit der Frage, ob er heute früher zu Mittag essen könne. Blanche briet ein Pfund Speck und bereitete ihm vier der größten Speck-Salat-und-Tomaten-Sandwiches auf der Welt zu. Mumsfield spülte sie gerade mit dem dritten Glas Milch hinunter, als der Lieferjunge an die Hintertür klopfte. Mumsfield ging nach oben, um seine roten Hosenträger anzulegen und verschwand, um in irgendeiner Werkstatt an irgendeinem Lieferwagen zu arbeiten.

Blanche spülte die Teller ab und begann den Fußboden zu fegen. Statt Staub oder Krümel schien ihr Besen nur die Kälte, die sich trotz des warmen Tages im Haus niedergelassen hatte, aufzuwirbeln. Es war keine angenehme Kühle, die einen vor der Hitze schützt, sondern eine trostlose Kälte, angesichts derer der sonnige Tag blaß wirkte und langsam grau zu werden schien. Sie lehnte den Besen an den Kühlschrank und rief ihre Kinder an. Zuerst sprach sie mit ihrer Mutter.

»Ich habe heute morgen mit Miz Minnie gesprochen«, berichtete Blanches Mutter. »Sie sagte mir, daß dieser Anwaltsgeneral mit den Leuten, bei denen du bist, verwandt ist.«

»Der was, Mama?«

»Du weißt schon, wen ich meine, Kind! Der die Sache mit dem Sheriff untersucht.«

»Der Generalstaatsanwalt?«

»Genau, der.« Ihr Ton schien Blanche dafür zu gratulieren, daß sie es endlich kapiert hatte.

»Er ist mit diesen Leuten verwandt?«

»Blanche, wiederhole nicht alles, was ich sage, als wärst du ein Papagei! Und stell mir nicht so viele Fragen über ihn. Denn er hat nichts mehr mit ihnen zu tun, seit sein einziges Kind in ihrem Teich ertrunken ist.«

Wenn er nicht mit ihnen sprach, hieß das auch, daß er kein Geld von ihnen nahm? fragte sich Blanche. Nun ja, vielleicht war der Generalstaatsanwalt nicht der Mann, den der Sheriff hatte bestechen wollen. Wenn doch, wußte oder interessierte es ihn vielleicht nicht, wo der Sheriff das Geld herbekam.

»Mama, frag Miz Minnie, ob der Generalstaatsanwalt dringend Geld braucht.«

»'türlich braucht er das. Du weißt, daß die Weißen mit viel Geld hinter noch mehr Geld her sind.«

»Gut, sag ihr, sie soll herausfinden, ob sein Bedarf größer als üblich ist und wenn ja, warum.«

»Ich werde jedenfalls froh sein, wenn du aus dem Haus dieser Leute raus bist!«

Blanche erinnerte ihre Mutter an den noch nicht eingetroffenen Lohnsteuerscheck, der der Schlüssel zu ihrer Flucht war. Aber sie erwähnte den anderen Grund nicht, warum sie noch nicht bereit war zu gehen.

»Schrecklich, die Sache mit dem Mann da draußen. Muß furchtbar sein, so zu verbrennen.«

Blanche stimmte ihr zu, ging aber nicht weiter darauf ein. Sie war froh, daß ihre Mutter sich darüber anscheinend nicht weiter auslassen wollte.

Ein paar Minuten nachdem die Kinder das Telefon übernommen hatten, verspürte Blanche die Wärme, die sie gesucht hatte, als sie anrief. Um sich selbst zu schützen, hatte sie den Teil, der sie mit ihnen verband, in ihrem Bewußtsein ganz weit weg hinter einer verschlossenen Tür versteckt und auf den Augenblick gewartet, wo sie wieder ganz sie selbst sein konnte. Jetzt fühlte sie sich wie eine Strafgefangene, der ein kurzer Familienbesuch erlaubt wurde. Sie mußte sich strecken, um die Kluft zu überbrücken und wirklich bei ihnen zu sein. Sie stöhnte mit Taifa darüber, daß sie den ersten Preis beim Wettlauf auf dem Spielplatz nur knapp verfehlt hatte. Als Malik ans Telefon kam, hörte sie mitfühlend zu und stimmte mit ihm darin überein – ohne die Autorität ihrer Mutter zu untergraben oder seinen gelegentlichen Einsatz sinnloser Gewalt zu entschuldigen –, daß seine Großmutter Jungs vielleicht nicht so gut verstand wie Mädchen.

Als sie den Hörer auflegte, war ihre Gänsehaut verschwunden, und obwohl es im Haus nicht wärmer geworden war, konnte die Kälte nicht mehr bis auf ihre Knochen durchdringen. Sie wählte Ardells Nummer. »Ich bin's, Ardell. Wir geht's dir, Mädchen?« Blanche machte es sich auf einem Küchenstuhl bequem.

»Ich habe von Nate gehört. Es ist eine verdammte Schande«, sagte Ardell.

Ein paar Stunden früher hätte eine solche Bemerkung bei Blanche einen tränenreichen Wutanfall ausgelöst. Jetzt erzählte sie Ardell ganz ruhig, was ihrer Meinung nach wirklich passiert war.

»Ich würde dieses Arschloch auch gern drei Meter unter der Erde sehen«, sagte Ardell. »Aber mit ihm ist nicht gut Kirschen essen, Blanche. Mir scheint er so verrückt zu sein, wie man nur werden kann, ohne gleich Schaum vor dem Mund zu bekommen!«

Blanche hatte damit gerechnet, daß ihr Entschluß, Everett festzunageln, Ardell Sorgen bereiten würde. »Du weißt, wie du manchmal bist, wenn du richtig wütend wirst, meine Liebe. Es ist nicht ratsam, etwas zu sagen, was dir noch mehr Schwierigkeiten einbringt, als du bereits hast!«

Blanche lachte. »Der Diplomatieunterricht, den du nimmst, zahlt sich bereits aus!«

»Du tust, was du tun mußt, wenn du mit einem stachligen Kaktus zu tun hast, Blanche.«

»Ja, sicher. Aber du weißt, daß ich hier nicht einfach so weggehen kann.«

Natürlich wußte sie es. Sie wußte auch, daß die Polizei eher Blanche verhaften als Everett überhaupt vernehmen würde. Während sie sprachen, horchte Blanche auf die Ankunft der Limousine und wartete auf das Sträuben ihrer Nackenhaare, das ihr verriet, wenn sich jemand näherte.

»Glaubst du, den Brief gibt es wirklich?« fragte Ardell, als Blanche ihr von Emmelines Drohung erzählte. »Vielleicht hat sie den nur erfunden, damit sie sie bis Freitag feiern lassen.«

»Aber sie muß etwas Gefährliches wissen, denn sonst hätte die Drohung doch keine Bedeutung, oder? Vielleicht sollte ich es Grace erzählen. Es könnte Everett davon abhalten, Emmeline umzubringen.«

Sie wollte niemandes Leben mit Ausnahme von Everetts auf dem Gewissen haben.

»Miz Minnie sagt, daß sie wahrscheinlich beide tief darin verstrickt sind«, erzählte Ardell. »Du kennst doch Coreens Bruder

Samuel? Nun, der hat einen alten Logenkollegen, der in Atlanta wohnt. Die Nachbarin von diesem Kollegen hat für Graces Familie gearbeitet, als Everetts Frau starb. Sie sagt, Grace habe der Polizei erzählt, sie sei den ganzen Abend und die ganze Nacht mit Everett zusammen gewesen. Aber das stimmt nicht. Diese Frau, die in dem Haus gearbeitet hat, sagt, sie hätte gegen zehn Uhr auf dem Weg zu ihrem Zimmer gerade die Tür zur Dienstbotentreppe geschlossen, als sie Grace aus ihrem Schlafzimmer kommen sah. Sie sagte, Grace wäre sehr blaß gewesen, aber nicht hysterisch oder in Tränen oder so. Sie rannte die Treppe hinunter, als wollte sie von niemandem gesehen werden. Natürlich hat keiner von der Polizei jemals diese Frau gefragt, was sie gesehen hat, also hat sie es auch keinem von denen erzählt.«

»Das heißt, Grace hat gelogen. Er hatte eigentlich kein Alibi.«

»Und das ist noch nicht alles. Dein Freund Everett wurde in der Nacht, als der Sheriff starb, noch von jemand anders als dir und Nate gesehen. Miz Minnie hat dein Interesse an den Leuten weiterverbreitet. Ich habe einen Anruf von Bennie Jackson, dem Taxifahrer, bekommen. Er sagte, er habe Everett von dem Familienwohnsitz in Farleigh abgeholt und zum Bide-Away Motel an der Route Nine gebracht.«

Blanche mußte nicht nach dem Grund für Everetts Besuch fragen. Das Bide-Away Motel war die Niederlassung der örtlichen Prostituierten. Rechtschaffende weiße Menschen, die ein Zimmer suchten, wurden ins Sleep-Well Motel gleich am Ende der Straße geschickt, das demselben Klüngel von Geschäftsleuten aus Farleigh gehörte. Schwarzen Menschen und jenen mit einem ausländischen Akzent wurde erzählt, daß beide Motels voll seien. Viele Kunden des Bide-Away Motels kamen und gingen lieber mit einem Taxi, insbesondere wenn ihre Autos sehr auffällig waren. Der Parkplatz des Motels grenzte direkt an die Straße.

»Um wieviel Uhr hat Bennie ihn abgesetzt?«

»Nach Mitternacht. In der Zeitung stand, der Sheriff starb ungefähr um drei Uhr morgens. Genug Zeit für Everett, um sich bedienen zu lassen und anschließend den Sheriff umzubringen«, meinte Ardell. »Ich habe Bennie gebeten, sich umzuhören und herauszufinden, wer dieses Arschloch wieder nach Hause gebracht hat.«

11

Blanche fegte gerade die Veranda, als Grace und Everett zurückkehrten. Everett stieg als erster aus dem Wagen. Die Verspannung um seine Augen herum hatte sich verstärkt. Schnellen Schrittes ging er ins Haus. Grace stieg langsam die Veranda hinauf. Sie hatte diesen müden und von Erschöpfung zermürbten Blick, den Frauen häufig haben, wenn sie den Morgen mit einem launischen Kind verbringen mußten. Sie wirkte fast wie benommen.

»Wir möchten doch etwas zu Mittag essen, Blanche. Etwas Schnelles bitte.«

Blanche folgte Grace ins Haus. In der Küche stellte sie die Zutaten für ein Pilzomelett und einen grünen Salat zusammen. Es sah nicht so aus, als hätten sie Emmeline gefunden. Das genügte zweifellos, um mit den Nerven am Ende zu sein. Oder gab es noch etwas? Sie fügte dem Omelett eine Spur zu viel Salz hinzu und machte die Salatsauce ein bißchen zu sauer. Sie wußte, daß manchen Leuten aufgrund eines schlecht gewürzten Essens die Geduld reißen konnte und sie etwas Unbesonnenes sagen oder tun ließ.

Trotz der Extradosis Salz und Essig schien sich der Appetit von Grace und Everett von einem Extrem ins andere verwandelt zu haben. Beim Frühstück hatten beide kaum mehr als an ihrem Kaffee genippt und ihren Toast zerkrümelt. Jetzt aßen sie, als rechneten sie damit, daß ihr Essen rationiert werden würde. Hastig schlangen sie die kalte Gurkensuppe hinunter, und es war gut, daß sie ein Omelett aus sechs Eiern zubereitet hatte. Sie aßen schnell und schweigend. Aber gemessen an der Aufmerksamkeit, die sie dem Essen schenkten, hätten sie auch gar nichts zu essen brauchen. Streit lag in der Luft. Als Blanche ins Wohnzimmer gegangen war, um ihnen zu sagen, daß das Mittagessen fertig sei, hatte Everett mit leiser, eindringlicher Stimme auf Grace eingeredet, als versuche er sie zu etwas zu überreden, was sie nicht tun wollte.

In der Hoffnung, etwas von dem, was er sagte, hören zu können, hatte Blanche vor der Tür gewartet, bevor sie eintrat, aber sie bekam nur das Sprühen und Zischen der Funken in der Luft mit und Graces Versuche, sie zu löschen. In dem Augenblick, als Blanche eintrat, hörten sie auf zu reden. Everett stand in der Mitte des Zimmers, die Hände tief in den Taschen vergraben und mit einem Blick so scharf wie ein Fleischermesser. Grace saß steif zurückgelehnt in ihrem Sessel, als hätte ein kräftiger Windstoß sie festgenagelt.

Ohne jedes Klirren wechselte Blanche die Teller und das Besteck und bewegte sich behende durch das Zimmer, um so wenig Aufmerksamkeit wie möglich zu erregen. Sie hoffte, der Wunsch der beiden, ihren Kampf fortzusetzen, würde stärker als ihre Diskretion sein.

»Das ist alles, Blanche. Vielen Dank.«

»Ja, Sir.« Blanche schlüpfte durch die Schwingtür in die Küche. Das Murmeln seiner Stimme begann, noch ehe die Tür richtig geschlossen war. Sie beschloß, nicht im Durchgang zu lauschen. Everett hatte eine Wachsamkeit an sich, die sie zur Vorsicht gemahnte. Sie wischte die Arbeitsplatte ab und machte sich ein Sandwich. Wenig später veranlaßte sie ein leises Klicken auf der anderen Seite der Eßzimmertür, sich erwartungsvoll umzudrehen. Everett sah aus wie ein Mensch, der unter starkem Sodbrennen litt.

»Was wollten Sie, als Sie bei meiner Tante an die Tür klopften, während wir weg waren?«

»Wie bitte, Sir?« Blanche gab nicht nur vor, verwirrt zu sein. Sie versuchte, sich genau zu erinnern, was sie vor Emmelines Tür getan hatte. Sie konnte den Blick nicht von ihm abwenden, obwohl er der letzte Mensch war, den sie sehen wollte.

»Warum haben Sie bei meiner Tante an die Tür geklopft? Was wollten Sie?« Seine Stimme war genauso kalt und feindselig wie sein Blick.

»Das habe ich nicht. Ich habe nicht an die Tür geklopft. Vielleicht bin ich beim Staubsaugen im Flur dagegen gestoßen, aber da ich nicht gerufen worden bin, habe ich auch nicht angeklopft. Nein, Sir.« Sie sprach mit fester und gleichmäßiger Stimme. Sie stand so still, wie sie konnte, und wappnete sich für seine nächste Frage oder Bewegung.

Sie fühlte seinen Blick auf ihrem Gesicht. Er hob die Arme und strich sich mit beiden Händen mehrmals durchs Haar. Dann ließ er die Arme fallen.

»Vielleicht hat sie geträumt«, sagte er schließlich.

»Ja, Sir.«

Blanche schmunzelte und summte ihr tonloses Lied, als er fort war. Es tat ihr gut, eine Runde gegen Everett gewonnen und recht gehabt zu haben, daß Emmelines Zimmer leer war. Was war er nur für ein hinterhältiger Dreckskerl! Aber immerhin hatte er ihr ein gutes Stichwort geliefert. Als Grace später erschien, war sie auf sie vorbereitet.

»Ist mit Ihrem Mann alles in Ordnung?« wollte Blanche wissen, bevor Grace überhaupt durch die Tür war.

Grace ließ beinahe das schwere Tablett fallen. »Was wollen Sie damit sagen? Warum fragen Sie das? Was ist passiert?«

Blanche riß Grace das Tablett aus den Händen und stürmte in gespielter Entrüstung zum Spülbecken. Sie setzte das Tablett so heftig ab, daß die Teller klirrten, und drehte sich dann, die Hände auf die Hüften gestützt, zu Grace um.

»Weil er kam und mir vorwarf, bei Ihrer Tante an die Tür geklopft zu haben. Als wenn ich so etwas tun würde, nachdem Sie mir gesagt haben, daß ich sie nicht stören soll! Ich habe ihm gesagt, daß ich es nicht getan habe, aber er benahm sich, als würde er mir nicht glauben. Ich mag nicht so behandelt werden, als würde ich nicht die Wahrheit sagen! Ich habe keinen Grund, ihn anzulügen. Er war gar nicht mehr er selbst. Er benahm sich ... komisch.« Sie ließ das letzte Wort wie eine beginnende Gemütskrankheit klingen. »Richtig komisch«, wiederholte sie.

Grace richtete sich auf eine Weise auf, daß Blanche schon glaubte, sie würde gleich vor Wut platzen, doch statt dessen traten ihr Tränen in die Augen. »Ich weiß nicht, was ich tun soll! Ich weiß es einfach nicht!«

Blanche biß die Zähne zusammen und zwang sich, auf Grace zuzugehen und ihr sanft die Schulter zu tätscheln. »Aber, aber, Ma'am, setzen Sie sich erst einmal hier hin.« Sanft schob sie Grace auf den Stuhl und ließ sie nur so lange allein, bis sie ihr ein Glas Eiswasser mit einer Zitronenscheibe zubereitet hatte.

»Wenn Sie so weitermachen«, sagte sie zu Grace, als sie ihr das Wasser reichte, »werden Sie auch noch krank.« Sie nahm die Taschentücher vom Küchenschrank und reichte sie Grace. »Jeder sieht, daß Sie eine freundliche, empfindsame Frau sind. Aber Sie tragen zu viele Lasten auf Ihren Schultern.« Blanches gespielte Freundlichkeit leistete den Tränen erneut Vorschub. Erneut tätschelte sie Graces Schulter. »Es geht um Ihre Tante, nicht wahr?« Blanche hielt den Atem an. Sie hoffte, es würde Grace leichterfallen, über ihre Tante zu sprechen als über ihren Mann.

Grace nickte bestätigend. »Sie ist gegangen.«

Blanche trat mit einem Blick zurück, der, so hoffte sie, Überraschung und Kummer ausdrückte. »Gegangen? Was ... Ist sie gestorben?«

»O nein, nein! Sie ist wieder weggelaufen!«

»Was meinen Sie mit ›wieder‹, Ma'am? Wohin ist sie gelaufen?«

»Es ist nicht das erste Mal. Sie ... Das liegt am Trinken. Sie geht ... Sie trinkt mit jedem, der ...« Es folgten weitere Schluchzer, bis Grace einen tiefen, bebenden Seufzer ausstieß und den Kopf hob. »Bitte!

Sagen Sie ihm nicht, daß ich es Ihnen erzählt habe. Er meinte, es sei besser, es vor Ihnen zu verbergen ... und vor Mumsfield auch.« Ihre Augen funkelten unter den Tränen.

»Machen Sie sich keine Sorgen, Ma'am, ich verstehe, wie das ist, aber ich habe nicht den Eindruck, daß er ...« Blanche hielt inne und sah Grace forschend an, als wollte sie abwägen, ob sie fortfahren durfte.

»Was meinen Sie? Was ist mit meinem Mann?«

»Nun, Ma'am, es scheint mir, als wäre er für Sie keine besondere Hilfe, wo Sie sich um Ihre Tante kümmern müssen und um das Haus und alles ...«

Grace schnäuzte sich diskret die Nase und trocknete sich die Augen. »Bitte, ich will nicht ... ich kann nicht über meinen Mann reden ... Er ...«

»Wie Sie wollen, Ma'am. Aber ich habe den Eindruck, daß Sie einen Freund brauchen, der Ihnen in diesem Schlamassel hilft.«

Wie Blanche gehofft hatte, rief diese Bemerkung noch mehr Tränen hervor.

»O Gott, ich hoffe, er hat nicht irgend etwas Schreckliches getan«, stöhnte Grace. »Ich hoffe, er hat niemanden ... niemanden verletzt.« Flehend sah sie zu Blanche auf.

»Er hat was? Wen hat er verletzt?« Blanche hatte sich wieder auf das Rückentätscheln verlegt.

»Er ist so ... Er wird so wütend. Als der Sheriff das letzte Mal ging, war Everett so wütend. Er sagte ... er sagte, er würde den Sheriff von seinem Leid erlösen. Und am nächsten Tag ...«

So sehr Blanche auch bedauerte, es tun zu müssen, brachte sie die überraschte Grace mit einer warnenden Geste zum Schweigen. Eine Sekunde später ging die Schwingtür vom Eßzimmer auf.

»Was machst du denn so lange?«

Grace zuckte zusammen, als sie Everetts Stimme hörte.

Blanche drehte sich zu ihm um, wobei sie Grace mit ihrem Körper abschirmte, so daß sie ein paar Sekunden Zeit hatte, um sich zu fassen.

»Wir müssen los«, erklärte er.

Grace stand langsam auf und folgte ihrem Mann. Sie hielt den Kopf gesenkt, um ihr von Tränen gezeichnetes Gesicht zu verbergen. Bevor die Tür hinter ihr zuschwang, warf sie Blanche einen freudlosen Blick zu. Erst als sie das Haus schon verlassen hatten, fiel Blanche ein, daß sie Grace nicht von Emmelines Anruf erzählt hatte.

12

Mumsfield hatte Hunger, als er zurückkam. Er plapperte über Vergaser und andere Dinge, die nach Schmiere rochen, während Blanche Schinken und Tomaten für Sandwiches aufschnitt.

»Ihr Cousin und Ihre Cousine sind wieder weggefahren«, erzählte Blanche ihm.

»Ich weiß, Blanche. Ich habe sie reden hören. Sie sind losgefahren, um die alte besoffene Hexe zu suchen.« Aus seiner Stimme klang ein Ton, den Blanche für Groll hielt. »Wer ist die alte besoffene Hexe, Blanche?«

»Mumsfield, Schätzchen, wissen Sie, was es heißt, ein Alkoholiker zu sein?«

»O ja, Blanche. Wie Mr. Hoaglin von der Autowerkstatt. Er hat immer eine Flasche mit der Aufschrift ›Wild Turkey‹ in der Gesäßtasche. Und manchmal riecht er schlecht.«

Blanche wartete, ob er noch ein weiteres, ein näheres Beispiel nennen würde, aber er sah sie nur erwartungsvoll an.

»Kennen Sie niemand sonst, der oder die manchmal zuviel trinkt?«

Mumsfield schwieg. Blanche sah, wie er auf der Suche nach jemandem mit einem Alkoholproblem die Liste seiner Bekannten durchging. »Nein, Blanche«, sagte er schließlich.

Blanche setzte sich ihm gegenüber an den Tisch. Mit geöffneten Handflächen streckte sie ihm die Hände entgegen, obwohl sie ihn nicht berührte. »Mumsfield, Schätzchen«, begann sie, »wenn Menschen, die wir lieben, etwas tun, was uns nicht gefällt, tun wir manchmal so, als würden die Dinge, die uns nicht gefallen, nicht geschehen.« Sie zögerte wieder, aber er sagte nichts und schaute sie erwartungsvoll an.

»Manchmal«, fuhr Blanche fort und schlug eine etwas andere Richtung ein, »sagen Menschen, die uns nahestehen, daß wir manche Dinge nicht glauben sollen, obwohl wir wissen, daß sie geschehen. Verstehen Sie, was ich meine, Mumsfield?«

»Natürlich, Blanche«, erwiderte er ohne zu zögern.

»Nun, ich glaube, Ihre Tante Emmeline trinkt manchmal zuviel Gin, und deshalb will sie Sie nicht sehen. Und Ihre Cousine Grace erzählt Ihnen, Ihre Tante Emmeline sei krank, damit Sie nicht merken, daß sie in Wahrheit betrunken ist.«

Mumsfield sprang von seinem Stuhl auf. »Nein, Blanche! Tante Emmeline trinkt nicht zuviel!«

Er schüttelte den Kopf, nicht mit Vehemenz, aber voller Überzeugung, wie ein Mensch, der an einem sonnigen Tag nach draußen schaut, während man ihm sagt, es regne.

»Mehr als ein bißchen Sherry für das Blut, mein Junge, sollte man an harten Getränken nicht zu sich nehmen«, fügte Mumsfield mit Emmelines Stimme hinzu.

»Spricht sie so mit Ihnen? Bei mir klingt sie anders«, bemerkte Blanche herausfordernd.

»Aber sie hat nie mit Ihnen geredet, Blanche.« Mumsfield schenkte ihr ein mitfühlendes Lächeln.

Blanche fühlte, wie ihr Gesicht vor Verlegenheit errötete. Trotz ihrer Behauptung, daß sie mehr Respekt für Mumsfield empfand als seine eigenen Leute, war auch sie in die Falle gegangen, nicht richtig darauf zu achten, was er sagte. Schon mehrmals hatte er versucht, ihr von Emmeline zu erzählen.

Blanche drehte sich um und starrte aus dem Fenster, während sie überlegte, was Mumsfield dem Mosaik, das sie bereits kannte, eben gerade hinzugefügt hatte. Sie schmunzelte still über sich selbst. Der Fuchs ist also überlistet worden, dachte sie. All diese Tränen! Waren sie wirklich gespielt gewesen? Oder war Grace zu dem Entschluß gekommen, daß sie zu tief in der Sache drin steckte und raus wollte? Aber warum erzählt sie mir überhaupt, daß die vorgebliche Emmeline auf einer Sauftour sei? Warum vertraut man einer Angestellten, die man nicht besonders gut kennt, diese Information an? Außer natürlich, man will sie im Unwissen lassen und auf seiner Seite behalten. Auf jeden Fall war jetzt klar, was der Sheriff gegen Everett in der Hand gehabt hatte und warum er umgebracht worden war. Aber wie hatte der Sheriff es herausgefunden? Sie drehte sich um und sah Mumsfield an.

»Haben Sie dem Sheriff gesagt, daß die alte Säuferin nicht Tante Emmeline ist?«

»Ja, Blanche.«

»Was hat er gesagt?«

»Er sagte, Mumsfield soll sich keine Sorgen machen. Er sagte, Tante Emmeline sei in Sicherheit und es ginge ihr gut, und er würde sich um alles kümmern, und in ein paar Tagen sei alles geklärt. Er sagte, Mumsfield sollte ...«

»Sollte es nicht Grace und Everett sagen?«

»Es ist ein Geheimnis, Blanche. Eine Sache der Polizei.« Die Worte sprudelten regelrecht heraus. Sie konnte sehen, wie seine Schultern sich vor Anspannung hoben, während ihre Fragen tiefe Runzeln auf seiner Stirn hervorriefen.

Dieser verdammte Dreckskerl! Er mußte wirklich einen Mordsspaß gehabt haben, als er diesen Jungen auf den Leim führte. In diesem Teil des Landes machten sich die Leute nicht einmal die Mühe zu behaupten, die USA seien eine klassenlose Gesellschaft. Jetzt wußte sie, warum Mumsfield den Tod des Sheriffs so schwergenommen hatte. Er hatte niemanden gehabt, an den er sich wenden konnte, als der Sheriff nicht mehr da war. Er hatte zweifellos gemerkt, daß sie nicht über seine Tante Emmeline reden wollte. Und obwohl der Sheriff tot war, konnte er nicht zu Grace oder Everett gehen.

»Oh, Schätzchen, es tut mir so leid.«

»Aber wo ist Tante Emmeline, Blanche? Mumsfield macht ... ich mache mir solche Sorgen um sie.« Die Tränen, die er zurückzuhalten versucht hatte, kullerten ihm die Wangen hinunter.

»Ich weiß nicht, wo sie ist, Mumsfield.« Es war nur eine halbe Lüge. Jetzt, wo sie von dem Betrug wußte, war sie fast sicher, daß Emmeline tot war und wahrscheinlich im Keller des Stadthauses lag. Warum schlossen sie sonst die Kellertür ab, wenn sich dort unten, wie Mumsfield sagte, nur die Tiefkühltruhe und die Waschmaschine befanden? Blanche wurde ganz schlecht bei dem Gedanken, mit diesen Menschen zusammengewohnt zu haben.

»Was genau haben Ihr Cousin und Ihre Cousine gesagt?« fragte sie.

Mumsfields Gesicht bekam jenen versteinerten Ausdruck, den er immer hatte, wenn er Menschen imitierte. Die Stimme, die jetzt aus seinem Mund kam, gehörte eindeutig Grace, nur war das die Stimme von einer Grace, die Blanche nie kennengelernt hatte, einer Grace, die so wütend war, daß ihre Worte zischten und sich überschlugen.

»Ich hab's dir doch gleich gesagt, daß sie mehr Ärger macht, als sie wert ist. Aber du wolltest es ja unbedingt. Und jetzt stolpert sie irgendwo da draußen in der Landschaft rum und ...«

Mumsfields Stimme senkte sich auf eine tiefere Tonlage und wurde zu Everetts Stimme. »Sie wird nicht weit kommen.«

»Es kommt nicht darauf an, wie weit sie kommt, sondern darauf, wen sie trifft und mit wem sie spricht«, erwiderte die Stimme von Grace.

»Grace, denk daran, daß sie uns nicht verraten kann, ohne sich selbst zu verraten. Sie wird nicht reden.«

»Vielleicht nicht, wenn sie nüchtern ist. Aber wie lange wird das deiner Meinung nach andauern?«

»Es ist zu spät, um sich darüber Gedanken zu machen. Wir werden nach dem Frühstück nach ihr suchen«, war Everetts Antwort.

Mumsfield hielt inne und holte tief Luft. Als er sprach, war es wieder seine eigene Stimme. »Ist sie tot, Blanche?«

Blanche sah ihn aufmerksam an und wußte nicht genau, was sie denken sollte. »Ich bin mir nicht sicher, Mumsfield, aber wir müssen es herausfinden.«

»Ja, Blanche.« Er rieb sich die Augen trocken.

Sie zog Archibalds Telefonnummern aus der Schürzentasche. Er war derjenige, der die Unterschrift von der falschen Emmeline akzeptiert hatte. Er hatte auch einiges zu verlieren. Die einzige andere Möglichkeit war, die Polizei zu rufen. Doch die Vorstellung, sich freiwillig in die Hände der Polizei zu begeben, war keine Erwägung wert. Sie ging zum Telefon und wählte.

Als die Telefonistin endlich fertig war, die Namen der Partner von Archibalds Rechtsanwaltsbüro in einer Reihe bedeutungsloser Silben herunterzuleiern, fragte Blanche nach Mr. Archibald Symington, woraufhin sie mit einer präziseren Stimme verbunden wurde. Diese Stimme sagte ihr, daß Archibald für den Rest des Tages in einer Konferenz sei.

»Sagen Sie ihm bitte, daß Miz Emmeline Carter ihn so bald wie möglich in ihrem Landhaus sehen möchte«, sagte Blanche zu der Frau am Telefon. »Und sie bittet ihn, den Brief mitzubringen, den sie ihm kürzlich schickte.«

Die präzise Stimme wurde eisig, als Blanche sie bat, die Nachricht zu wiederholen, aber sie war zu sehr darauf trainiert, Befehle entgegenzunehmen, um es nicht zu tun.

Die Frau, die bei der zweiten Nummer, von der Blanche annahm, daß es Archibalds Privatnummer war, den Hörer abnahm, war mehr daran interessiert, wer Blanche war, als daran, mitzuteilen, wann Archibald zurückerwartet wurde. Blanche hinterließ dieselbe Nachricht und legte den Hörer auf.

Jetzt konnte sie nur noch warten. Das war ein hartes Los. Darauf zu warten, daß irgendein Weißer im vorgeschrittenen Alter auftauchte, um etwas in Ordnung zu bringen, klang nach einem garantierten Scheitern. Langsam ließ sie sich Mumsfield gegenüber auf den Stuhl sinken.

Mumsfield schob sein Glas auf dem Tisch herum. Er holte tief Luft und ließ sie langsam wieder heraus.

»Ich habe Angst, Blanche.« Er ließ sein Glas los und streckte seine feuchten, kalten Hände nach ihr aus. Blanche drückte seine Hände. »Ich auch«, sagte sie. »Aber wir können hier nicht mit schlotternden Knien herumsitzen. Sie müssen Archibald holen«, erklärte sie ihm. »Diese Leute in seinem Büro hören nicht auf mich.«

Blanche holte das Telefonbuch, suchte Archibalds Büroadresse heraus und schrieb sie auf die andere Hälfte des Blattes Papier, das sie sich in Graces Zimmer genommen hatte. »Hier.« Sie gab Mumsfield das Papier. »Jeder in der Stadt wird Ihnen sagen können, wie Sie dorthin kommen.«

Mumsfield zappelte unruhig auf seinem Stuhl und wiegte zögernd den Kopf.

»Sie wollen doch wissen, wo Tante Emmeline ist, oder? Sie wollen doch herausfinden, was mit Nate passiert ist, oder?«

»Mit Nate?« fragte er.

»Jemand hat ihn umgebracht.« Sie sah, wie seine Augen sich weiteten.

»An der Tankstelle finde ich einen Wagen, der mich mitnimmt«, erklärte er ihr. Blanche umarmte ihn.

»Aber Sie dürfen mit niemandem darüber sprechen.« Er nickte zustimmend mit dem Kopf. »Und wenn Sie dort ankommen, lassen Sie sich sofort zu Archibald bringen, egal wo er ist. Schaffen Sie das?«

Mumsfield begann, von einer Seite zur anderen zu schaukeln, und schwang die Arme vor und zurück, während er schaukelte. »Ich muß sofort Cousin Archibald sprechen. Sofort! Ich muß sofort Cousin Archibald sprechen. Sofort!« sang er wieder und wieder, schneller und schneller. Er sah aus, als würde er gleich in Stücke zerspringen. Blanche fragte sich, ob sie ihm nicht zuviel zugemutet hatte.

Doch genauso abrupt, wie er angefangen hatte, hörte er auch wieder auf. »So?« fragte er und schenkte ihr ein schelmisches Lächeln. Blanche war ehrlich beeindruckt. Sie ging mit ihm nach vorn ins Haus und öffnete ihm die Tür. Sie schaute ihm nach, als er die Auffahrt hinunterging, und ihre wachsende Zuneigung zu ihm stand ihr deutlich im Gesicht. Das gefiel ihr nicht, aber sie wußte, daß es sinnlos war, es zu leugnen. Sie glaubte, daß jeder Mensch einzigartig war. Sie glaubte auch, daß manche Menschen etwas ganz Besonderes waren. Und Mumsfield war etwas ganz Besonderes, zumindest für sie. Sie wußte nicht, ob er zu anderen Menschen auch so einen Draht fand wie zu ihr, aber jedesmal, wenn sie miteinander gesprochen hatten, hatte sie das Gefühl, sie könnten lernen, sich ohne Worte miteinander zu verständigen, wenn sie nur genug Zeit hätten.

Doch trotz seiner Besonderheit und ihrer augenscheinlichen Verbundenheit war Mumsfield immer noch ein weißer Mann. Sie wollte niemanden mit ihrer Aufmerksamkeit überschütten, dessen Vorfahren höchstwahrscheinlich ihre Vorfahren gekauft und verkauft hatten, als wären sie Schuhe oder Maschinen. Würde sie immer einen Grund finden – geistige Behinderung, Blindheit, reine Inkompetenz –, um sich um Menschen zu kümmern, die in dem Glauben erzogen worden waren, sie hätte keinen anderen Sinn im Leben, als ihr »Mädchen« zu sein? Hatten die Sklavenhalter das Mammy-Syndrom in ihre Gene gestempelt, als sie ihre Urgroßmütter vergewaltigten? Wenn sie das getan hatten, war sie entschlossen, die Macht des Willens über das Blut zu beweisen. Als Mumsfield außer Sicht war, schloß sie langsam die Tür und dachte über ihren nächsten Schritt nach. Da Grace sich als ein recht schlauer Fuchs erwiesen hatte, beschloß Blanche, ihr Zimmer einer genaueren Durchsuchung zu unterziehen.

Sie begann mit Graces Schrank – einer Studie in Organisation – und schob die Hand in Schubladen voller Mieder und Büstenhalter, alle aus derselben schweren cremefarbenen Seide. Sie klopfte auf Nachthemden und untersuchte Stapel von Unterhosen, bis sie nur noch eine Schublade zu durchsuchen hatte.

Als sie die letzte Schublade aufzog, stieg der Hauch von Graces blumigem Parfüm auf. Ordentlich gefaltete Halstücher lagen aufeinander wie aufgehäufte vielfarbige Wolken. Vorsichtig hob Blanche ein paar von ihnen mit der linken Hand hoch und wühlte sich mit der rechten Hand durch die Halstücher zum Boden und bis zum hinteren Ende der Schublade durch. Sie entdeckte nur weitere Halstücher. Eines blieb dabei an der rosa Stulpe ihres Gummihandschuhs hängen.

Es handelte sich um ein großes seidenes Vierecktuch mit cremefarbenem Untergrund und großen rosa und malvenfarbenen Blumen mit dunkelgrünen Blättern, die wie verblühte Gardenien aussahen. Es war exotisch und viktorianisch zugleich. Blanche gratulierte Grace zu ihrem Geschmack. Sie legte das Halstuch so zusammen, daß sich oben in der Mitte eine zarte rosa Blüte befand. Diese Farbe erregte Blanches Aufmerksamkeit und hielt ihren Blick gefangen. Sie erinnerte sie an etwas, das sie sich ins Gedächtnis zurückzurufen versuchte. An etwas in der Nacht, als Nate ermordet wurde. Etwas …

Everett, der sich in der Limousine die Auffahrt hinunterschlich. Sie sah ihn deutlich, als sich der Wagen langsam vom Haus entfernte. Sein Arm auf dem Seitenfenster leuchtete bläulich-weiß im Mondlicht.

Blauweiß. Sie starrte hinunter auf das Tuch in ihren Händen. Ihr Körper wußte schon lange, bevor ihr Hirn die Wahrheit zusammensetzte, was das bedeutete. Sie erinnerte sich an die Falten in den Ärmeln der rosa Jacke, die für kürzere Arme hochgekrempelt worden waren. Sie erschauderte. Die Haustür wurde mit einem Knall zugeschlagen. Blanche ließ das Tuch fallen und eilte zur Hintertreppe.

Grace war in der Küche und lehnte sich geschwächt an die Wand. Zum ersten Mal bemerkte Blanche, daß Graces Augen nicht zusammenpaßten. Ein Auge – das rechte – war fast mandelförmig, aber das linke Auge war rund und starr wie blauer Marmor. Grace begann zu wimmern. Aber in ihrem linken Auge waren keine Tränen. Ihr Haar war voller Zweige und Blattfetzen. In ihrem Gesicht und auf ihrem Hals befanden sich Kratzer, die wie Streifen rohen Fleisches aussahen. Mit der linken Hand hielt sie ihren rechten Ellenbogen, als wäre sie verletzt. Erde und Zweige klebten an ihrem Rock und ihrer Bluse. »Was ist passiert?« fragte Blanche.

Graces Gesicht zuckte, als täte diese Frage ihr weh. Sie stieß sich von der Wand ab, humpelte zum Tisch, stützte sich schwerfällig darauf und ließ sich langsam auf einen Stuhl sinken. »Was ist passiert?« fragte Blanche noch mal.

Grace warf ihr Haar mit einer für weiße Mädchen typischen Geste zurück, bei der Blanches Herz sich zusammenzuziehen pflegte, als sie noch jung und überzeugt davon gewesen war, daß ein Krauskopf ein Hindernis für Schönheit war. Jetzt erkannte sie, daß es eine Geste war, um Zeit zu schinden.

»Er ... er sagte, er würde uns beide umbringen. Er war ganz verrückt, lallte ... Er sagte, es sei der einzige Ausweg. Ich griff ihm ins Steuer. ... Oh, mein Gott!« Sie schaute mit wildem Blick zu Blanche auf. Jetzt standen in beiden Augen Tränen. Blanche trat einen Schritt vom Tisch zurück. »Es war so schrecklich. Ich hatte solche Angst. Ich kann Ihnen gar nicht sagen, was für Angst ich hatte!«

Blanche fühlte sich wie jemand, die sich mit einem roten Pik hatte austricksen lassen. Sie war zu sehr damit beschäftigt gewesen, auf Grace herabzuschauen, um diese Augen zu bemerken. Und wie hatte sie nur glauben können, daß eine Person, die in der Dunkelheit unbemerkt einen Mord begehen will, eine rosa Jacke tragen würde – außer sie beabsichtigte, von einem Zeugen gesehen zu werden? Aber warum dann den Zeugen umbringen? Da Blanches Leben von ihrer Menschenkenntnis abhing, war sie sowohl schockiert als auch verängstigt. Wenn sie sich verwirren ließ, würde sie nicht überleben.

»Mein Arm ist verletzt.« Grace hielt Blanche ihren Arm zur Untersuchung hin.

Blanche wußte, was von ihr erwartet wurde: daß sie zu Grace ging, beruhigende Laute von sich gab und Gottes Schutz und Gnade anflehte, während sie umherrannte, Verbandsmaterial suchte und darauf bestand, den Doktor und die Polizei anzurufen. Doch die Kombination der Erinnerung an Everetts blassen Arm auf der Fensterkante des Autos und Graces starres linkes Auge veranlaßte sie statt dessen zurückzutreten.

»Sie haben Nate getötet.« Der Vorwurf kam ungebeten und mit ruhiger Gewißheit über Blanches Lippen.

»Bitte«, stöhnte Grace, »mein Arm.« Erneut streckte sie Blanche den Arm entgegen. Doch Blanche rührte sich nicht. Sie starrte Grace direkt in die Augen. Nach ein paar Augenblicken kicherte Grace und lehnte sich entspannt zurück. Sie ließ ihren Arm anmutig auf den Tisch fallen. Ein verkniffenes, bittersüßes Lächeln spielte um ihre Lippen. Sie sah aus wie jemand, die gerade ein Pokerspiel verloren hatte, das sie schon gewonnen glaubte.

»Sie haben ihn getötet, nicht wahr? Sie können es mir ruhig sagen. Sie haben ja sowieso die Absicht, mich umzubringen. Mich und den Jungen. Werden Sie dieses Haus auch niederbrennen?« Aus ihrer Stimme klangen sowohl Zorn als auch Furcht.

»Sie überraschen mich.«

Blanche wußte genau, was Grace meinte. Was die Graces auf dieser Welt anbetraf, konnten Hausmädchen weder denken noch waren sie neugierig, aufmerksam oder in der Lage, auch nur die offensichtlichsten Schlüsse zu ziehen. Wann würden sie es lernen? »Warum haben Sie ihn getötet?«

»Nate?« Grace zuckte die Schultern, als gäbe es für sie kein langweiligeres Thema.

Blanche biß die Zähne zusammen und unterdrückte den Wunsch, sie als mörderisches Biest zu beschimpfen. Sie wollte Informationen haben, keinen Kampf. Stimmte es, daß MörderInnen gern damit prahlten, was sie getan hatten? »Nun, Sie haben mich ganz schön an der Nase herumgeführt«, erklärte sie Grace.

Grace lächelte, aber sie fing nicht an zu reden. Blanche goß noch etwas Wasser auf die Mühle. »Nate war natürlich nicht der einzige. Wo ist die richtige Emmeline?«

Grace erhob sich vom Tisch. »*Miss* Emmeline«, korrigierte sie. Sie ging in der Küche umher und berührte alles, woran sie vorbeiging:

den Stuhl, eine Dose, den Tisch, die Gardine, die Tür, den Herd, den Schrank, als würde sie eine Bestandsaufnahme machen.

»Sie hätte sich nicht so anstellen sollen.« Grace hätte auch über ein Kind sprechen können, das sich weigerte, sein Mittagessen aufzuessen. Sie ging um den Tisch herum und näherte sich Blanche. Während sie sich allmählich vorwärts bewegte, fuhr sie fort, die Gegenstände im Raum zu berühren – dieselben Gegenstände, dachte Blanche, die sie bereits berührt hat. Blanche bewegte sich mit ihr, so daß der Abstand zwischen ihnen nie geringer wurde. Grace blieb stehen, als sie neben der Spüle stand. »Sie hätte zuhören sollen, versuchen müssen zu verstehen, wie wichtig es für mich war ...« Graces Worte verloren sich, als sie auf die Spüle starrte.

»Mumsfields Geld zu bekommen?« Blanche bemühte sich nicht, beim Sprechen ihre Gefühle zu verbergen.

Grace sah sie zornig an. »Es ist nicht *sein* Geld. Es ist das Geld meiner Familie! Mein Urgroßvater ...« Sie wandte sich zur Spüle um. »Ich war ihre engste Verwandte. Ihre engste *normale* Verwandte jedenfalls. Was glaubte sie eigentlich, wie das aussehen würde?« Ihre Stimme klang hitzig. Sie drehte an den Heiß- und Kaltwasserhähnen, prüfte die Temperatur und fummelte an den Hähnen, bis sie zufrieden war. Sie nahm die Flasche mit dem Spülmittel und las den Text auf der Rückseite. Sie goß sich ungefähr einen Teelöffel von der perligen weißen Flüssigkeit in die linke Hand, fügte etwas Wasser hinzu und schien völlig davon absorbiert zu beobachten, wie die Seifenlauge zwischen ihren Händen dick und cremig wurde.

»Sie haben Ihre Tante umgebracht, als Sie mit Mumsfield zum Gottesdienst in die Stadt fuhren. Darum ließen Sie ihn nicht ins Haus gehen, nicht wahr?«

»Ich habe ihm erzählt, daß sie einen Herzinfarkt hatte, als ich mit ihr im Keller war. Dieser Esel hat es mir geglaubt!« Grace spülte die Lehmspritzer und Grasstückchen von ihren Armen und Händen.

»Meinen Sie Ihren Mann?«

»Ich habe Sie wirklich überzeugt, daß ich ihn liebe, nicht wahr?« Sie warf den Kopf zurück, riß den Mund weit auf und gab ein sprödes, meckerndes Lachen von sich, das Blanche überraschte. »Oh, er war nützlich. So etwas wie ein Schleier, eine kleine Tarnung. Aber diesen Idioten lieben?«

Wieder gab sie ein schrilles Lachen von sich.

»Warum haben Sie ihn geheiratet, wenn Sie ihn für einen solchen Idioten halten?«

»Das sagte ich doch. Er war nützlich.« Grace streckte den Arm aus und riß eine Handvoll Papiertücher von der Rolle an der Wand. »Es war gemein von Daddy, mir nur Geld zu hinterlassen, wenn ich heiratete. Er wollte einen Aufpasser für mich, jemanden ... der mich überwacht.« Sie trocknete sich gründlich die Hände und benutzte dann die Papiertücher, um den Dreck und die Zweige von ihren Kleidern und Schuhen zu putzen.

»Aber ich fand jemanden, der das nicht machte ... Es gibt noch andere Möglichkeiten als Sex und Kinder, um einen Mann an sich zu binden.« Sie begutachtete ausgiebig ihre Hände, drehte sie hierin und dorthin, betrachtete die Nägel und schob etwas Nagelhaut zurück.

»Indem man ihm beispielsweise hilft, seine Frau umzubringen?« Blanche trat noch ein paar Schritte von Grace zurück.

»Sie sind fleißig gewesen.« Grace ging ein paar Schritte auf Blanche zu.

»Haben Sie ihn damit an sich gebunden? Indem Sie ihm halfen, seine Frau loszuwerden?« Blanche trat einen Schritt zurück.

»Ihm halfen?« Grace lachte schallend auf. »So kann man das, was geschah, wohl kaum nennen. Da liegen Sie völlig falsch.« Ihre Stimme hatte denselben ärgerlichen, aber triumphierenden Ton wie an dem Tag, als sie Blanche durch das Tor des Hauses in der Stadt winkte. »Ich habe sie immer gehaßt, mit ihrer jammernden Stimme und diesem schönen Haar. Ständig lief sie zu Daddy und nahm mir ...«

Blanche fiel ein, was Nate über häßliche Gerüchte gesagt hatte, nachdem Graces jüngere Cousine im Teich ertrunken war.

Sie brauchte einige Augenblicke, um zu begreifen, daß sie und Grace über zwei verschiedene Opfer sprachen. Vorsicht, ermahnte sie sich selbst. »Ihr Daddy mochte Ihre Cousine lieber als Sie, nicht wahr?«

Leuchtend rote Flecken erschienen auf Graces Wangen. »Nein! Nein! Ich war Daddys Liebling, immer. Er ...« Mit einem Gesichtsausdruck als sei sie gerade in einem ihr unbekannten Zimmer aufgewacht, hielt sie mitten im Satz inne.

Ihr Schweigen war unheimlich. Blanche schluckte mühsam. »Wie war es bei Ihrem Mann? Waren Sie auch sein Liebling? Oder mußten Sie ihm erst helfen, seine Frau umzubringen, um ihn zu bekommen?«

Grace sah überrascht aus, sagte aber nichts. Sie schien auf etwas zu horchen oder zu warten. Das Schweigen im Raum schien sich wie Gas zu einer Explosion zusammenzubrauen.

»Ich dachte, Sie liebten ihn nicht.«

Blanches Stimme klang in ihren eigenen Ohren hoch und laut. »Warum haben Sie seine Frau umgebracht? Sie hätten sich einen anderen Mann kaufen können.«

»Weil ich sie haßte! Sie haßte!« Grace ging in die Knie und schlug sich mit geballten Fäusten auf die Schenkel. Jedes Wort schrie sie langsam und deutlich heraus. »Sie war genau wie ...«

»... Ihre Cousine als Erwachsene«, beendete Blanche ihren Satz. Dann zog sie sich von der Frau zurück, wie sie es auch vor Schnecken und anderen schleimigen Kriechtieren tat. Ihr Gesicht blieb absolut unbewegt, denn sie war entschlossen, dieser Frau, die schon als Kind verrückt und mörderisch gewesen war, nicht zu zeigen, was sie fühlte. Laß das Biest nur reden und prahlen, ermahnte sie sich, und hoffe darauf, daß Mumsfield und Archibald ihren Hintern bald hierher bewegt haben! Sie zwang sich, sich zu entspannen. Sie konnte dieses Gespräch manipulieren und bei Grace die entsprechenden Knöpfe drücken, damit sie sich weiterhin auf sich selbst konzentrierte und nicht auf das, weswegen sie vermutlich eigentlich gekommen war. »Wenn Sie ihn nicht lieben, warum versuchen Sie dann, ihn zu schützen?« fragte sie herausfordernd.

»Er war ja nicht einmal da!« schrie Grace mit schriller Stimme. Kleine Schaumbläschen sammelten sich in ihren Mundwinkeln. Blanche trat noch zwei Schritte von ihr zurück.

»Er wußte nicht einmal, daß ich sie getötet hatte, bis wir verheiratet waren.«

»Das Alibi war also eigentlich für Sie selbst!«

Grace warf sich noch ein wenig in die Brust. »Ein Meisterstreich, wenn ich so sagen darf. Er stand unter dem Verdacht, Jeanette ermordet zu haben. Das hatte ich mir schon gedacht. Ich lieferte ihm das dringend notwendige Alibi, womit ich ihm meine unsterbliche Liebe bewies und mir gleichzeitig ein Alibi für mich selbst beschaffte. Natürlich war er froh, mich zu heiraten, als er von dem Geld erfuhr. Nur so kann Everett seinen Lebensstil finanzieren. Von Jeanettes Geld erhielt er nicht einen Pfennig. Dafür sorgte ihre Familie. Das hatte ich mir denken können. Durch die Heirat mit mir bekam er Zugang zu einer neuen Geldquelle. Nicht nur zu meiner, sondern auch zu Tante Emmelines. Everett braucht sehr viel Geld, um glücklich zu sein. Uns beiden geht es so. Ich sagte ihm, daß genug für uns beide da sei.« Sie rollte mit den Augen und sah Blanche mit einem verschwörerischen Blick an. »Und da heißt es, Sex würde den Verstand der Männer trüben!« Sie schüttelte den Kopf und lächelte, als wären Everett und all seine geldhungrigen Brüder nichts anderes als ein Haufen kleiner frecher Lümmel. Sie strich sich mit einer Geste, die an Everett erinnerte, durchs Haar.

»Wo ist er?« fragte Blanche.

Grace antwortete nicht sofort. Als sie sprach, ging sie nicht auf Blanches Frage ein. »Everett war ein sehr nützlicher, wenn auch gieriger Mann ... aber nicht besonders intelligent«, fügte sie kichernd hinzu. Sie stopfte ihre Bluse fester in den Bund und strich den Rock glatt. »Finden Sie meine Worte redundant?« Sie warf Blanche einen kalten, prüfenden Blick zu. »Ich frage mich, ob Sie überhaupt wissen, was redundant bedeutet?« Grace schenkte ihr ein selbstgefälliges, spöttisches Grinsen.

Graces höhnisches Lächeln erinnerte Blanche an all die anderen Weißen, die sich darüber lustig gemacht hatten, was sie war oder nicht war. Für einen Augenblick stieß ihr ihre Unwissenheit bitter auf. Sie würde das Wort »redundant« bei der nächstbesten Gelegenheit nachschlagen. Wenn sie eine Gelegenheit bekam. In der Zwischenzeit hatte sie nicht die Absicht, Grace merken zu lassen, daß sie an einen wunden Punkt gerührt hatte.

»Wo ist er?« hakte sie nach.

»Dazu komme ich noch«, erwiderte Grace. »Mir macht das hier Spaß. Schließlich bleibt das, was ich Ihnen erzähle, ein Geheimnis, nicht wahr?«

Das Lächeln, das diese Frage begleitete, war kalt wie der tiefste Winter. Seine Bedeutung war ziemlich klar und keine Überraschung. Was glaubt sie wohl, was ich tun werde, wenn sie versucht, mich umzubringen? Blanche sah Grace forschend an. Grace trug keine sichtbare Waffe bei sich, und Blanche sah keinen Ort, wo sie eine versteckt haben mochte. Es war möglich, daß Grace nicht einmal wußte, in welcher Küchenschublade Messer oder andere scharfe Gegenstände waren. Aber ich weiß es, dachte Blanche. Sie hatte die Gewißheit, daß sie nur einen Sprung von einem Schutzschild in Form eines Fleischermessers entfernt war.

»Ja, redundant«, nahm Grace ihren Monolog wieder auf und erzählte Blanche, wie sie und Everett Emmeline unter Drogen gesetzt, sie auf einem Bettgestell festgebunden und im Keller zurückgelassen hatten. »Sie hatte es recht bequem«, fügte sie hinzu, als wolle sie ihre familiäre Anteilnahme demonstrieren. »Das war seine Idee. Er kam darauf, als er diese Frau fand.«

»Die ihr so ähnlich sieht, meinen Sie?«

Grace bestätigte ihre Frage mit einem Augenblinzeln.

»Wer ist sie überhaupt?«

»Das geht Sie nichts an.« Grace sah sie mit diesem Die-Arbeitgeberin-hat-gesprochen-Blick an, auf den ein zurückhaltendes Schweigen die einzig korrekte Antwort war.

»Diese ganze Scheiße geht mich sehr wohl etwas an. Dafür haben Sie gesorgt, als Sie Nate umbrachten.«

Statt auf Blanches Frage einzugehen, erläuterte Grace den Plan, den Everett ihr vorgeschlagen hatte – Emmeline unter Drogen zu setzen, sie zur Unterzeichnung des neuen Testaments mit der Doppelgängerin auszutauschen, um Emmeline später am selben Abend wieder in ihr Bett zu bringen. »Ich wußte, daß das natürlich nicht funktionieren würde. Ich weiß nicht, wie dieser Idiot überhaupt auf die Idee kam, diese gerissene alte Hexe könnte überzeugt werden, daß sie einen ganzen Tag lang geschlafen oder ihn vergessen hätte! Aber ich hatte natürlich meinen eigenen Plan, und der funktionierte prima!« Grace glühte vor Stolz. »Ich löste die Pillen in ihrer Suppe auf, und Everett trug sie in den Keller. Dann schlossen wir das Haus ab und kamen mit dieser Frau hierher.« Grace sprach in einem Ton, als zähle sie eins, zwei, drei, die Zutaten für einen Apple-pie auf – ein Ton, bei dem Blanche ganz übel wurde.

Grace setzte sich wieder in Bewegung und ging mit ruhigen, gleichmäßigen Schritten in der Küche auf und ab. Blanche paßte sich ihr Schritt für Schritt an. Grace nahm den Salzstreuer vom Küchenschrank. »Schon vor Monaten fand ich die Injektionsnadel im Zimmer von Tante Emmeline.« Sie stellte den Salzstreuer zurück auf den Schrank, so daß er genau auf einer Höhe mit der Pfeffermühle stand. »Dr. Pritchard hatte sie vergessen. Er hat nie nach ihr gesucht.« Ihre Stimme verriet Entrüstung über die Sorglosigkeit des Arztes.

»Was war in der Spritze drin?«

»Nichts!« Grace rückte einen Topflappen auf seinem Haken zurecht, bis er im selben Winkel hing wie der Topflappen auf dem Haken daneben. »Nur Luft.« Sie starrte Blanche an, als verbitte sie sich jeden Kommentar.

»Aber schöpfte Ihr Mann keinen Verdacht? Ich meine, erst seine Frau und dann Ihre Tante?«

Es hätte noch ein anderes Wort als »Lächeln« geben müssen, um den zähnefletschenden, lüsternen Ausdruck auf Graces Gesicht zu beschreiben. »Er war zu gierig, um irgend einen Verdacht zu schöpfen, zu raffgierig. Er hatte keine Verwendung mehr für sie. Sie hatte sein Taschengeld reduziert.« Das Kichern, das Graces Worte begleitete, war fast mädchenhaft. »Ich erklärte ihm jedenfalls, daß ich ihn schon seit meiner Kindheit liebe. Denselben Unsinn, den ich Ihnen erzählte. Er glaubte alles, was ich ihm sagte, bis ...«

Blanche bemerkte, daß Grace ständig in der Vergangenheit über Everett sprach. Ihr war auch bewußt, wie leicht und aus welch nichtigen Gründen Grace bereit war zu töten. »Bis was?« wollte sie wissen. »Wo ist er?«

Grace zuckte die Schultern und warf den Kopf zurück.

»Hörte Everett nach dem Tod des Sheriffs auf, Ihnen zu glauben?«

»Sie wissen, was mit dem Sheriff geschah?« Aus Graces Stimme klang jene Art von Überraschung, die Eltern zeigen, wenn sich ein kleines Kind frühreif benimmt. »Aber Sie werden niemals erraten, wie!« Sie lachte und wartete tatsächlich ab, um Blanche eine Gelegenheit zum Raten zu geben, doch Blanche spielte nicht mit.

»Mit der einzigen Waffe, von der ich wußte, daß sie funktionieren würde.« Sie strich sich langsam mit den Händen über die Seiten und bewegte ihre Hüften mit einer Sinnlichkeit, die Blanche überraschte. Sie hatte nicht gedacht, daß soviel Saft in Grace steckte. Ihr Bericht, wie sie den Sheriff überredet hatte, mit ihr nach Oman's Bluff zu fahren, ähnelte vielen anderen Geschichten, die Blanche von Frauen gehört hatte, die einen Mann dafür hatten zahlen lassen, daß er seinen Verstand in der Hose hatte. Blanche hatte selbst ein paar solcher Geschichten auf Lager. Ihre eigene Vertrautheit mit dieser Waffe machte die Mordgeschichte dieser privilegierten, beschützten und zumindest scheinbar verklemmten Frau der sogenannten Oberschicht über deren Handhabung der ältesten Waffe der Welt noch erschreckender und schauriger.

»Es war, als hätte er alles, was er über mich wußte, vergessen«, berichtete Grace.

Ja, dachte Blanche, so ist das immer.

»Ich ließ ihn nicht wissen, daß ich auf dem Rücksitz war, bis wir auf dem Highway waren. Er sprang fast durch die Windschutzscheibe, als ich mich hinter ihm aufrichtete. Aber das war gar nichts im Vergleich zu seiner Reaktion, als ich ihm meinen BH auf die Schulter legte! Da kam er sofort von der Straße ab.« Graces Worte gingen in ihrem Gelächter fast unter. »Ich möchte unser Problem auf eine Weise regeln, die du hoffentlich nicht ablehnen kannst, Sheriff«, flüsterte sie mit sanfter Stimme in einem vornehmen georgianischen Akzent, der normalerweise nur andeutungsweise in ihrer Sprache zu hören war.

Blanche konnte sich vorstellen, wie der Sheriff sich selbst zu seinem Glück gratuliert hatte, während sein Verstand in seiner klammen Hose anschwoll.

»Ich ließ ihn nicht anhalten, bevor wir nach Oman's Bluff kamen. Und natürlich hielt ich mich aus seiner Reichweite. Ich hatte nicht die Absicht, mich von diesen ekelhaften Händen anfassen zu lassen!« Schon bei dem Gedanken überkam Grace ein leichtes Schaudern. »Ich erzählte ihm, daß ich die passende Umgebung haben wollte. Ich beugte mich vor und flüsterte ihm all die Sachen ins Ohr, die wir miteinander machen würden, wenn wir in Oman's Bluff wären. Sie hätten ihn mal sehen sollen! Ständig drehte er sich zu mir um, als wolle er sichergehen, daß ich nicht verschwand. Seine Augen erinnerten mich an ein Kind, das zum ersten Mal einen Weihnachtsbaum sieht. Ständig leckte er sich die Lippen, bis sie glänzten.« Grace schauderte und hielt inne.

Blanche bereitete sich darauf vor, daß Grace ihr in allen Einzelheiten erzählte, wie es weitergegangen war, während sie andererseits gar nicht glauben konnte, daß sie tatsächlich dastand und sich im Detail einen Mord von der Person, die ihn begangen hatte, schildern ließ.

»Es war eigentlich ganz einfach.« Grace hätte genausogut beschreiben können, wie sie ein besonders elegantes Blumenarrangement zusammengesteckt hatte. »Als er auf den Rücksitz geklettert kam, ergriff ich den Schraubenschlüssel auf dem Sitz neben mir und ...« Sie machte eine ausholende Bewegung und wiederholte sie noch zweimal. Jeder Schlag wurde von einem tiefen, zufriedenen Grunzen begleitet. Blanche zuckte zusammen. Sie sah den Sheriff zusammenbrechen. Sein Oberkörper hing wie eine von einem achtlosen Kind hingeworfene Puppe über der Rücklehne des Fahrersitzes. Graces Augen glänzten.

»Dort draußen liegt überall Kies, wissen Sie, darum mußte ich mir um Fußabdrücke keine Sorgen machen. Ich fuhr das Auto einfach an den Straßenrand, stieg aus und ...« Grace machte eine lange schiebende Bewegung. Die Muskeln in ihrem Nacken und ihren Armen spannten sich, als sie gegen den großen Wagen drückte. Aber diese Arme hatten ziemlich viel Kraft, genug, um die Räder des Wagens langsam in Bewegung zu setzen und das Auto vorwärts zu schieben. Grace beendete ihre schiebende Bewegung mit einem atemlosen »Ufff!« Ihre Lippen waren geöffnet und wirkten voller. Farbe belebte ihr Gesicht.

»Ich glaube Ihnen nicht!« brüllte Blanche Grace nahezu an. »Ich glaube, Sie versuchen, Everett zu decken!«

»Ihn? Diese Memme? Woher sollte er den Mut nehmen?« Graces Stimme wurde lauter. »Aber er ergibt einen perfekten Tatverdächtigen, finden Sie nicht?« Ihr hinterlistiges Grinsen war wieder da.

»Dann haben Sie also die Handschellen des Sheriffs in Everetts Wäschetruhe gelegt.«

»Sie sind wirklich neugierig, was? Aber das wird Ihnen nichts nützen.«

»Ich glaube Ihnen trotzdem nicht. Everett hat Nate und den Sheriff umgebracht.«

Blanche brachte Grace in Verwirrung, indem sie ihre Heldentaten Everett zuschrieb. Sie reagierte nicht einmal mehr darauf, daß Blanche seinen Vornamen benutzte.

»Ihr Freund Nate hatte ein sehr ordentliches Haus. Ziemlich idyllisch sogar.«

Blanches Hände ballten sich zu Fäusten. Ihr Gesicht und ihr Hals wurden plötzlich heiß. »Warum haben Sie ihn getötet? Er glaubte, er hätte Ihren Mann auf dem Weg nach Oman's Bluff gesehen, nicht Sie. War das nicht Ihre Absicht gewesen?«

»Oman's Bluff?« wiederholte Grace, als hätte sie nie von diesem Ort gehört. »Das hatte nichts mit Oman's Bluff zu tun. Die Jacke wird der Polizei als Beweis reichen, daß mein Mann den Sheriff umgebracht hat. Es ging um diese Frau! Woher sollte ich wissen, daß Nate sie erkennen würde. Es heißt, Ihre Leute würden einen der Ihren immer erkennen, egal wie hellhäutig sie sind. Aber sie war so weiß … Natürlich hätte ich daran denken müssen … Er war schon so lange bei uns.«

Die Vorstellung, daß alle Schwarzen einander erkannten, egal wie verdünnt ihr afrikanisches Blut war, gefiel Blanche, aber sie selbst war der Beweis, daß das nicht so war. Ihr jedenfalls war nicht der Gedanke gekommen, daß es unter ihren und den Vorfahren dieser alten Säuferin irgendwelche Verbindungen gegeben haben könnte.

»Aber woher wußten Sie, daß er sie erkannt hatte?«

Grace betrachtete sie mit diesem Sie-werden-es-nicht-glauben-Blick. »Missy, ich weiß, es geht mich nichts an, und entschuldigen Sie, daß ich es sage, aber Ihr Mann wird Sie in große Schwierigkeiten bringen«, sagte sie mit breiter und Nate höhnisch imitierender Stimme.

Der Gedanke, daß Nate sein Leben verloren hatte, weil er versucht hatte, Grace zu helfen, verursachte ein schmerzhaftes Prickeln in Blanches Körper, als wären ihre sämtlichen Glieder eingeschlafen gewesen. »Was haben Sie mit ihm gemacht?« Ihre Lippen brannten vor Zorn.

»Ich ließ meine Handtasche fallen«, erzählte Grace. »Er beeilte sich natürlich, sie aufzuheben, und sah den Schraubenschlüssel nicht, den ich in der anderen Hand, versteckt in den Falten meines Rockes, hielt. Denselben Schraubenschlüssel ... Als er sich bückte ...« Grace kicherte.

Blanche zuckte zusammen bei dem Gedanken, daß Nate womöglich lange genug gelebt hatte, um zu wissen, daß er sterben mußte, weil er jemandem helfen wollte, die in ihm nie mehr gesehen hatte als den Geburtshelfer ihrer Hündin. Der Gedanke an Nates letzte Augenblicke veranlaßte Blanche, mit einer Entschlossenheit auf Grace zuzustürzen, die diese vorübergehend lähmte. Ihre Augen wurden größer, aber sie konnte sich anscheinend nicht bewegen. Als sie endlich ihre Sinne beisammen hatte, um einen Schritt zurückzutreten, war es zu spät.

Der Schmerz, der durch Blanches Arm schoß, als ihre Faust Graces Lippen und Zähne traf, war so befriedigend, daß sie vor Freude ein »Aah!« ausstieß. Aber sie konnte sie nur einen Augenblick lang genießen.

Obwohl Blanche so kräftig zugeschlagen hatten, daß ihre Zähne klapperten, geriet Grace nicht ins Taumeln. Über ihre Lippen kam weder ein Stöhnen noch ein Schrei. Sie machte sich nicht einmal die Mühe, das Blut wegzuwischen, das auf ihre cremefarbene Bluse hinuntertropfte.

Oh, Scheiße! Plötzlich erinnerte sich Blanche an die alte Miz Carter, die schließlich völlig durchgedreht war und im Parlamentsgebäude all ihre Kleider ausgezogen hatte. Sechs Wärter und eine Zwangsjacke waren notwendig gewesen, um sie in den Krankenwagen zu schaffen, obwohl sie neunzig Jahre alt und dünn wie eine Bohnenstange gewesen war. Und Grace hatte mehr als die übermenschliche Kraft der Wahnsinnigen auf ihrer Seite.

Sie hatte die Küchenschublade aufgerissen und das Tranchiermesser in der Hand, bevor Blanche überhaupt wußte, was geschah. In Graces Hand sah das vertraute Küchenwerkzeug wie ein Gegenstand aus einer Kneipenschlägerei aus – schlank, gebogen und gemein. Sein Anblick raubte ihr vorübergehend allen Mut. Blanche rannte bereits zur Tür, als Grace das Messer hob und wie ein wildes und wütendes Tier brüllte. Blanche warf einen Küchenstuhl hinter sich um, als sie durch die Schwingtür floh. Im Eßzimmer warf sie einen weiteren Stuhl um, so daß die Schwingtür auf beiden Seiten blockiert war. Grace fluchte, als sie über den ersten Stuhl stolperte.

Blanche riß die Eßzimmertür auf und rannte die Treppe hinauf. Grace brüllte, als sie zur Eßzimmertür lief. Sie hielt das Messer in beiden Händen und streckte die Arme vor, als wäre das Messer eine Wünschelrute, die sie zur Blanche führen würde.

Oben angekommen, blickte Blanche den Flur hinunter. Das Haus hatte alle Türen vor ihrer Nase verschlossen. Du kannst dich hier nicht verstecken, sagte es zu ihr. Grace kannte das Haus seit ihrer Kindheit. Alle geheimen Plätze waren ihr bekannt. Und wenn sie mich findet ..., dachte Blanche und gab dem Drang nach, sich umzublicken.

Grace kam langsam die Treppe hinauf. Sie lächelte Blanche an, als wären sie zwei Freundinnen, die sich lange nicht mehr gesehen hatten. Sie hielt das Messer, als wüßte sie genau, wie man damit zustieß und jemanden aufschlitzte. Blanche stand wie angewurzelt da, wie gebannt von Graces großen, wilden Augen. Grace war fast am oberen Treppenabsatz angekommen, als Blanche sich umdrehte und die Hintertreppe hinunter, aus dem Haus hinaus und in den Wald rannte.

Der Wald, der das Haus umgab, hatte dichtes Unterholz. Es gab Stellen, wo nur ein kleines Tier durchdringen konnte. Spitze grüne Krallen gruben sich in Blanches Knöchel und Waden. Sie hatte keine Ahnung, wie groß der Wald war, darum wollte sie das Haus nicht aus den Augen verlieren. Sie schaute sich nach einem Baum um, auf den sie klettern konnte, aber sie fand keinen, dessen Äste tief genug waren. Aus den Augenwinkeln sah sie Grace aus dem Haus rennen.

Blanche ließ sich hinter einem Busch auf die Knie fallen und versuchte, ihren Atem zu beruhigen. Durch ein Loch im Gebüsch beobachtete sie, wie Grace mit dem Kopf und dem Oberkörper von einer Seite zur anderen ruckte und dabei mit dem Messer herumstieß und sich wild im Hof umschaute. Ihre Arme machten weit ausholende Bewegungen, als sie wie ein automatisches Spielzeug, dessen Mechanik durcheinander geraten war, erst in die eine Richtung und dann in die andere stach. Dann brach sie ihre hektischen Bewegungen plötzlich ab und stürzte in den Schuppen am Ende des Hofes.

»Bist du Hexe da drin?« schrie sie mit einer Stimme, die einem Mann, einem großen, niederträchtigen Mann hätte gehören können. Sie stieß die Schuppentür auf und stürzte hinein. Blanche konnte sie Gegenstände herumwerfen, fluchen und schreien und mit hoher, unheimlicher Stimme lachen hören.

Blanche verspürte so etwas ähnliches wie Scham. Zuerst verjagte irgendein Perverser sie aus New York, dann trieb das Gesetz sie in diesen Schlamassel, und jetzt mußte sie vor einer übergeschnappten weißen Frau davonlaufen! Das war nicht gerecht. Das war überhaupt nicht gerecht.

Grace kam aus dem Schuppen und schaute hastig von einer Seite zur anderen. Blanche kämpfte gegen den Impuls an, wegzurennen. Sie holte tief Luft, entspannte sich, holte nochmals Luft und fühlte, wie ihr Herz etwas langsamer zu schlagen begann. Sie konnte sehen, daß Graces Gesicht dunkelrot war und sie sich die Haare gerauft haben mußte, weil sie in spitzen Büscheln abstanden. Die Angst, die in Blanches Körper gehämmert hatte, als sie wie ein aufgescheuchtes Tier davongerannt war, legte sich jetzt. Sie hatte das Gefühl, als hörte sie Graces unregelmäßiges Atmen über dem Zwitschern und Kreischen der Vögel.

Grace stapfte durch Nates Kohlköpfe zum Waldrand auf der anderen Seite des Hofes, schräg gegenüber von dort, wo Blanche sich versteckte. Langsam schlich sie seitwärts und parallel zum Wald voran. Sie bewegte sich in Blanches Richtung. Die Messerklinge blitzte weiß im Sonnenlicht. Blanche konnte Graces Gesicht nicht sehen, aber das brauchte sie auch nicht. Graces ganzer Körper, die Langsamkeit ihrer Bewegungen und die absolute Stille in ihren Pausen machten deutlich, daß sie Ausschau nach einer Bewegung hielt, die nicht paßte, nach einem Geräusch, das ungewöhnlich war.

Vor ihr wegzulaufen war keine Lösung. Blanche änderte ihre Position, bis ihre feuchten Knie den Boden nicht mehr berührten. Sie nahm eine tiefe und überraschend bequeme Hockstellung ein, die Beine gespreizt und den Hintern in der Schwebe dazwischen. Sie fühlte sich irgendwie gestärkt. In tiefen Zügen atmete sie die nach Erde und Grün riechende Waldluft ein und sah sich nach einem Stein um. Sie fand einen großen Kiefernzapfen. Sie wog ihn, um zu prüfen, ob er schwer genug war. Langsam erhob sie sich und zielte mit dem Kiefernzapfen rechts hinter Grace.

Grace fuhr in die Richtung herum, wo der Zapfen auf den Boden schlug. Sie duckte sich und wiegte den Oberkörper wie eine Schlange, die einer Beute auflauert, von einer Seite zur anderen. »Ich sehe dich! Du kannst dich nicht vor mir verstecken!« An der Stelle, wo der Zapfen hingefallen war, stürzte sie in den Wald.

Blanche verließ ihr Versteck. Sie stand jetzt etwas tiefer im Wald, umgeben von Büschen und jungen Bäumen. Grace suchte weiterhin an der Stelle, wo sie das Geräusch gehört hatte. Blanche begann, sich auf den Schuppen zuzubewegen. Sie ging so leise wie möglich, obwohl das nicht notwendig war. Sie konnte Grace um sich dreschen hören. Ab und zu schrie Grace Blanches Namen zusammen mit anderen Worten wie Hure, Nigger und schwarze Schlampe, Worte, von denen Blanche schon vor langer Zeit gelernt hatte, daß sie nichts mit ihr, sondern einzig mit der Person, die sie sagte, zu tun hatten. »Sie spricht sie nicht einmal richtig aus«, flüsterte Blanche zu sich selbst.

Blanche schlüpfte in den Schuppen. Grace hatte ein ganz schönes Chaos angerichtet. Auf dem Boden vermischten sich die Scherben von zerbrochenen Tontöpfen mit dem ausgeschütteten Inhalt eines Torfsacks. Blanche machte einen Schritt über eine Latte, Pflanzenstöcke und irgendwelche Trümmer hinweg. Sie drehte sich um und hob die Latte hoch. Sie war knapp einen Meter lang und sechs Zentimeter breit. Sie hielt sie wie einen kantigen Baseballschläger. Sie ging zur Schuppentür und stieß mit der Latte so kräftig, wie sie nur konnte, dagegen, so daß die Tür aufflog und mit einem Krachen wie von einem Pistolenschuß gegen die Schuppenwand schlug. Sie stellte sich neben den Türeingang und wartete.

Es dauerte nicht lange. Grace war in Sekundenschnelle da, schnaubend und grunzend wie ein wildes Schwein. Halbformulierte Flüche und fast unzusammenhängende Beleidigungen schäumten aus ihrem Mund. Blanche holte tief Luft, stellte sich noch breitbeiniger auf und wiegte die Latte in beiden Händen. Als Graces rechter Fuß und ihr Kopf in der Türöffnung erschienen, wirbelte Blanche herum und stellte sich Graces Kopf als einen großen Baseball vor.

Der Schlag streckte Grace rückwärts nieder, so daß sie mit ausgebreiteten Armen und Beinen auf dem Boden vor dem Schuppen landete. Ihr rechter Schuh lag auf der Seite in der Tür. Das Messer schlidderte in den Kohl. Blanche stand in der Tür und starrte auf Grace hinunter. Ein langsames, zufriedenes Grinsen breitete sich auf ihrem Gesicht aus. Sie war sich nie sicher gewesen, ob sie sich ausreichend vor der Schwarzenkrankheit schützte, indem sie ihren ArbeitgeberInnen widersprach und ihre Privaträume und Vornamen benutzte. Sie konnte einen wie ein Virus befallen, und ihre Sorge um Mumsfield war ihr schon wie ein Symptom vorgekommen. Aber Graces Körper, der bewußtlos auf dem Boden lag, war Beweis genug, daß sie gesund war.

Sie machte einen Schritt über Graces Beine hinweg und fühlte am Hals der Frau behutsam nach dem Puls. Graces Haut war kühl und feucht. Ihr Puls war kräftig. Blanche sank neben Graces Füßen auf die Treppe des Schuppens und balancierte die Latte auf ihren Knien. Sie beobachtete, wie die blauen Flecken unter Graces Augen zwei leuchtende Veilchen wurden und das Gewebe um die Nase herum anzuschwellen begann. Gebrochen, diagnostizierte Blanche. Das wird dich an Nate erinnern, sagte sie zu Graces bewußtlosem Körper.

13

Blanche saß immer noch mit einem schwachen Grinsen im Gesicht auf der Schuppentreppe, als Archibalds Wagen die Auffahrt hinaufschoß und quietschend zum Stehen kam.

»Hierher!« rief sie, als sie Schritte zum Haus laufen hörte.

Archibald kam auf den Hof geeilt und kniete neben Grace nieder. Er hob ihr Handgelenk und schob ihr Augenlid hoch, als wäre er Arzt und nicht Anwalt. Mumsfield kam, stellte sich dicht neben Blanche und nahm ihre Hand. Seine Augen schienen sie etwas zu fragen, aber Blanches Verstand war nicht schnell genug, um seine Frage mitzubekommen.

»Was ist hier vorgefallen?« fragte Archibald, nachdem er Graces Puls gefühlt hatte.

»Haben Sie den Brief mitgebracht? Haben Sie ihn gelesen?« fragte Blanche.

»Was hier vorgefallen ist, habe ich gefragt!«

»Sie ist gestürzt«, erklärte Blanche. Solange er nicht den Brief gelesen hätte, würde sie ihm nichts sagen.

Archibald sah von Blanche zu der Latte auf ihren Knien, sagte aber nichts. Er will nicht mehr wissen, als ich ihm erzählen will, stellte Blanche fest.

»Wo ist Cousine Emmeline?« Archibalds Stimme klang vorwurfsvoll.

»Wollen Sie jetzt wirklich darüber sprechen?« fragte Blanche.

Archibald schaute von Blanche zu Mumsfield, der Grace mit einem schockierten und verwirrten Gesichtsausdruck anstarrte. »Vielleicht haben Sie recht.«

Er konzentrierte sich darauf, Grace, die sich zu bewegen begann, wiederzubeleben.

Mumsfield trat näher an Blanches Seite heran. Sie konnte seine Körperwärme spüren. »Sie müssen den Brief lesen«, erklärte sie Archibald.

Grace stöhnte. Archibald beugte sich vor, um ihr auf die Füße zu helfen. Sie waren wie zwei betrunkene Tänzer. Jedesmal, wenn er versuchte, ihr auf die Füße zu helfen, brachte Graces Gewicht ihn aus dem Gleichgewicht.

»Helfen Sie mir!« rief Archibald. Blanche schnaubte. Mumsfield hielt Blanches Hand etwas fester. Keiner von beiden rührte sich.

Archibald ging um Grace herum, schob die Hände unter ihre Achseln und zog sie hoch. Wankend gelang es Archibald schließlich, Grace auf die Füße zu stellen. Sie taumelte, aber sie stand. Ihre Augen waren nur noch Schlitze in dem geschwollenen, lilafarbenen Fleisch. Sie schaute sich mit einem verwirrten Ausdruck um, als versuche sie herauszufinden, wo sie war und wie sie dorthin gekommen war. Ihre Knie knickten immer wieder ein. Haltsuchend klammerte sie sich an Archibald. Blanche war zufrieden. Wenn die Geräusche, die Grace von sich gab, ein Hinweis waren, dann fühlte sie sich so schlecht, wie sie aussah. Angesichts ihrer Tat fühlte Blanche neue Energie durch ihre Glieder strömen.

Mit Archibalds Hilfe bekam Grace wieder Stand und guckte Blanche an. »Sie ... sie ...« Flehend schaute Grace zu Archibald auf und deutete auf Blanche. Ihr Gesichtsausdruck war empört und entrüstet. »Sie ... sie ...«, versuchte sie es noch mal und schien sich mehr und mehr zu erregen. Doch dann, ohne Vorwarnung, verschleierte sich ihr Blick, als hätte sie sich davongestohlen und nur noch ihren Körper dagelassen. Schwer auf Archibalds Arm gestützt, schlurfte sie fügsam zum Hintereingang.

Blanche forderte Mumsfield auf, in der Küche zu warten. Sie folgte Archibald und Grace ins Wohnzimmer. Archibald setzte Grace auf das Sofa und ging zum Telefon im Flur. Blanche warf einen skeptischen Blick auf Grace. Sie wirkte ziemlich passiv, aber tief in ihren Augen lag ein Schimmer, wenn sie Blanche ansah, so daß Blanche sich fragte, inwieweit ihre Zombierolle gespielt war. Blanche konnte die Dringlichkeit in Archibalds Stimme hören, als er nach einem Arzt und einem Krankenwagen verlangte. Als er den Hörer auflegte, ging Blanche zu ihm, um mit ihm zu sprechen. »Haben Sie den Brief schon gelesen?«

»Ich weiß nicht, wovon Sie reden. Was ist hier geschehen?«

Es war genau die Situation, vor der sie sich am meisten gefürchtet hatte. Es gab keinen Brief. Die Doppelgängerin hatte sich aus dem Staub gemacht. Everett lag tot in irgendeinem Graben, und Grace war zu bekloppt oder zu gerissen, um zu reden oder für das, was sie getan hatte, verantwortlich gemacht zu werden. Und wer war wieder mal die Dumme?

»Ich werde besser den Sheriff rufen«, erklärte Archibald.

»Grace hat Nate und den Sheriff umgebracht.«

»Nun passen Sie mal auf, Sie ...«

»Sie haben Emmelines Testament von einer Betrügerin unterschreiben lassen«, unterbrach ihn Blanche, »und bevor Sie irgendwen anrufen, sollten Sie lieber erst den Keller im Stadthaus untersuchen.«

Archibald starrte Blanche an, aber er unterbrach sie nicht, als sie ihm alles erzählte, was sie wußte und vermutete. Der Arzt, den Archibald angerufen hatte, erschien mit einem unauffälligen Krankenwagen und zwei Krankenträgern.

Mumsfield kam ins Wohnzimmer, als er die Haustürklingel hörte. Es schien ihn sowohl abzustoßen als auch zu faszinieren, als der Arzt Graces Nase und Gesicht untersuchte und drückte und sie vor Schmerz wimmerte. Er kam ein paar Schritte ins Wohnzimmer und ging dann langsam wieder rückwärts hinaus, wobei sein Gesicht vor Angst und Verwirrung alt wirkte. Blanche begleitete ihn zurück in die Küche.

Archibald kam in die Küche, sobald Grace weggeschafft worden war – in eine private Einrichtung, vermutete Blanche. Seine Haut war grau und trocken, als hätte ihn kürzlich jemand um eine große Menge Blut erleichtert.

»Bleiben Sie bitte bei dem Jungen, bis ich wiederkomme«, sagte er zu Blanche. Er drehte sich um und verließ den Raum, ehe sie oder Mumsfield etwas sagen konnten. Blanche bedeutete Mumsfield, sich nicht zu rühren und still zu bleiben. Sie wartete, bis Archibald genug Zeit gehabt hatte, um durch die Kammer und das Eßzimmer zu gehen, dann folgte sie ihm.

Archibald ging direkt zum Telefon im Korridor und tätigte einen Anruf, den Blanche, so gut sie konnte, versuchte mitzubekommen. Sie hörte genug, um zu erfahren, daß es sich um die Frau des Generalstaatsanwaltes handelte, mit der er sprach und die er mit »Cousine Julia« anredete. Blanche nahm an, daß das weniger illegal war, als direkt mit dem Generalstaatsanwalt zu sprechen, falls »die ganze unglückliche Angelegenheit«, wie Archibald sie bezeichnete, jemals ans Tageslicht käme. Was zu vermeiden er sich natürlich um jeden Preis verpflichtet fühlte. Dann erklärte er, wie die Familie sämtliche Straftaten vertuschen könnte und sollte. Und dabei heißt es, es gebe Dinge, die man mit Geld nicht kaufen könne! dachte Blanche, als Archibald das Haus durch den Vordereingang verließ. Sie kehrte in die Küche zurück.

Sie ließ sich auf einen Küchenstuhl fallen, stützte die Ellenbogen auf den Tisch und vergrub das Gesicht in den Händen. Sie mußte nachdenken. Sie hatte das Gefühl, als lägen Teile von ihr verstreut in der Gegend herum. Sie wünschte, Mumsfield würde weggehen, aber sie fühlte, daß er ihre Gesellschaft brauchte. Sie schloß die Augen und hörte mehr als sie es sah, daß Mumsfield Gläser und den Krug mit der Limonade holte. Er setzte sich auf den Stuhl ihr direkt gegenüber. Einen Augenblick lang schwiegen sie beide.

»Ist Tante Emmeline tot, Blanche?« Mumsfield Stimme war leise und außerordentlich ruhig. Blanche fragte sich, was ihn das wohl kostete, so ruhig zu sein. Sie hatte gehofft, das vermeiden zu können. Sie hatte gehofft, Archibald würde ihm diese Nachricht überbringen.

»Ist sie tot, Blanche? Bitte, sagen Sie es mir. Ich vertraue Ihnen, Blanche.«

»Ja, mein Junge. Sie ist tot.« Blanche sah ihm ins Gesicht und entdeckte neue Falten. Es war kein Kindergesicht mehr. Er senkte den Kopf, als er zu schluchzen anfing. Als er sich wieder einigermaßen beruhigt hatte, trocknete er sein Gesicht und überraschte sie mit Fragen nach den Einzelheiten des Todes seiner Tante.

Blanche erzählte ihm eine vereinfachte Version dessen, was Grace ihr berichtet hatte – wie sie und Everett sich darangemacht hatten, die Kontrolle über Emmelines Geld zu bekommen, indem sie jemanden ein neues Testament unterschreiben ließen, das allen gefiel und darum von niemandem in Frage gestellt werden würde, ein Testament, das Grace und Everett zu Mumsfields Vormündern machen und Emmelines Geld unter ihre Kontrolle bringen würde. Sie fügte nicht hinzu, was Grace ihrer Meinung nach für ihn geplant hatte.

»Ich weiß nicht, wer diese andere Frau war, aber ich bin sicher, daß sie mit Ihnen verwandt ist«, erwiderte sie auf Mumsfields Frage. Sie konnte sich nicht überwinden, ihm zu sagen, daß Emmeline an ein Bett gefesselt gewesen war oder daß Grace seiner sich wahrscheinlich zur Wehr setzenden Tante eine Luftblase injiziert hatte. »Ihr Cousin und Ihre Cousine haben Ihre Tante Emmeline im Keller eingeschlossen, und dort ist sie gestorben«, erklärte sie. Es war das zweite Mal innerhalb weniger als einer Stunde, daß sie sich besondere Mühe gegeben hatte, ihn zu schützen.

14

Archibald kam direkt in die Küche, als er zurückkehrte. Er fand Blanche und Mumsfield immer noch am Küchentisch sitzend und Limonade nippend vor. Ein leichtes Zittern ging durch seine Hand, als er nach einem Küchenstuhl griff. Schwer und erschöpft stützte er sich auf die Rückenlehne, ehe er sich langsam hinsetzte. Er versuchte, für Mumsfield ein Lächeln aufzusetzen, aber seine Mundwinkel scheiterten bei dem Versuch, sich zu heben, und seine Augen waren zu verwirrt, um mitzumachen. Nach ein paar Augenblicken bat er Mumsfield, den Raum zu verlassen, damit er unter vier Augen mit Blanche reden könne. Blanche bemerkte Mumsfields inneren Kampf, sich Archibald zu widersetzen. Doch am Ende verlor er ihn. »Sie werden doch nicht weggehen, nicht wahr, Blanche?« fragte er, bevor er zur Hintertür hinausging.

»Niemand verläßt dieses Haus. Dessen kannst du dir sicher sein«, warf Archibald ein, bevor Blanche etwas sagen konnte. Er zog ein makelloses Taschentuch aus seiner Brusttasche und tupfte sich die Stirn. »Ich kann es einfach nicht glauben. Die arme Emmeline. So zu sterben!«

Aber sein Kummer war nicht so groß, daß er sich nicht um die notwendigen Einzelheiten kümmern konnte. Er ließ Blanche alles noch einmal wiederholen, was sie ihm bereits erzählt hatte, was Everett und Grace – mit seiner unwissentlichen Unterstützung – getan hatten. Er besaß immerhin den Anstand, bei diesem Teil der Geschichte zu erröten.

»Wer ist sie überhaupt?« fragte Blanche, als Emmelines Doppelgängerin zur Sprache kam.

»Ich glaube nicht ...«, sträubte sich Archibald. »Das heißt, es steht mir nicht frei, über Familienangelegenheiten zu reden ...«

»Hören Sie«, unterbrach ihn Blanche, »ein Mitglied dieser Familie hätte mich beinahe umgebracht. Ich habe ein Recht, das zu wissen!«

Archibald gab nach. »Ich habe sie vor dem Abend, als ich sie für Cousine Emmeline hielt, nie gesehen. Mir war natürlich nicht klar ... Ich hatte von ihr gehört ... Familiengerüchte ... eine wirklich bemerkenswerte Ähnlichkeit. Sie hätte jeden getäuscht, der Emmeline kannte. Jeden. Und sie wirkte krank. Ich bin sehr empfindlich für Bakterien, und meine Augen ... Ich versuche nicht, mich zu entschuldigen, aber ...« Er zog seine Brille aus der Brusttasche, polierte sie und setzte sie sich behutsam auf die Nase. »Ich müßte sie immer tragen.« Er blinzelte Blanche an. Blanche sagte nichts. Sie kreuzte die Arme und bereitete sich darauf vor, ihre Frage zu wiederholen, aber er fuhr ohne weitere Aufforderung fort.

»Sie ist die Tochter von Großonkel Robert, dem Vater von Cousine Emmeline. Ihre Mutter war das Hausmädchen. Es heißt, daß sie Emmeline – die genauso aussah wie ihr Daddy – als Kind so ähnlich sah, daß Tante Clarissa, die Mutter von Emmeline, Großonkel Robert veranlaßte, die Mutter und das Kind aus dem Landkreis zu schaffen. Sie heiratete einen Pächter aus der Gegend. Ich erinnere mich nicht, gehört zu haben, was nachher aus ihr wurde. Ich glaube, das Kind hieß Lucille oder Lucinda oder so ähnlich.« Archibalds Lippen wurden zu einer geraden, straffen Linie, die einem blassen, dünnen, fest zugezogenen Reißverschluß glich, der nicht die Absicht hatte, sich zu diesem Thema jemals wieder zu öffnen.

»Hören Sie«, erklärte Blanche, »ich möchte wissen, worum es bei dieser Sache geht. Ich hätte zur Polizei gehen können. Mittlerweile würde es in allen Zeitung stehen.«

Blanche erwartete nicht, daß Archibald auf ihren Ton oder den Inhalt ihrer Aussage freundlich reagieren würde. Sein heftiges Luftschnappen und die zunehmende Röte auf seinen Wangen bestätigten diese Annahme. Ihr Blick wandte sich von Archibald ab zur Küchentür.

»Wo ist Tante Emmeline?« Mumsfield schloß die Tür fest hinter sich und sah von Blanche zu Archibald und zurück zu Blanche.

Blanche hatte sich so sehr auf Archibald konzentriert und auf das, was sie von ihm wissen wollte und mußte, daß sie Mumsfield draußen buchstäblich vergessen hatte. Sie fragte sich, ob er am Fenster gelauscht hatte. Archibald räusperte sich, womit er Blanches Meinung nach nur Zeit schinden wollte. »Sei gefaßt, meine Junge«, begann er.

»Ich weiß, sie ist tot. Ich weiß das«, unterbrach Mumsfield ihn. Aus seiner Stimme klang eine Ungeduld, die Blanche nie zuvor vernommen hatte. »Hast du sie aus dem Keller geholt?« Er machte sich nicht die Mühe, seine Tränen wegzuwischen. »Sie sollte nicht dort unten bleiben. Sie …«

»Um ihre Leiche hat man sich gekümmert. Man brachte sie …« Archibald wurde immer kleiner auf seinen Stuhl. »Es ist so schwer zu begreifen, zu verstehen …« Er schüttelte den Kopf wie jemand, der gerade einen Schlag bekommen hat.

Blanche hatte Verständnis für Archibalds Schock, aber sie interessierte sich viel mehr für Mumsfield. Sie fand es schrecklich, daß Unglück und Schmerz manchen Menschen anscheinend eine Kraft gaben, die durch glückliche Ereignisse nur selten bewirkt wurde, aber um Mumsfields willen war sie froh darum. Egal, wie das hier alles endete, er würde es überleben, dessen war sie sicher. Mumsfields Augen begegneten ihrem Blick, und er schenkte ihr ein ernstes, kleines Lächeln.

»Erzählen Sie uns jetzt den Rest«, sagte sie an Archibald gewandt. »Erzählen Sie uns von Grace.« Archibald sah Mumsfield an. Blanche konnte sehen, daß er Mumsfield auffordern wollte, wieder den Raum zu verlassen. Aber jeder, der Mumsfield ansah, hätte gewußt, daß es keinen Sinn hatte. Mumsfield setzte sich und griff quer über den Tisch nach Blanches Hand.

»Es hat in der Familie schon immer Gerede gegeben«, begann Archibald. »Seit sie ein Kind war ... über eine zerstückelte Katze, unsere Cousine Lorisa, die vorn im Teich ertrank, Unfälle, die den Kindern der Angestellten passierten.« Er sah aus wie ein Mann, der über Fotos aus der Vergangenheit brütete und versuchte, ihre Beziehung zueinander zu verstehen. »Aber ihre Eltern und Großeltern wollten kein Wort gegen sie hören. Sie sagten, sie sei überempfindlich und künstlerisch veranlagt. Als sie mit Everett anfing, gab es niemanden, der sie daran hindern konnte. Ihre Eltern waren beide tot. Sie war ein Einzelkind. Die Tatsache, daß Everett bereits verheiratet war ...« Archibald zuckte die Schultern. »Jedenfalls heirateten sie und ...«

»Was war mit Everetts erster Frau?« Mumsfield zerquetschte Blanche mit seinem Griff fast die Hand. Vor Schmerzen verzog sie das Gesicht.

»Woher wissen Sie von diesen Dingen?« Archibald betrachtete sie, als verdächtige er sie übernatürlicher Kräfte.

»Jeder konnte sehen, daß sie geistig nicht gesund war.« Blanche bog die Wahrheit ein wenig zurecht. »Und dieser Bezirk ist klein«, fügte sie mit einem Lächeln hinzu. »Da gibt es nicht viele Geheimnisse.«

»Warum hat sie das getan, Blanche? Warum?« verlangte Mumsfield zu wissen.

»Weil sie krank ist, Mumsfield, Schätzchen. In ihrem Kopf. Sehr krank«, erklärte sie ihm ohne Zögern. Mumsfields Griff lockerte sich ein wenig.

Blanche bemerkte, mit welcher Aufmerksamkeit Archibald ihre Antwort auf Mumsfields Frage verfolgte. Sie spürte, wie der alte Mann sich entspannte. Sie verstand die Erleichterung, die er empfunden haben mußte, als Mumsfield seine Frage an sie statt an ihn richtete. Ihr wurde auch klar, daß der Mangel an Feindseligkeit, den sie auf Archibalds Gesicht sah, noch mit etwas anderem zusammenhing als mit ihrer Antwort auf Mumsfields Frage.

Sie und Archibald durchliefen eine sehr beschleunigte Version des Entdummungsprozesses. Obwohl er vielleicht Schwarze vor Gericht verteidigt hatte, hieß das nicht, daß er sie im Gegensatz zu ihren ArbeitgeberInnen als gleichwertige Menschen betrachtete. Gewöhnlich brauchte sie bei ArbeitgeberInnen von der Sorte der rassistischen Hohlköpfe drei bis vier Reinigungsgänge, bis sie aufhörten, in lauten, einfachen Sätzen mit ihr zu sprechen. Dann dauerte es weitere fünfzehn bis fünfzig nennenswerte Kontakte, bis sie als echtes Mitglied der menschlichen Gattung anerkannt wurde. Doch Archibald befand sich bereits jenseits der Testen-wir-mal-deine-Intelligenz-Phase und war dankbar und froh, daß sie ihm bei Mumsfield so intelligent und so schnell aus einer schwierigen Situation geholfen hatte, auf deren Handhabung er eindeutig nicht vorbereitet gewesen war. Das brachte Blanche auf eine Idee.

Ein stämmiger Mann mit rotem Gesicht klopfte an die Hintertür und fragte nach Archibald. Blanche holte ihn und horchte an der Eßzimmertür, als der Mann Archibald erzählte, daß »die Jungs« an allen einschlägigen Orten wie im Steinbruch und im Wald gesucht, aber nichts Ungewöhnliches – sonst auch unter dem Namen Everett bekannt, dachte Blanche – gefunden hätten. Archibald sagte dem Mann, daß er mit den Jungs am Morgen wiederkommen und sie ermahnen sollte, mit niemandem darüber zu sprechen.

Als Archibald in die Küche zurückkam, saß Blanche, den Kopf auf die Arme gestützt, am Küchentisch. Der Tag war zu lang gewesen, und die Empfindungslosigkeit, die sie vor dem Schock, daß eine Wahnsinnige ihr Leben bedrohte, geschützt hatte, ließ allmählich nach.

»Ich glaube, wir müssen noch ein paar Dinge regeln, und dann können Sie sich ausruhen.« Archibald sprach sanft, aber entschlossen, als ahne er, daß er nicht mehr lange mit ihrer Aufmerksamkeit rechnen könne.

Trotz ihres Schocks und ihrer Müdigkeit hörte Blanche Archibalds langer und weitschweifiger Rede darüber, wie dankbar die Familie sei, daß sie den gesunden Menschenverstand bewiesen habe, zuerst ihn statt irgendwelche Behörden zu informieren, aufmerksam zu. Als wenn er nicht dazugehöre, dachte sie. Er steigerte sich zu der Hoffnung, daß sie weiterhin als Mumsfields Haushälterin und Gesellschafterin zu einem Gehalt dabliebe, das ihre Augen glänzen ließ. Blanche dankte ihm für das Stellenangebot und erzählte ihm die Geschichte, wie sie in das Haus gekommen war.

Archibald war zuerst schockiert und dann amüsiert über Blanches Geschichte. Offensichtlich zollte er der örtlichen Justiz auch keinen Respekt. Er versicherte ihr, daß er ihre Schwierigkeiten gleich am nächsten Morgen ausräumen könnte und würde, und bot ihr erneut die Stelle an. Blanche erhob sich vom Tisch und ging zum Fenster, wo Nates Stein auf dem Papierhandtuch lag. Sie streckte die Hand aus und fühlte unter ihren Fingern die kühle, rauhe Oberfläche. Sie konnte Nates scharfe, trockene Stimme hören, die sie daran erinnerte, wie oft im Leben Frauen wie ihr höchstwahrscheinlich eine solch sichere Stellung angeboten wurde.

»Ich habe Kinder«, erklärte sie Archibald. »Sie brauchen eine Krankenversicherung und eine gute Schulbildung. Und ich möchte einen Zehnjahresvertrag. Schriftlich. Mit einem Rentenplan.« Archibald nickte nur.

Aber sie konnte immer noch nicht zusagen. »Bitte, Blanche«, sagte Mumsfield.

Blanche starrte Nates Stein an und erinnerte sich, wie sie ihn bekommen hatte. Sie dachte daran, wie bequem, wie einfach und wie sicher ihr Leben sein könnte, wenn sie für Mumsfield arbeitete – Sommertage voller Vogelgezwitscher und ländlichem Frieden, die Kinder in Nates Garten grabend. Aber es war Nates Garten. Er hätte jetzt Hände voller fruchtbarer, lehmiger Erde zusammenschieben müssen, die seine Nase mit ihrem reichen Aroma füllte und sich unter seinen Fingernägeln sammelte, während die Sonne seinen Nacken wärmte.

Falls Lucille auftauchte, würde man sie auch ausbezahlen, ebenso wie Everett – falls er noch lebte. Wenn er tot war, würde man sich einen passenden Unfall ausdenken, um auch seinen Tod zu erklären. Aber was war mit Grace? Was geschah, wenn man sie herausließ oder wenn dieses gerissene Biest flüchtete?

Blanche drehte sich herum und betrachtete nacheinander die beiden weißen Männer, die darauf warteten, daß sie sich entschloß, ihnen zu dienen und ihre Geheimnisse und ihre Lebensart zu bewahren, indem sie sich wie eine große schwarze Decke über alles, was hier geschehen war, ausbreitete. Aber was war mit Nate? Oder selbst mit dem Sheriff? Mußte denn nicht irgend jemand wegen ihres Todes mehr veranlassen, als nur die Mörderin in ein angenehmes Heim zu stecken und eine Haushälterin mit Schweigegeld zu bezahlen?

»Bitte, Blanche«, wiederholte Mumsfield.

Blanche nahm Nates Stein und wiegte ihn in beiden Händen. »Lassen Sie mich darüber nachdenken, Mumsfield, Schätzchen. Lassen Sie mich darüber nachdenken.« Sie steckte den Stein in die Tasche und ging zu Bett.

Blanche erzählte allen, sie brauche Luftveränderung und fahre daher ein paar Freundinnen in South Carolina besuchen. Das stimmte natürlich nicht. Sie war auf dem Weg zu ihrer Cousine Charlotte in Boston. Sie hatte auch niemandem erzählt, daß sie nicht mehr die Absicht hatte, jemals nach Farleigh zurückzukehren, nicht einmal um ihre Kinder zu holen. Ardell würde Taifa und Malik zu ihr bringen, wenn die Zeit reif wäre. Sie hatte den Leuten nicht die ganze Wahrheit gesagt, weil sie es für besser hielt, wenn niemand von ihren Plänen und ihrem Aufenthaltsort wußte.

Wenn die ganze Geschichte in der *Atlanta Constitution* veröffentlicht wurde, würde sie bereits in Boston sein. Der Reporter hatte ihr versprochen, daß ihr Name nicht genannt werden würde, aber Archibald würde es wissen. Was würde Archibald wohl denken, wenn ihm klar wurde, daß sie, obwohl er ihr soviel Geld bezahlt hatte, kaum zur Tür hinaus gewesen war, als sie sich bereits nach einem halbwegs vertrauenswürdigen Reporter erkundigt hatte? Natürlich hatte sie nicht versprochen, den Mund zu halten, und sie war nicht verantwortlich für Archibalds Mutmaßungen. Es war eine Erschwerniszulage gewesen, kein Schweigegeld. Sie hatte immer gewußt, daß sie nicht schweigen würde.

Am wichtigsten war ihr gewesen, alle davon zu überzeugen, wie verrückt Grace wirklich war, damit sie, um Nates willen, für immer eingesperrt bliebe. Das war nicht viel, und vielleicht schaffte sie es nicht, aber es war alles, was sie ihrer Meinung nach tun konnte, ohne selbst im Gefängnis zu landen. Sie fragte sich, ob Lucille auftauchen würde, wenn alles herauskam. Archibalds Jungs hatten Lucille nie gefunden, aber Miz Minnie wußte, wo sie war. Von der Frau, die eingestellt worden war, um sich um Mumsfield zu kümmern, hatte Miz Minnie auch erfahren, daß Grace versucht hatte, Everett mit ihrem Lieblingsschraubenschlüssel umzubringen. Es war ihm gelungen, sie aus dem Wagen zu werfen, aber er wurde bewußtlos, als der Wagen in einen Graben schlitterte. Nachdem Grace ihn zurückgelassen hatte, weil sie ihn für tot hielt, war es ihm gelungen, den Wagen aus dem Graben zu manövrieren und damit in höchster Panik nach Atlanta zu rasen. Inzwischen hatte er seine Kleidung und was er sonst noch bekommen konnte abgeholt. Archibald hatte sich geweigert, ihm Geld zu geben, und Mumsfield hatte sich geweigert, ihn zu sehen oder ihm zu erlauben, die Nacht im Haus zu verbringen. Everett hatte sich daraufhin mit unbekanntem Ziel davongemacht. Blanche machte es nichts aus, daß er davongekommen war. Die Tatsache, daß er pleite war, war bereits Strafe genug für ihn, und er hatte niemandem weh getan, der ihr nahestand. Außer Mumsfield, fügte sie im nachhinein hinzu. Sie wußte, daß er durch das Down-Syndrom von den Menschen, die die Welt lenkten und besaßen, ebenso deutlich zu unterscheiden war wie sie. Wegen dieser Ähnlichkeit hatte sie eine innere Beziehung zu ihm, und deshalb verdiente er es auch, daß sie sich Sorgen um ihn machte.

Ihr Abschied war sehr traurig gewesen. Es war ihr unmöglich gewesen, zu erklären, wie diese letzten sechs Tage ihren natürlichen Widerwillen, für irgendeinen weißen Mann die Mammy zu spielen, verstärkt hatten, egal was sie von dem fraglichen Mann hielt oder wie viele interessante Namen der Job bekam oder wie hoch dotiert er war. Doch obwohl ihr Abschied sehr traurig war, war er doch anders gewesen, als sie erwartet hatte. Sie hatte sich gegen seine Tränen und seine Bitten und seinem mitleiderregenden Bedürfnis nach ihr gewappnet. Es waren Tränen in seinen Augen gewesen, aber sie wurden nicht vergossen. Er hatte sie weder angefleht noch mitleiderregend ausgesehen.

»Ich verstehe das, Blanche«, hatte er erklärt. »Ich verstehe das.« Und einige Augenblicke lang hatte sie das Gefühl gehabt, daß es ihm irgendwie gelungen war, die Kluft zwischen ihnen zu überbrücken und wirklich zu verstehen, was es bedeutete, eine schwarze Frau zu sein, die versuchte, die Kontrolle über ihr eigenes Leben zu behalten und sich davor zu schützen, daß ihr das Gehirn gewaschen wird. Sie wußte, daß sie oft an ihn denken und sich fragen würde, was aus ihm geworden war und wie er alterte. Aber sie hoffte, weder ihn noch irgend jemand anders von seiner Familie jemals wiederzusehen.

Draußen hinter dem Busfenster huschten Bäume und Felder und Bauernhäuser vorbei, als würden sie vor den Wolkenkratzern, Untergrundbahnen und Nachtclubs davonrennen, denen sie sich näherte. Sie hatte überlegt, ob sie nach Boston fliegen sollte, hatte sich dann aber entschieden, jeden Penny des Geldes, das Archibald ihr gegeben hatte, für Maliks und Taifas Ausbildung zu sparen.

Sie lehnte sich schwer in ihrem Sitz zurück. Sie fühlte sich zerschlagen, als wären die letzten sechs Tage ein einziger langer Faustkampf gewesen, den sie zwar nicht verloren hatte, aber bei dem sie so heftige Schläge hatte einstecken müssen, daß sich etwas an der Art, wie sie die Dinge betrachtete und einschätzte, für immer geändert hatte, obwohl sie noch nicht genau sagen konnte, inwiefern. Während sie sich einst auf das Stadtleben gefreut hätte, wußte sie jetzt, daß sie sich mit Boston nur einem weiteren Feindesland näherte. Es schien so, als gäbe es für jemanden mit ihrem Äußeren nichts anderes als feindliches Gebiet in diesem Land. Sie hatte keine andere Wahl – zumindest was ihren Lebensunterhalt anbetraf –, als zu denen zu gehen, die sie auf den Tod verabscheuten.

Sie wußte, daß sie wieder frohen Mutes sein, tanzen, scherzen und lachen würde. Sie würde immer eine Frau sein, die ihrem gewaltsamen Tod zu nahe gekommen war, die wußte, was wirkliche Angst ums Leben bedeutete. Aber das war natürlich nicht alles. Sie lächelte bei dem Gedanken an Grace, als sie bewußtlos zu ihren Füßen gelegen hatte. Sie würde auch immer eine Frau sein, die um ihr Leben gekämpft und gewonnen hatte. Diese Frau, egal wie sehr sie sich verändert hatte, war immer noch in der Lage, sich im Feindesland zurechtzufinden – auch ohne eine Referenz ihres jüngsten Arbeitgebers.